增修

詩詞新論

陳滿銘◉著

目次

序　1
修訂序　1

鑑賞篇

＊灞陵傷別——李白〈憶秦娥〉詞賞析　1
＊月明人倚樓——白居易〈長相思〉詞賞析　8
＊吹皺一池春水——馮延巳〈謁金門〉詞賞析　14
＊酒入愁腸，化作相思淚——范仲淹〈蘇幕遮〉詞賞析　20
＊落花微雨燕歸來——晏氏父子詞中的花與燕　27

＊聽徹梅花弄
——秦觀〈桃源憶故人〉詞賞析 35
＊綠楊歸路，燕子西飛去
——賀鑄〈點絳唇〉詞賞析 38
＊中秋寄遠
——辛稼軒〈滿江紅〉詞賞析 41
＊交加曉夢啼鶯
——吳文英詞賞析 44

析論篇

＊常見於詩詞裡的兩種寫景法
——主觀與客觀 53
＊談見於詩詞裡的凡目結構 75
＊探求詞調聲情的幾條途徑 103
＊詞的章法與結構 121
＊北宋詞風的轉變 139
＊古語古句在蘇辛詞裡的運用 166

*辛稼軒的境遇與其詞風 211
*常見於稼軒詞裡的幾種詞章作法 231

教學篇

*談詩詞教學與欣賞 253
*高中國文古典詩歌教材探析 261

序

陳滿銘

詩和詞，是我國至爲精緻、優美的兩種文學體裁，最容易使人沈浸於其中，百般加以玩味而不厭，因此喜愛它們的人便格外的多，而我也不例外。就由於這份喜愛，再加上課程講授的需要，二十多年來，陸續撰成了《稼軒詞研究》（已出版）、《蘇辛詞比較研究》（已出版）與《落花微雨燕歸來》（未出版）等三本專著，並發表了二十幾篇（一篇除外）談詩論詞的短文。這二十幾篇短文，此次應萬卷樓之請，特地把它們集結成書，以作爲個人喜愛詩詞的另一小小紀念。

這二十幾篇短文，大致可歸爲四類：

一爲鑑賞類，有五篇，其中〈落花微雨燕歸來〉，談的是晏氏父子詞中的花與燕；〈聽徹梅花弄〉與〈綠楊歸路，燕子西飛去〉，分別對秦觀的〈桃源憶故人〉（玉樓深鎖薄情種）與賀鑄的〈點絳唇〉（一幅霜綃）詞作了賞析；〈中秋寄遠〉，談辛棄疾的〈滿江紅〉（快上西樓）詞；〈吳文英詞賞析舉隅〉，舉〈唐多令〉（何處合成愁）、〈風入松〉（聽風聽雨過清明）、〈點絳唇〉（捲盡愁雲）、〈浣溪沙〉（門隔花深夢舊遊）、〈八聲甘州〉（渺空煙）等五闋詞作爲例，談吳文英詞的特色與欣賞。

二爲析論類，有五篇，其中〈探求詞調聲情的幾條途徑〉，分所屬宮調、零星記載、作品文情、特殊形式等四方面，來談探求詞調聲情的途徑；〈詞的章法與結構〉，以遠近、大小、今昔、呼應、對照等五法，談詞的章法，以先虛後實、先實後虛、雙實夾虛、先凡後目、先目後凡等五式，談詞的結構；〈北宋詞風的轉變〉，就南唐詞風的滋蔓、教坊新腔的流行、傳統藩籬的突破與形式格律的注重等四階段，以探討北宋詞風轉變的梗概；〈古語古句在蘇辛詞裡的運用〉，分經、史、子、集，就其範圍與數量，加以統計，以見古語古句在蘇辛詞裡的運用情形；〈辛稼軒的境遇與其詞風〉，分江淮兩湖、帶湖、瓢泉等三期，來探討辛棄疾境遇與詞風轉變的關係。

三爲作法類，有八篇，其中〈談安排詩詞主旨或綱領的幾種基本形式〉，就詩詞主旨或綱領的安排部位，分安排於篇首、篇末、篇腹與篇外等四種基本形式，列舉實例，加以探討；〈演繹法在詩詞裡的運用〉與〈歸納法在詩詞裡的運用〉，都分單軌與雙軌，舉例說明演繹法與歸納法在詩詞裡運用之究竟；〈虛實法在詩詞裡的運用〉與〈順逆法在詩詞裡的運用〉，皆就單用與雙用，來討論虛實法與順逆法在詩詞裡的運用情形；〈常用於詩詞中的兩種詞章作法〉，就泛寫與具寫，加以探討；〈常見於詩詞裡的兩種寫景法〉，就主觀與客觀，加以探討；〈常見於稼軒詞裡的幾種詞章作法〉，分別就平敍、遠近、大小、今昔、虛實、呼應、對照、演繹、歸納等法，舉例略加說明，以看出稼軒多變的寫作形式。

四爲教學類，有四篇，其中〈談詩詞教學與欣賞〉，分體制、格律、題目、義旨、作法與鑑賞等六目，加以探討；〈怎樣教詞選〉，以李煜的〈淸平樂〉(別來春半)與蘇軾的〈念奴嬌〉(大江東去)詞爲例，就其本事與背景、格律、初步讀講、深究鑑賞(主旨之安排、材料之運用、布局之手法、作品之風格)等項，予以詳細說明；〈談主旨見於篇腹的幾首詩詞〉，以各級學校國文課本所選十首詩詞爲例，掌握它們置於篇腹的主旨，貫穿前後詞意，稍作說明，以期抛磚引玉，由點而及面，來提升詩詞教學的效果。〈談國中的詞曲教學〉，以國中國文課本所選八首詞曲爲例，說明教學的步驟與所應注意的事項，是二十幾篇中唯一未發表的一篇，且脫出詩詞範圍，涉及曲之教學，本不宜收入，但因它可以補〈談詩詞教學與欣賞〉一文之不足，故特地收入本書，以供教學之參考。

在整個詩詞的大園地裡，這二十幾篇短文所研討的，雖然範圍有限，只不過涉及其中的極小部分而已，但都是個人讀詩學詞的一些心得，所謂「一得之愚」，希望對詩詞研究之提升，稍盡緜力，能這樣，就是本書問世的最大收穫了。不過，無可避免地，文中必有許多疏漏或見仁見智的地方，尙祈　博雅君子，不吝指正。

民國八十二年九月十三日序於國立台灣師範大學

修訂序

陳滿銘

這本小書，原在民國八十三年六月出版，收了鑑賞類五篇、析論類五篇、作法類八篇、教學類四篇，共二十二篇短文。雖然它們或多或少地提供了異於傳統的研析角度、呈現一些不同的面貌，受到頗多讀者的喜愛，但仍有不少的缺失；因此這次特地接納了部分讀者的意見，刪去其中的九篇，而增入六篇，希望能適應新的需求，來答謝讀者。

記得在五年前，將一些相關短文結集成書時，爲了充實書的內容，讓未讀過拙作《國文教學論叢》（民國八十年三月，由國文天地出版）的部分讀者，也能一起研討，於是從中節錄了論述詩詞的幾篇文章，題爲〈談安排詞章主旨或綱領的幾種基本形式〉、〈演繹法在詩詞裡的運用〉、〈歸納法在詩詞裡的運用〉、〈虛實法在詩詞裡的運用〉、〈順逆法在詩詞裡的運用〉、〈怎樣教詞選——以李煜的〈清平樂〉與蘇軾的〈念奴嬌〉爲例〉、〈談主旨見於篇腹的幾首詩詞——以各級學校國文課本所選詩詞爲例〉等，收入書中。而且在同一理由下，又將原本收在本書的〈常用於詩詞中的兩種詞章作法——泛寫與具寫〉和〈談國中的詞曲教學〉，於去（八十七）年三月收入拙作《國文教學論叢續編》（由萬卷樓出版）中。爲免彼此重複，這回就把它們悉數刪除了。

由於刪去了這些文章，稍稍影響了內容，因此特選了幾篇文章加以充實，其一是〈灞陵傷別——李白〈憶秦娥〉詞賞析〉，其二是〈月明人倚樓——白居易〈長相思〉詞賞析〉，其三是〈吹皺一池春水——馮延巳〈謁金門〉詞賞析〉，其四是〈酒入愁腸，化作相思淚——范仲淹〈蘇幕遮〉詞賞析〉，這四篇均屬鑑賞性的文章，一律作了新的嘗試，由篇章結構切入，附上結構簡表，作深入的分析，這對掌握作品來說，相信是一串不錯的鑰匙。其五是〈談見於詩詞裡的凡目結構〉，試就「先凡後目」、「先目後凡」、「凡、目、凡」和「目、凡、目」等四種結構，分單軌與雙軌，舉詩詞中的名作爲例，同樣附上結構簡表，說明它們的變化與奧妙，這對分析作品而言，相信也是一把實用的利器。其六是〈高中國文古典詩歌教材探析〉，除體制、格律（平仄、韻叶）外，主要探析了高中國文課本中所選二十一首（詩十二首、詞四首、曲五首）的內容與形式結構，也附上結構簡表，來一一說明，這對詩歌鑑賞或從事詩歌教學的人來說，相信是會有參考的價值的。

近幾年來，除了上述六篇與以〈唐宋詞拾玉〉爲專欄，寫了十多篇文章外，又發表了與詩詞有關的幾篇論文，其一爲〈談近體詩的欣賞——以國中國文課本所選作品爲例〉，其二爲〈談中國古典詩歌之美——以中等學校國文課文爲例〉，其三爲〈談崔顥〈黃鶴樓〉與李白〈登金陵鳳凰臺〉二詩的異同〉，其四爲〈凡目法在蘇辛詞裡的運用〉。這四篇的前三篇，已收入拙作《國文教學論叢續編》，而後一篇，則發表於民國八十四年四、五月《國文天地》十一卷十、十一期，打算在日後收入《蘇辛詞結構分析》一書裡，所以這一次並沒有收入本書。

回顧這幾年在詩詞研究的領域上，耕耘得不夠勤奮，以致沒什麼比較亮麗的成績單可以交出來，這不能不說是件憾事。希望不久的將來，能出版《詞林散步——唐宋詞結構分析》和《唐宋詞拾玉》兩本書，以為彌補。就在這修訂本出版前夕，特地略述修訂的因由、內容與期望，和大家共勉。

民國八十八年七月廿五日序於臺灣師大國文系

鑑賞篇

灞陵傷別

——李白〈憶秦娥〉詞賞析

簫聲咽，秦娥夢斷秦樓月。秦樓月。年年柳色，灞陵傷別。　樂遊原上清秋節，咸陽古道音塵絕。音塵絕。西風殘照，漢家陵闕。

這闋寫別恨之作，是採由「今」（夜有所夢）而「昔」（日有所思）的形式寫成的。就「今」的部分來說，共含上片五句，寫的是「夜有所夢」的情形。其中「簫聲咽」三句，用以寫主人翁秦娥（長安女子）於重陽節夜晚夢醒後對月相思的情景。它的首句「簫聲咽」，作者用了一個情語「咽」以形容簫聲，採的是主觀的寫景法，直接地由這個「咽」字傳達了秦娥的哀傷。本來，對一個獨守空閨的人而言，在平時就已夠她哀傷的了，更何況是正值重陽團圓之日呢？所以她在白天上了長安城東南的樂遊原，孤單地呆了一天之後，到了夜裡，即因「日有所思」而作了夢，它的次句「秦娥夢斷秦樓月」便交代了這件事。可想而知地，在夢中，她又與從前一樣，和所思念的人會面了，但所謂「好夢由來最易醒」，醒來以後，夢境的一切卻恰與現實成了强烈的對比，加上抬頭又見樓邊之月，自然會使秦娥更哀傷不已，這就難怪簫聲會「咽」了。而這「夢」和「月」，在寫離情的作品裡是經常出現的，有的用「月」來傳遞相思，有的用「夢」或「月」之圓來反襯別離、用「月」之缺來正襯孤單。如張九齡〈望月懷遠〉詩云：

海上生明月，天涯共此時。……不堪盈手贈，還寢夢佳期。

而王昌齡〈送魏二〉詩也說：

憶君遙在瀟湘月，愁聽清猿夢裡長。

諸如此類的例子，隨處可見。李白這樣以「夢」與「月」來襯托，使所寫的離情當然更趨於强烈。其實，「簫聲咽」三句並沒有直接說到別離，這是有待「年年柳色」兩句來交代的。這兩句，先以「年年」二字將時間一路追回到送別之際，使時間得以拉長，來容納更多的離情；次用「柳色」之變換來連接這段漫長的歲月，藉以帶出無限舊恨，來增强新愁；然後以「灞陵」點明離別地點爲長安，來回應「秦娥」、「秦樓」之「秦」；末以「傷別」拈出一篇之主旨，來統一全詞，使全詞充滿「傷別」之情。這裡用灞橋折柳贈別的典故來寫，既切「事」，又切「地」，和一般陳腔濫調，是有所不同的。

就「昔」的部分來說，共含下片五句，寫的是「日有所思」的情形。它的首句「樂遊原上清秋節」，點明了登高的地點和時節。樂遊原，在今陝西省西安市南郊，本是秦時的宜春苑，漢宣帝時改爲樂遊苑。唐時由於太平公主在此添造一些亭閣，遂成長安士女遊賞勝地，尤其是每逢正月晦日、三月三日及九月九日，更是人車聚集，熱鬧非凡。這裡既說是「清秋節」，而又以「咸陽古道」之「音塵絕」作反襯，指的當是九九重陽節。這個節日，對此闋詞的主人翁而言，是別有意義的，因爲在從前此日，她和所思念的人，在車水馬龍的襯映下，不知遊賞過這個地方多少回，而如今卻留下自己獨自領受「咸陽古道音塵絕」的無邊寂寞，這樣撫今追昔，當然會徘徊留連而進一步地感傷不已。尤其是到了黃昏時，又面對了「西風殘照，漢家陵闕」的寥落景象，那就更「不堪看」了。據載，西漢高祖、惠帝、景帝、武帝與昭帝的五座陵園都在附近，韋應物有〈驪山行〉詩云：

秦川入水長繚繞，漢氏五陵空崔嵬。

而後來的杜牧更有〈登樂遊原〉詩說：

長空澹澹孤鳥沒，萬古銷沈向此中。
看取漢家何事業？五陵無樹起秋風。

這兩首詩都提到了這五座陵園，而杜牧所謂的「看取漢家何事業，五陵無樹起秋風」，和李白這闋詞的「西風殘照，漢家陵闕」，在意境上可謂十分接近，都充滿肅穆淒涼的氣氛，秦娥處此，自然地會興起「悔教夫婿覓封侯」之感，如此一來，她那「傷別」之情又爲之推深一層。

所謂「日有所思，夜有所夢」，本來寫秦娥因有所見而有所思，由有所思而有所夢，作者卻將日夜先後的順序倒轉過來，用的是逆敘的手法。由於它表面上雖是寫離情，卻蘊含著家國興亡的深切感慨，所以氣勢顯得雄大，劉熙載說它「聲情悲壯」（《藝概》），而王國維則說「純以氣象勝」（《人間詞話》），說得很有道理。如果此詞確係李白所作，那麼寫於安史之亂時，是最有可能的。

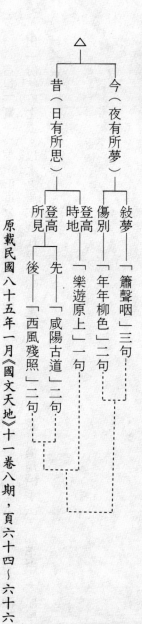

附：結構分析簡表

- △
  - 今（夜有所夢）
    - 敍夢——「簫聲咽」三句
    - 傷別——「年年柳色」二句
  - 昔（日有所思）
    - 登高時地——「樂遊原上」一句
    - 登高所見
      - 先——「咸陽古道」二句
      - 後——「西風殘照」二句

原載民國八十五年一月《國文天地》十一卷八期，頁六十四～六十六

月明人倚樓

——白居易〈長相思〉詞賞析

汴水流，泗水流，流到瓜州古渡頭。吳山點點愁。思悠悠，恨悠悠，恨到歸時方始休。月明人倚樓。

這闋詞敍遊子之別恨，是採「實、虛、實」的形式寫成的。首以「實」（前）的部分來說，它先用開篇三句，寫所見「水」景，初步用二水之長流襯托出一份悠悠之恨。以水之流來襯托或譬喻恨之多，是歷來詞章家所慣用的手法，如李白〈太原早秋〉詩云：

思歸若汾水，無日不悠悠。

又如賈至〈巴陵夜別王八員外〉詩云：

世情已逐浮雲散，離恨空隨江水長。

此外，作者又以「流到瓜州古渡頭」來承接「泗水流」，採頂眞法來增强它的情味力量。這種修辭法也常見於各類作品，如《詩・大雅・旣醉》說：

威儀孔時，君子有孝子。孝子不匱，永錫爾類。

又如佚名的〈飲馬長城窟行〉說：

長跪讀素書，書中竟何如？

這樣用頂眞法來修辭，自然就把上下句聯成一氣，起了統調、連綿的作用。況且這個調子，上下片的頭兩句，又均爲疊韻之形式，就以上片起三句而言，便一連用了三個「流」字，使所寫的水流更顯得綿延不盡，造成了纏綿的特殊效果。

作者如此寫所見「水」景後，再用「吳山點點愁」一句寫所見「山」景。在這兒，作者以「點點」兩字，一方面用來形容小而多的吳山（江南一帶的山），一方面也用來襯托「愁」之多。南宋的辛棄疾有題作「登建康賞心亭」的〈水龍吟〉詞說：

楚天千里清秋，水隨天去秋無際。遙岑遠目，獻愁供恨，玉簪（尖形之山）羅髻（圓形之山）。

很顯然地，就是由此化出。而且用山來襯托愁，也不是從白居易才開始的，如王昌齡〈從軍行〉詩云：

琵琶起舞換新聲，總是關山離別情。

這樣，水既以其「悠悠」帶出愁，山又以其「點點」襯托愁，所謂「山牽別恨和腸斷，水帶離聲入夢流」（羅隱〈綿谷迴寄蔡氏昆仲〉詩），情韻便格外深長。

次以「虛」的部分來說，它藉「思悠悠」三句，即景抒情，來寫見山水之景後所湧生的悠悠長恨。在此，作者特意在「思悠悠」兩句裡，以「悠悠」形成疊字與疊韻，回應上片所寫汴水、泗水之長流與吳山之「點點」，造成統一，以加强纏綿之效果；並且又冠以「思」（指的是情緒，亦即「恨」）和「恨」，直接收拾上片見山水之景所生之「愁」，表達了自己長期未歸之恨。而「恨到歸時方始休」一句，則不僅和上二句產生了等於是「頂眞」的作用，以增強纏綿感，又將時間由現在（實）推向未來（虛），把「恨」更推深一層。這種寫法也見於杜甫〈月夜〉詩：

何時倚虛幌，雙照淚痕乾。

這兩句寫異日月下重逢之喜（虛），以反襯出眼前相思之苦（實）來，所表達的不正是「恨到歸時方始休」的意思嗎？所以白居易如此將時間推向未來，如同杜詩一樣，是會增強許多情味力量的。

末以「實」（後）的部分來說，雖僅「月明人倚樓」一句而已，卻足以牢籠全詞，使人想見主人翁這個「人」在「月明」之下「倚樓」，面對山和水而有所「思」、有所「恨」的情景，大大地起了「以景結情」的最佳作用。大家都知道「以景結情」是詞章收結的好方法之一，譬如周邦彥的〈瑞龍吟〉（章臺路）詞在第三疊末用「探春盡是，傷離意緒」，將「探春」經過作個總結，並點明主旨之後，又寫道：

官柳低金縷，歸騎晚，纖纖池塘飛雨，斷腸院落，一簾風絮。

這顯然是藉「歸騎」上所見暮春黃昏的寥落景象來襯托出「傷離意緒」。這樣「以景結情」，當然令人倍感悲悽。所以白居易以「月明人倚樓」來收結，是能增添作品的情韻的。何況他在這裡又特地用「月明」來襯托別恨，更加强了效果。因爲「月」自古以來就被用以襯托「相思」（別情），如李白〈聞王昌齡左遷龍標遙有此寄〉詩云：

我寄愁心與明月，隨風直到夜郎西。

又如孟郊〈古怨別〉詩云：

別後唯有思，天涯共明月。

這類例子，不勝枚舉。陳弘治教授以爲此詞「甚得言有盡而意無窮之妙」（《唐宋詞名作析評》），能這樣，與此當不無關係。

作者就這樣以「實、虛、實」的形式，將主人翁在月下倚樓所見所感，融成一體來寫，使意味顯得特別深長，令人咀嚼不盡。有人以爲它寫的是閨婦相思之情，也說得通，但一樣無損於它的美。

附：結構分析表

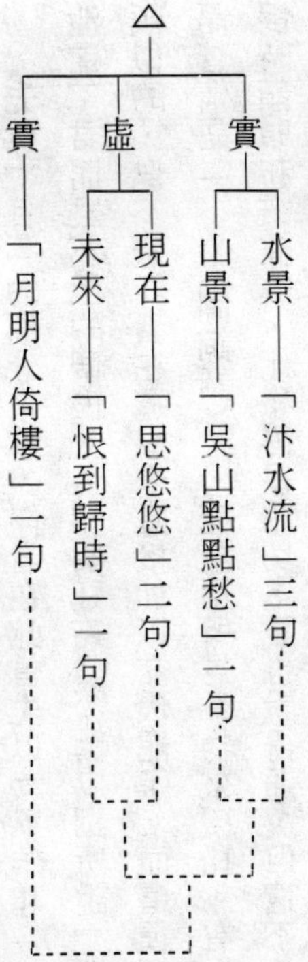

原載民國八十五年八月《國文天地》十二卷三期，頁八〇～八十三

吹皺一池春水

——馮延巳〈謁金門〉詞賞析

風乍起，吹皺一池春水。閑引鴛鴦芳徑裡，手挼紅杏蕊。　鬥鴨闌干遍倚，碧玉搔頭斜墜。終日望君君不至，舉頭聞鵲喜。

此詞用以寫「終日望君君不至」的惆悵之情，是採先「目」（條分）後「凡」（總括）的形式所寫成的。

先就「目」的部分來看，作者在此首先以「風乍起」二句，寫女主人翁一大早梳洗後站在風池前望君而君不至的惆悵，這和溫庭筠〈夢江南〉詞所說「梳洗罷，獨倚望江樓」的情形，是極其類似的，只不過作者在這兒未直接加以交代罷了。而這種惆悵之情，就像王國維所說的「一切景語皆情語」（《人間詞話》），完全用所見景物來襯托。有人以為風吹皺了滿池春水，一如人在惆悵時額頭起皺紋般，比喻得很貼切，雖也說得通，但遠不如說這種外在景象使這位女子在她心湖裡激起了陣陣漣漪來得好，因為這樣就使得內情和外景完全交融在一起，已無法分清孰外孰內了。對於這點，高章采在《唐宋詞鑑賞辭典》裡說：

它的妙處不僅僅在於寫景，而在於它以象徵的手法，把女主人翁不平靜的內心世界巧妙地揭示出來。春風攪動了池水，春風更攪亂了思婦的心。

他用幾句話便道出了這兩句詞的奧妙所在，這是「目一」的部分。

其次作者用「閑引」二句，寫這位女子留在花徑中望君而君不至的惆悵，也一樣將情寓於景，而這個「景」的重心不是置於她所見之景，而是自己「閑引鴛鴦」與「手挼紅杏」的舉動上。其中「閑引」，是默默逗弄的意思。由於這逗弄的對象是鴛鴦，便起了强烈的反襯作用，使這位女子湧生孤單之情。如此以鴛鴦反襯孤單之情，在詩詞中是極常見的，如杜甫〈佳人〉詩云：

合昏尚知時，鴛鴦不獨宿。

又如韋莊〈菩薩蠻〉詞云：

桃花春水淥，水上鴛鴦浴。凝恨對斜暉，憶君君不知。

可見「閑引鴛鴦」的動作强化了這位女子不平靜的心境。而她在逗弄鴛鴦的同時，又不知不覺地將剛開的紅杏花蕊用手搓碎，這更顯露了她激烈波動的內心世界，因爲花是人人喜愛的，並且也象徵著美好的事物或時光，甚至像陳弘治教授在其《唐宋詞名作析評》中所說的「以『紅杏』暗示其豔情」，照理說，是該加以寶愛珍惜才對，但這位女子卻把它挼碎了，這種異常的舉動非常有力地形象了她不平靜的心境，使惆悵之情又推深了一層，這是「目二」的部分。

接著作者以「鬥鴨」二句，寫這位女主人翁倚於鬥鴨欄邊望君而君不至的惆悵。所謂「鬥鴨闌干」，雖然《三國志．吳志．陸遜傳》有如下記載：

> 時建昌侯慮於堂前作鬥鴨欄，頗施小巧，遜正色曰：「君侯宜勤覽經典以自新益，用此何爲？」慮即時毀撤之。

看來是指將一些鴨子圈在裡面使牠們相鬥的一種欄干，但鬥鴨的風氣到了宋代已式微，所以趙與旨《賓退錄》卷八說：「人多疑鴨不能鬥」，可知此說未必妥當，而陳弘治教授在《唐宋詞名作析評》以爲：

> 此處指闌干之作鬥鴨形狀者。鬥鴨，蓋言闌干之華飾耳。

這種說法顯然合理得多了。就在此鬥鴨闌干之前，這位女子倚了又倚，倚個不停，經由「遍」字，巧妙地傳達了時間推移與內心焦慮的意思，並且進一步地用「碧玉搔頭斜墜」來具寫她爲愁所苦的樣子，將惆悵之情推至極處，這是「目三」的部分。

再就「凡」的部分來看，作者先以「終日」句，將上面「目」的部分作一總括，明白交代這位女子已「望」了一整天卻失望了，她開頭是望於風池前，繼而是望於花徑裡，最後是望於闌干旁，藉此由遠而近地將全詞連綴在一起，使讀者終於知道這位女子內心之所以不平靜（惆悵），是由於「終日望君君不至」的緣故。本來寫到這裡，只要用一個能表示惆悵之情的「情語」來收尾就可以了，而作者卻用「舉頭」句，藉「聞鵲喜」之「喜」反逼出惆悵之情來，這可說神來之筆，妙到極點。如衆所知，古人以爲喜鵲是專來報喜訊的，《西京雜記》卷三云：

乾鵲噪而行人至。

而《禽經》在「靈鵲兆喜」下，張華也注云：

鵲噪則喜生。

可見「聞鵲喜」確是一個喜兆，這當然會使這位女主人翁的心中充滿了希望；但一「舉頭」之後，她的視線越過了「闌干」、「芳徑」、「春水」，投向遠方，究竟是發現了「君至」還是「君不至」呢？作者雖未明言，卻可從作者詞中所提供的線索得知結果，那就是依然「君不至」，如此，這位女子的惆悵之情便變得更濃更亂，更無法收拾了。所謂「意在言外」，使作品的韻味更趨深長。

由於作者的藝術表現手法十分出色，甫一問世，便贏得了大衆的喝彩，馬令《南唐書・黨與傳下》說：

延巳有「風乍起，吹皺一池春水」之句，皆爲警策。元宗（南唐中主李璟）嘗戲延巳曰：「吹皺一池春水，干卿何事？」延巳曰：「未如陛下『小樓吹徹玉笙寒』」，元宗悅。

元宗本身是個極富才情的詞家，雖然在這兒未正面對馮延巳此詞作出評價，但愛賞之情卻溢於言表，由此可見此詞受重視之一斑。

附：結構分析表：

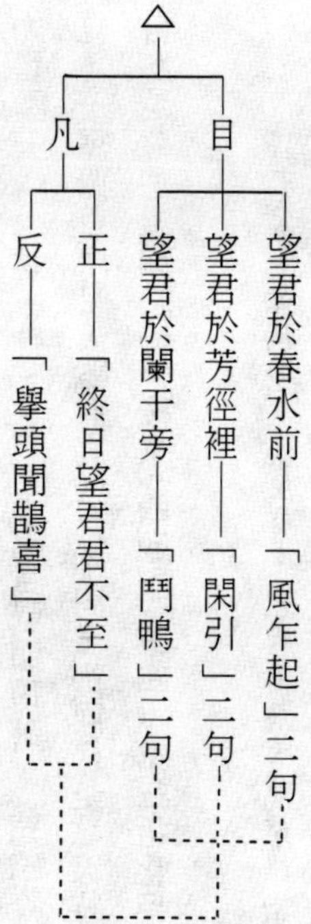

原載民國八十六年九月《國文天地》十三卷四期，頁八十二～八十四

酒入愁腸，化作相思淚

——范仲淹〈蘇幕遮〉詞賞析

碧雲天，黃葉地。秋色連波，波上寒煙翠。山映斜陽天接水。芳草無情，更在斜陽外。
黯鄉魂，追旅思。夜夜除非，好夢留人睡。明月樓高休獨倚。酒入愁腸，化作相思淚。

此詞旨在寫鄉愁，是採「先實（景）後虛（情）」的結構寫成的。「實」的部分，爲上片，寫的是秋天黃昏時寂寥的景色，採由近及遠的順序來寫。一開始以「碧雲天」二句，就「近」，說自己頭頂著「碧雲天」、腳踏著「黃葉地」。這樣一寫仰首所見，一寫俯首所見，雖有高低之不同，卻同樣是秋天特有的景色。這種寂寥的「秋色」，人看了自然是會愁上加愁的。後來《西廂記》第四本第三折化用這兩句並加以推衍說：

碧雲天，黃花地，西風緊，北雁南飛。曉來誰染霜林醉？總是離人淚。

所謂「離人淚」，不是由於愁上加愁的緣故嗎？其次以「秋色連波」二句，寫「次近」，將「碧雲天」和「黃葉地」這種「秋色」一直伸展到水上；而且透過水上的「寒煙」帶出它背後翠綠的山來。在此必須一提的是：頂眞和借代兩種修辭法的運用，以「秋色」來說，指的就是「碧雲天」和「黃葉地」，雖然並不合頂眞法的標準要求，卻產生了「頂眞」的作用，大可視爲變體的頂眞；而以「連波」、「波上」來說，是標準的頂眞用法，並且「波」本身也借代了「水」，收到形象化的效果，李廷先、王錫九在《唐宋詞鑑賞集成》中說：

這裡以「波」指代「水」，「波」字很有形象性，寫出了水的生動的態勢。

說法很正確。至於「翠」，則用以指代「山」，以顏色代替實體，寫來更爲具體而生動。如此「翠」與下句之「山」又形成了變體頂眞的關係。最後以「山映斜陽」三句寫「遠」，而使這三句聯成一體的是映山的「斜陽」。很明顯地，由開篇至此，皆循單線發展，但從這裡開始，卻以「斜陽」分兩路來寫，一路是「天接水」，這所謂的「天」，即「斜陽」，用的又是變體頂眞的手法，這樣由「斜陽」而遙接遠水，朝著自己家鄉的方向伸展出去，正如劉禹錫〈竹枝詞〉裡所說的：

水流無限似儂愁。

有著綿綿不絕的愁意。另一路是「斜陽外」的無情「芳草」，既說是「斜陽外」，可知是極遠，因爲人在主觀上來說，斜陽之色如濃，就感覺近，如淡則感覺遠；而所謂「斜陽外」，亦即已完全失去斜陽的顏色，那就更遠了。作者此時看到「草」在「斜陽」之外，漫生無際，完全無視於人之「離情正苦」（溫庭筠〈更漏子〉），於是有了「無情」的怨歎。因爲「草」自古以來就與離情結了不解之緣，如《楚辭、招隱士》云：

王孫遊兮不歸，春草生兮萋萋。

再如佚名的〈飲馬長城窟行〉說：

青青河畔草，綿綿思遠道。

又如李煜〈清平樂〉詞云：

離恨恰如春草，更行更遠還生。

這種例子，隨處可見。李廷先、王錫九在《唐宋詞鑑賞集成》裡說：

本詞說芳草延伸到望不到頭的極遠處，正是說作者因它而觸動別恨，想到遠在天之一方的親人。「無情」正反映出人的感情的深濃。

即本此而說。

「虛」的部分，爲下片。開端「黯鄉魂」兩句，爲一篇主旨之所在。其中「黯鄉魂」三字，是說爲思鄉而黯然銷魂，寫的是今愁。江淹〈別賦〉云：

黯然銷魂者，惟別而已矣。

經作者一化用，便產生了語短情長的效果。而「追旅思」三字，是說回想離家之後的種種感觸，寫的是舊愁。所謂「旅思」，指羈旅之愁緒，等於是說「別恨」，南朝齊謝朓之〈宣城出新林浦向板橋〉詩云：

旅思倦搖搖，孤遊昔已屢。

就是這種用法。接著這兩句而來的「夜夜除非」二句，則屬倒敍性質，意思是：除了作「好夢」留人貪睡片刻之外，就會爲「黯鄉魂，追旅思」而失眠，齊世昌在《中國歷代詩歌名篇鑑賞辭典》中說：

「夜夜除非，好夢留人睡」，只有這個辦法，每天夜裡，做夢回鄉與親人團聚，又永留夢中，不再醒來，這才得到一些安慰，否則愁苦的鄉思，羈旅的愁懷又將一齊湧上心頭不能入睡。

這種體會十分眞切。由於「夜夜除非，好夢留人睡」，則「黯鄉魂，追旅思」，所以就想要在明月之下，倚樓眺望故鄉，以慰鄉思，但過去的經驗告訴自己，這樣會更刻骨思鄉，而醉酒流淚，於是發出「休獨倚」的警告。不過，最後還是抵不過鄉心之切，而獨倚高樓，對月醉酒，以至於淚滂滂而下了。李煜有〈浪淘沙〉詞云：

獨自莫憑闌，無限江山，別時容易見時難。

內容雖異，而巧妙則一。其實，這三句的巧妙還不止於此，作者說「酒入愁腸，化作相思淚」，明白地告訴人：酒不但沒澆去心中之愁，卻反而變成了淚水，這比李白在〈宣州謝朓樓餞別校書叔雲〉詩中所說：

舉杯銷愁愁更愁。

顯然更進一層，許昂霄《詞綜偶評》云：

「酒入愁腸」二句，鐵石心腸人亦作銷魂語。

這種「銷魂語」眞的令人為之銷魂不已。作者就這樣在上片，將倚樓所見碧雲、黃葉、水波、寒煙、翠山、斜陽、遠水、芳草，由近而遠地連接在一起，產生一環套一環的效果，予人以一種特別的纏綿感；再加上這些景物都是以充分襯托離情，那就難怪和下片所抒寫的鄉愁，能緊密地結合成為一體，發揮了最大的感染力，彭孫遹目為「絕唱」（《金粟詞話》），是很有道理的。

附：結構分析表

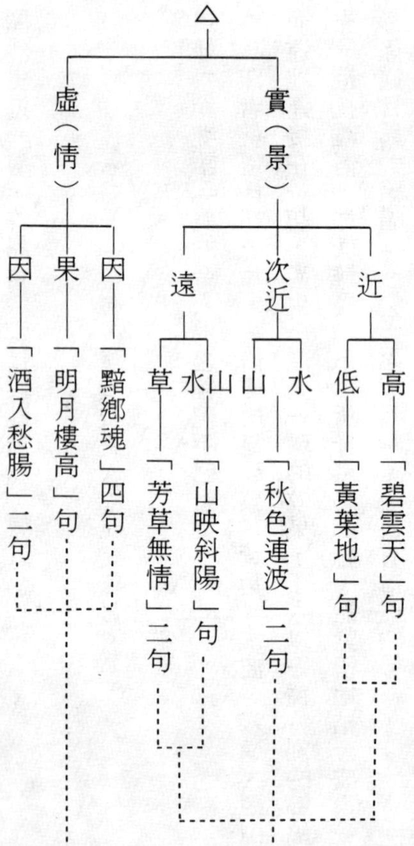

原載民國八十八年六月《國文天地》十五卷一期，頁六十九～七十一

落花微雨燕歸來

——晏氏父子詞中的花與燕

花與燕，自古以來，由於爲詞章家所喜愛，因此不斷地出現在各類作品上。其中「花」，如宋子侯〈董嬌嬈〉詩的「春風東北起，花葉正低昂」，又如張若虛〈春江花月夜〉詩的「昨夜閒潭夢落花，可憐春半不還家」，再如李煜〈相見歡〉詞的「林花謝了春紅，太匆匆」；「燕」如〈古詩十九首〉的「思爲雙飛燕，銜泥巢君屋」，又如劉禹錫〈烏衣巷〉詩的「舊時王謝堂前燕，飛入尋常百姓家」，再如馮延巳〈蝶戀花〉詞的「林間戲蝶簾間燕，各自雙雙」，都是顯著的例子。這些「花」與「燕」，雖然所含的意象都不盡相同，但同樣豐富了作品的生命。

晏氏父子對花與燕的喜愛，比起前人來，可說有過之而無不及。他們不但時常單引燕或花入詞，更並舉於許多作品上。單以並舉的來說，晏殊就有二十首（〈浣溪沙〉、〈踏莎行〉、〈木蘭花〉、〈蝶戀花〉各三首，〈清平樂〉、〈破陣子〉、〈采桑子〉各二首，〈少年遊〉、〈連理枝〉各一首），晏幾道則有十三首（〈浣溪沙〉、〈蝶戀花〉、〈少年遊〉各二首，〈鷓鴣天〉、〈更漏子〉、〈浪淘沙〉、〈虞美人〉、〈踏莎行〉、〈碧牡丹〉、〈西江月〉各一首），由此可見他們喜愛花與燕之一斑。

花與燕並舉在《二晏詞》裡，除實景實寫外，大抵以花之開與落來喻盛衰，以燕之來與歸來喻聚散。就在盛衰、聚散的糅襯下，將無盡的離愁（別恨）或相思、落寞之情表達出來。譬如晏殊的〈浣溪沙〉：

一曲新詞酒一杯。去年天氣舊亭臺。夕陽西下幾時回。　無可奈何花落去，似曾相識燕歸來。小園香徑獨徘徊。

這是一首懷舊之作。由於作者懷舊之情特濃，便想藉著「酒」和「新詞」予以排遣，沒想到所面對的是與去年同樣的「天氣」與「亭臺」，使他湧生「物是人非」的悲哀來。所以非但無法將愁遣去，反而在舊愁上加添了新恨，這樣面對西下的斜陽就自然會興起度夜如年的深刻慨嘆。其實，使他湧生哀愁的，又豈止是「去年天氣舊亭臺」和「夕陽西下」而已，眼前的「花落」與「燕歸」兩種景象，更加深了他的懷舊之情。而這兩種景象本成自自然，是沒有任何意識的，但作者卻加上了主觀的情感，使「花落」有了「無可奈何」之悵，「燕歸」有了「似曾相識」之辨，以透出好景不常、燕歸人未歸的感傷，這就難怪要徹夜失眠，在「小園香徑」裡「徘徊」不已了。張宗橚說：「細玩『無可奈何』一聯，情致纏綿，音調諧婉，的是倚聲家語」（《詞林紀事》），此詞之所以「情致纏綿」，不是因爲作者用了花與燕，並賦予無限的生命嗎？

浣溪沙

晏　殊

小閣重簾有燕過。晚花紅片落庭莎。曲闌干影入涼波。　一霎好風生翠幕，幾回疏雨滴圓荷。酒醒人散得愁多。

此詞抒寫落寞情懷，是採先條分、後總括的形式所寫成的。在條分的部分裡，作者很有次序地把映入眼簾的具體景物，由室內寫到室外，首先是重簾下的過燕，其次是庭莎上的落花，再其次是涼波中的闌影，又其次是一陣好風下的翠幕，最後是幾回疏雨中的圓荷。這些由近及遠的景物，對一個「酒醒人散」後的主人翁來說，每一樣都足以增添他的一份愁，所以作者便結以「酒醒人散得愁多」一句，將條分的部分總括起來，點出一篇之主旨作收，使得映入眼簾的每樣景物都供出了一份愁來，尤其是「過燕」與「落花」，由於一用以反襯孤單，一用以帶出對時光易逝、聚散匆匆的感觸，更使得情流景物之外，供出更多的愁來，而作者自然也「得愁」更多了。

清平樂

晏　殊

金風細細。葉葉梧桐墜。綠酒初嘗人易醉。一枕小窗濃睡。　紫薇朱槿花殘。斜陽卻照闌干。雙燕欲歸時節，銀屏昨夜微寒。

這首詞寫的是秋日偶感的一份淒清情懷。上片先從秋景的蕭瑟詠起，然後借「易醉」和「濃睡」來表出內心的落寞之感。其中蕭瑟的秋景，作者特取風墜梧葉來寫，寫得極其輕淡幽細，以牽出縷縷的哀愁來，這比起李後主〈相見歡〉詞的「寂寞梧桐深院、鎖清秋」來，眞是「別有一番滋味」；而「易醉」，承起二句來寫，是由於有愁；至於「濃睡」，則承第三句而來，乃由於「易醉」；這樣由因而果，層層遞寫，寓情於景，充分地爲下片更進一步的描寫，預先鋪好路子。到了下片，則承上片，各以兩句依次寫「濃睡」醒來所見黃昏之景與昨夜孤寒的回憶。在這裡，作者先透過紫薇、朱槿兩種花的凋殘，與上片的「梧桐墜」密相呼應，再藉由斜陽之「卻照闌干」，加強凋殘的況味，造成「一場愁夢酒醒時，斜陽卻照深深院」（〈踏莎行〉）的效果；然後以「雙燕」句，一方面用以襯托孤單，一方面用以承上啓下，帶出結句，與「易醉」、「濃睡」相呼應，寫昨夜獨宿的淒涼，使綿綿哀愁溢於篇外，令人咀嚼不盡。總括起來看，這闋詞在景物上，共用了梧之墜、花之殘、日之斜、燕之歸與銀屏之寒，以寫哀愁，雖說各有各的功用與價值，但如果沒有花之殘、燕之歸來糅襯、貫串，意味是不會那麼深長的。

踏莎行

晏　殊

小徑紅稀，芳郊綠徧。高臺樹色陰陰見。春風不解禁楊花，濛濛亂撲行人面。

翠葉藏鶯，朱簾隔燕。爐香靜逐遊絲轉。一場愁夢酒醒時，斜陽卻照深深院。

這首詞，黃昇《花菴詞選》題作〈春思〉，而內容是寫春暮夢回酒醒的一份惆悵。作者在此，依序藉著小徑的殘紅、郊野的綠草、道上的楊花、葉裡的藏鶯、簾間的隔燕、靜室的爐香和深院的殘陽，先由遠而近，再由內而外地描繪了殘春裡所見靜謐寂寞的景象，從而糅襯出「愁」來。由於其中的草、楊花、鶯與燕等，都與離情有關，「草」如王維〈送別〉詩的「春草明年綠，王孫歸不歸」，又如李後主〈清平樂〉詞的「離恨恰如春草，更行更遠還生」；「楊花」如馮延巳〈南鄉子〉詞的「魂夢任悠揚，睡起楊花滿繡床」，又如蘇軾〈水龍吟〉詞的「細看來，不是楊花點點，是離人淚」；「鶯」如金昌緒〈春怨〉詩的「打起黃鶯兒，莫叫枝上啼。啼時驚妾夢，不得到遼西」，又如馮延巳〈喜遷鶯〉詞的「宿鶯啼，鄉夢斷」；「燕」如無名氏〈後庭宴〉詞的「雙雙燕子歸來，應解笑人幽獨」，又如歐陽炯〈三字令〉詞的「人不在，燕空歸」。因此那所謂的「春思」，自與離情脫不了關係，鍾陵說：「最後點示『愁』字，寫傷春傷別的惆悵，春去人離，所以愁而飲酒，以至醉夢，但最難堪的還是酒醒夢回後的舊愁未消，新愁更生」（《唐宋詞鑑賞集成》），他認爲這闋詞寫的是「傷春傷別的惆悵」，看法是正確的。而這種「傷春傷別的惆悵」，除了草、鶯、爐香與殘陽之外，作者又安排落花與隔燕來襯托，那就更加令人「難堪」了。

臨江仙

晏幾道

夢後樓臺高鎖，酒醒簾幕低垂。去年春恨卻來時。落花人獨立，微雨燕雙飛。　記得小蘋初見，兩重心字羅衣。琵琶絃上說相思。當時明月在，曾照彩雲歸。

這是寫春恨的一首作品。起二句，寫的是夢後酒醒所處的室內景象，以「高鎖」「低垂」，寫冷落淒寂，暗暗地襯出主人翁眼前的「春恨」來。「去年」一句，承上啓下，一面拈出「春恨」，以統括全詞，一面以「去年」預爲下片之憶舊開路。「落花」兩句，引用翁宏〈春殘〉詩的原句，寫的是夢後酒醒所處的室外景象，主要以「落花」、「燕雙」暗含伊人已去、好景無常的感慨，再經由「人獨」、「微雨」加以渲染，進一層地將「春恨」作更具體的表達。下片緊承「去年」，寫過去與伊人（小蘋）初見、交往的情景，以「記得」三句，寫初見與相思；以結拍「當時」兩句，將今昔綰合，化用李白〈宮中行樂詞〉的「只愁歌舞散，化作彩雲歸」，表示伊人已去，從而點出眼前與去年春恨的根由，以收束全詞。唐圭璋說：「『落花』兩句，原爲唐末翁宏之詩，妙在拈置此處，襯副得宜，且不明說春恨，而自以境界會意。落花、微雨，境極美；人獨立、燕雙飛，情極苦」（《唐宋詞簡釋》），於此可領會作者援用成句以及牽花、燕入詞之妙。

蝶戀花

晏幾道

欲減羅衣寒未去。不卷珠簾，人在深深處。殘杏枝頭花幾許。啼紅正恨清明雨。　盡日沈香煙一縷。宿酒醒遲，惱破春情緒。遠信還因歸燕誤。小屏風上西江路。

此詞主要在寫閨怨。起三句，寫思婦深鎖空閨、怯於減衣且面對春殘的情事，以表出思婦之怨。「殘杏」二句，則由屋內移到屋外，寫清明時雨打杏花的春殘景象，而特意地將「殘杏」擬人化，使它「啼」，使它「恨」，以進一步地將「怨」具象化。到了下片，就空間來說，又由屋外拉回屋內，先以「盡日」三句，寫春暮思婦醉酒醒遲，愁緒如煙似縷，一觸四溢的情景，將「怨」又推深了一層。結拍二句，終於道出「怨」之由來，即「遠信」被「歸燕」所誤，這就如同李後主在〈清平樂〉詞裡所說的「雁來音信無憑，路遙歸夢難成」，叫人怨極愁極，無以排遣，於是只得向屏風山水圖上的「西江路」，去尋求行人蹤迹，以聊慰相思了。縱觀此詞，以春殘的景物來襯托怨情，而春殘的景物又以「殘花」與「歸燕」為主，一作正襯，一作反襯，使作品於畫面之外，添加了豐富的內涵與悠長的韻味。

更漏子

晏幾道

檻花稀，池草徧。冷落吹笙庭院。人去日，燕西飛。燕歸人未歸。　數書期，尋夢意。彈指一年春事。新悵望，舊悲涼。不堪紅日長。

這是首懷人之作。作者首先以起二句，寫庭院花稀草徧的冷落景象，此與晏殊〈踏莎行〉詞的「小徑紅稀，芳郊綠徧」，所寫地點雖不同，情景卻一致，而且也同樣地藉花之稀、草之徧來寫春殘，以襯出離情。接著以「人去日」三句，寫秋日人與燕去，而春暮「燕歸人未歸」的感傷，以正面交代離情。然後以「數書期」三句，承上片末三句，寫「人去」後，時光流逝、相思入夢、癡數書期的情事，使離情又加濃了一層。最後以「新悵望」三句，寫不堪長日想望的痛苦，在舊愁上加上新愁作結。作者在這兒，除了用「花稀」、「草徧」來襯別恨，又以「燕歸」來襯「人未歸」，不但寫活了春殘之景，更襯出了無限的離愁，使得情景相副，增加了作品不少的感染力量。

從上舉的幾首例子裡，我們不難看出晏氏父子詞裡並用花與燕的大概情形。他們大致用草、柳、梧桐、鶯、鴛鴦、雨、煙等，與花和燕相配，出現在作品裡，以寫人生盛衰，聚散無常的悲歡，皆寫得細緻雅麗，淒婉動人。或許是由於晏殊一生富貴優游，不像晏幾道那樣頻遭挫折，所以晏殊對花與燕之喜愛程度，似乎遠勝過晏幾道，而表現在作品上的意味，也普遍較晏幾道閒婉得多，這是他們同中有異的地方，值得我們注意。

原載民國八十年五月《國文天地》六卷十二期　頁三十七～四十一

聽徹梅花弄

——秦觀〈桃源憶故人〉詞賞析

玉樓深鎖薄情種，清夜悠悠誰共？羞見枕衾鴛鳳，悶則和衣擁。　無端畫角嚴城動，驚破一番新夢。窗外月華霜重，聽徹梅花弄。

這是一首抒寫怨情的作品。作者依時間的先後，由夢前寫到夢後，將一位女子獨守空閨所觸生的無限怨情，描摹得頗爲生動。尤其是全詞未下一「怨」字，而「怨」卻從篇首貫到篇末，就技巧而言，是相當高明的。

作者在開端兩句，即將這位女子的怨情作了初步的描寫。這兩句採設問的形式，寫出了女子設想薄情郎在漫漫清夜裡不知共誰深鎖玉樓的情事，而以「薄情」、「誰共」等語透出深深怨情來。三、四兩句，則由設想轉入現實，寫女子不敢面對鴛衾鳳枕，愁悶地擁衣而臥的情景。由於枕衾上所繡的鴛鴦和鳳凰，都是成雙成對的，是美滿的象徵，而自己則在「悠悠」「清夜」裡獨守空閨，那自然就會「羞見」而「悶」而「和衣擁」了。經由這樣的具體描寫，把怨情又毫不費力地推深了一層。下片起首兩句，承著上片末句的「和衣擁」而寫，寫的是女子在一大早被畫角驚斷「一番新夢」的情狀，以進一步表出怨情。作者在此，把「和衣擁」後入夢的過程，悉予省略，而直接寫夢醒，造成了藕斷絲連的效果，這在上下片的連接上是最爲得法的。「嚴城」，是戒備森嚴的城郭，大都用以指京城或邊城。指京城的，如柳永詠京妓的〈長相思〉詞：「畫鼓喧街，蘭燈滿市，皎月初照嚴城。」指邊城的，如秦觀的〈青門引〉詞：「風起雲間，雁橫天末，嚴城畫角，梅花三奏（一本作弄）。塞草西風，凍雲籠月，窗外曉寒輕透。」由於後者所寫的，與本首〈桃源憶故人〉，無論在內容或形式上，多所雷同，當係同時或前後作，所以本詞的「嚴城」，說是指戒備森嚴的邊城，該是不成問題的。末兩句，則寫女子夢醒後，一面對著窗外的晨霜曉月，一面聽著梅花三弄曲子的情景，將怨情作最後的烘托，使得情遺言外，有著無盡的韻味。結句所謂的「梅花弄」，即梅花三弄，本是一笛曲，後改用琴來彈奏，也簡稱三弄。相傳始由晉代的桓伊以笛吹奏，原用以表現梅花高潔安詳或不畏嚴寒的品格，後來則有用以表現相思之情的，本詞即屬於後者。

本詞寫怨情所以有無盡的韻味，和選材是有密切關係的。就以「枕衾鴛鳳」來說，鴛鴦和鳳凰，常藉以喻指夫妻或情侶，用來反襯孤單，以寫怨情，是恰當不過的，如柳永〈彩雲歸〉詞說：「算得伊、鴛衾鳳枕，夜永爭不思量。」又如〈臨江仙〉詞說：「奈寒漏永，孤幃悄，淚燭空燒。無端處，是鳳衾鴛枕，閒過清宵。」再就「畫角」來說，爲古樂器的一種，竹製或銅製，多用於軍中，以司晨昏、振士氣。因爲城門藉以啓閉，便和人的離聚有了關聯，所以詞章家往往用以襯托離情。如張先的〈迎春樂〉詞云：「城頭畫角催夕宴，憶前時、小樓晚。殘虹數尺，雲中斷，愁送目、天涯遠。」又如〈青門引〉詞云：「樓頭畫角風吹醒，入夜重門靜。那堪更被明月，隔牆送過秋千影。」又就「月」來說，自古以來就用以象徵人的悲歡離合，其中藉以寄托相思的，可說最爲普遍。如晏殊的〈訴衷情〉詞說：「人別後，月圓時。信遲遲，心心念，說盡無憑，只是相思。」又〈漁家傲〉詞說：「半夜月明珠露墜，多少意，紅腮點點相思淚。」末就「梅花」來說，它除了用以象徵貞潔的品格外，也常藉以襯托離情。相傳南北朝時，陸凱與范曄相友善。有一次，陸凱自江南寄一株梅花與范曄，並贈詩云：「折梅逢驛使，寄與隴頭人。江南無所有，聊贈一枝春。」從此梅花或梅花弄，便和離情結緣，散見於詞章。如歐陽修〈踏莎行〉詞云：「候館梅殘，溪橋柳細，草熏風暖搖征轡。離愁漸遠漸無窮，迢迢不斷如春水。」又〈清商怨〉詞云：「夜又永，枕孤人遠。夢未成歸，梅花聞塞管。」作者用了這些足以象徵或襯托離情的材料來詠怨情，那就無怪怨情特濃了。

張叔夏說：「秦少游詞，體制淡雅，氣骨不衰，清麗中不斷意脈，咀嚼無滓，久而知味。」（《詞源》）這首詞是個很好的例證。

原載民國八十一年五月《國文天地》七卷十二期　頁四十七～四十九

綠楊歸路，燕子西飛去

——賀鑄〈點絳唇〉詞賞析

一幅霜綃，麝煤熏膩紋絲縷。掩妝無語，的是消凝處。

薄暮蘭橈，漾下蘋花渚。風留住，綠楊歸路，燕子西飛去。

賀鑄的詞，深婉而密麗。本詞雖不是他的代表作，但也有這種特色。

此詞頗爲含蓄，寫的是一位女子的相思之情。上片一、二句，作者首先展現一幅霜白的絲綃，在它的帶紋絲縷上熏染點點墨痕，很成功地藉這點點的墨痕透出無限的相思之意來。「麝煤」，本爲製墨的顏料，後來卻多借以指墨。韓偓〈橫塘〉詩說：「蜀紙麝煤添筆媚，越甌犀液發茶香。」又黃庭堅〈謝景文惠浩所作廷珪墨〉詩說：「廷珪膺墨出蘇家，麝煤添澤紋鳥韡。」詩裡的「麝煤」，即指墨而言。這兩句和柳永〈西施〉詞所寫的「將憔悴，寫霜綃。更添錦字，字字說情憀」，雖有一藏一露的不同，但意思卻是相近的。而三、四兩句，寫的是女子見絹上墨痕後，神凝魂銷的情景。「掩妝無語」，是女子見「霜綃」後的反應，預爲下句的「消凝」作了具體的描寫。「的是」，等於說「確是」。「消凝」，也作「銷凝」，多用以形容癡心懷想的樣子，柳永〈引駕行〉詞云：「消凝，花朝月夕，最苦冷落銀屏。想媚容，耿耿無眠。」又張鎡〈水調歌頭〉詞云：「平生感慨，況逢佳處輒銷凝。」很明顯地，無論作「消凝」或「銷凝」，其意義與用法是相同的。到了下片，作者在首二句，寫女子在黃昏時分，由於「消凝」，不得不弄舟排遣的情事。「蘭橈」，本指木蘭樹所製成的船槳，後則多用以代指舟、船。如宋祁的〈浪淘沙〉詞云：「倚蘭橈，望水遠，天遠，人遠。」又如晏幾道〈武陵春〉詞云：「秋水無情天共遙，愁送木蘭橈。」這種例子，隨處可見。「蘋」，是水生蕨類植物，夏秋之間有花，色白，故又稱白蘋，俗以爲是萍的一種，即大萍。由於自來被看作是大萍，因此詞章家便常用以喻指飄泊、抒寫離情。如溫庭筠〈憶江南〉詞云：「過盡千帆皆不是，斜暉脈脈水悠悠。腸斷白蘋洲。」又如張先〈卜算子〉詞云：「溪山別意，煙樹去程，日落采蘋春晚。」無疑地，詞裡所謂的「白蘋洲」、「采蘋」，都是特地用以襯托離情別意的。「風留住」句，承「漾下」而寫，將「風」擬人化，使「蘭橈」留住，不再下漾，以領出結尾兩句來，進一層地藉「歸程」所見，具寫「消凝」之情。「楊」和「燕」，自古以來都被用以襯托別情，如張先的〈南鄉子〉詞說：「不管離心千疊恨，滔滔；催促行人動去橈。記得舊江皋，綠楊輕絮幾條條！」又〈蝶戀花〉詞說：「燕子雙來去，明月不諳離恨苦，斜光到曉穿朱戶。」一類似的例子，在各詩歌集裡，可說俯拾皆是，是極其普遍的。

這闋詞委婉地敍寫了一位女子的相思消凝之情。消凝之情是抽象的，本身並不能產生多少感染力，因此作者在開端以一幅霜綃的墨迹，交代了消凝的根由後，即由女子本身「掩妝無語」、「弄舟」的情態，以及弄舟所見蘋花、綠楊與燕子西飛的景物將「消凝」之情具象化，使得外景與內情臻於交融的境地。周濟說：「方回鎔景入情，故穠麗。」（《宋四家詞選緒論》）證以此詞，是說得一點也不錯的。

原載民國八十年八月《國文天地》七卷四期　頁六十五～六十七

中秋寄遠

——辛稼軒〈滿江紅〉詞賞析

快上西樓，怕天放浮雲遮月。但喚取、玉纖橫管，一聲吹裂。誰做冰壺涼世界，最憐玉斧修時節。問嫦娥，孤令有愁無？應華髮。　雲液滿，瓊杯滑。長袖舞，清歌咽。歎十常八九，欲磨還缺。但願長圓如此夜，人情未必看承別。把從前，離恨總成歡，歸時說。

在稼軒今存的六首中秋詞中，純粹是賦以「寄遠」的，僅一見，即右引的〈滿江紅〉詞。此詞寫出了作者於某年中秋夜晚，客居異地，見月懷人所引起的悠悠「離恨」，就像白居易在〈長相思〉詞裡所寫的「思悠悠，恨悠悠，恨到歸時方始休。月明人倚樓」，是至爲濃摯感人的。

拆散這闋詞來看，起筆兩句，爲一果一因的關係，各以「快」字、「怕」字領出，首先表達了作者急欲上樓賞月，以一抒相思的激切心情。接著是「但喚取」兩句，緊承「怕天放浮雲遮月」句，用宋初晏元獻的故事，來寫喚取美人橫笛吹開浮雲的經過。晏元獻的故事，據《石林詩話》卷上的記載，是這個樣子的：當晏元獻留守南都時，有個叫王君玉的人，做他府裡的簽判；賓主兩人，日以飲酒賦詩爲樂，相處得極爲融洽。有一年中秋，湊巧陰晦不開，到了夜裡，君玉見元獻已寢，便趕忙吟著詩走入，說：「只在浮雲最深處，試憑絃管一吹開」，元獻聽了大喜，便召客治具、合樂，不久，果然月出，於是歡飲到天亮。

借著這個故事，「浮雲」既被「吹裂」了，呈現在眼前的自是一片澄澈清涼的月世界，因此底下便接以「誰做冰壺涼世界」四句，以詰問的手法先後引用了玉斧修月和嫦娥奔月的神話故事，藉以寫中秋月亮的團圓皎潔和作者自身的孤另與哀愁。嫦娥奔月的故事，可說家喻戶曉，毋庸在此贅述；不過，說嫦娥應因愁而髮白，則實際上寫的是作者自己，這和王維的〈九月九日憶山東兄弟〉詩「遙知兄弟登高處，徧插茱萸少一人」，借家鄉的兄弟來寫自身的鄉愁，巧妙是相同的。至於玉斧修月的故事，則出於《酉陽雜俎》一書的〈天壺門〉，據它的記載：從前有個名叫鄭仁本的表弟去遊嵩山，見到有人枕著一包「幞物」（用頭巾包裹的東西）正在睡眠，便向前叫醒他，並問他是從那裡來的？那人笑著說：「你可曉得月亮是由七寶合成的嗎？算來經常有八萬二千戶在那兒修月，我就是其中的一個。」於是打開頭巾，赫然有斧鑿等器具擺在裡頭。根據這個神話，月亮既是合七寶而成的，則經玉斧修過以後，當然就圓滿無缺，特別光彩奪目，這就難怪作者要說「最憐玉斧修時節」了。

過片「雲液滿」四句，乃承上半闋「孤令有愁無」的「愁」字來寫，由此數句可知作者本是想藉著酒和歌舞來遣去哀愁的，結果卻沒有收到任何的效果，這可從「清歌」後下一個「咽」字看出來。爲什麼會這樣呢?這當然是由於往日離多會少的緣故,若移就月亮而言,那就是指圓少缺多了,所以作者便說:「歎十常八九,欲磨還缺」來近應「咽」字,並遠應上片「最憐玉斧修時節」之句。接著是「但願長圓如此夜」兩句,文勢在此突然一轉,而時間也由過去、現在而伸向未來,暗含著蘇東坡〈水調歌頭〉詞「但願人長久,千里共嬋娟」和孔平仲〈八月十六夜翫月〉詩「只恐月光無顯晦,只緣人意有盈虧」的意思,表出自己對人月長圓的強烈願望,認爲能這樣,人意對月是不會有別樣的看待的。最後作者用「把從前,離恨總成歡,歸時說」兩句,道出了自己殷切期待著歸時化離恨爲歡聚的心理,以收束全詞,韻致是頗爲深沈的。

縱觀此詞,以時間而言,由現在寫到過去,再寫到未來;以月亮而言,由盈寫到虧,再寫到盈;以情緒而言,由怕寫到愁,再寫到歡;而從頭到尾,無論是一般的描寫或用典,沒有一處不是針對著月亮來寫,以流露出懷遠的濃摯情思,其章法之密,手法之高,是不得不讓人歎服的。

原載民國七十年九月十三日《台灣日報》

交加曉夢啼鶯

——吳文英詞賞析

吳文英字君特，號夢窗，別號覺翁，南宋四明（今浙江鄞縣）人。原本姓翁，與翁元龍為親伯仲，故本來的姓名應為翁文英。生卒年不詳。宋理宗紹定年間，曾入蘇州作過常平倉司的幕僚。景定年間，曾在榮王官邸作客，受到丞相吳潛的賞識，時常往來於蘇州、杭州之間。當時的蘇、杭是政教的中心，為人文薈萃之地，常常舉辦詩酒之類的聯誼。從吳文英的遺留作品中，隨處可得到他常常參與這種詩酒結社的證明。清周濟曾說：「南宋有無謂之詞以應社。」那是因為在南宋時，凡是參與詩酒聯吟之人，都不敢議論朝政，以抒發國仇家恨，便祇得藉作詩塡詞來表達抑鬱之情，於是詠物之作即應運產生。

一般而言，詠物之作需具備三個要件，即用典要適切、要能出新義、要詠出物的特點。若以此來賞析南宋詞人的許多作品，則良窳自可分辨。由於應社之詞係以詠物為主，而詠物必用典，結果詞旨便易流於晦澀。試看北宋詞大都清眞，而南宋詞卻多晦澀，就是由於這個緣故。而且詠物詞除了用典較多外，也比較考究聲律，並講究用字，可說在追求形式之美上用盡了力，因而也達到了相當高的成就。試以此來賞析吳夢窗許多詠物之作品，便頗能符合。或許正因爲夢窗對於聲律極考究，故其作品讀起來也特別和諧悅耳，並且由於對鍛鍊字面煞費苦心，故其詞語特別醇雅，比之周邦彥，可謂有過之而無不及。至於引用典故，則較多且澀，這正是前人批評夢窗作品的缺失之一。夢窗曾作〈瑣窗寒〉詞一首，主要在歌詠玉蘭花。這首詞即堆砌了許多典故，而典故與典故之間的關係，實在晦澀難懂。這也是前人用來攻擊夢窗的最顯著例子。

夢窗由於受當代潮流的影響，不得不走向詠物之途。而詠物勢必要走向講究聲律、鍛鍊字面、引用典故的路子。平心而論，詠物詞雖然有缺點，但也有其優點；尤其聲律方面，特別和諧優美。沈義文於所著《樂府指迷》中曾說：「……蓋音律欲其協，不協則成長短之詩……。」夢窗詞作品中對聲律是如此的考究嚴謹，可說不是一般詞家所可比擬的。而於其詞作中鍛鍊字面所下的功夫，在當時更是無人可及。雖說夢窗才華不及周邦彥，但在用字上確有過人之處。此外，又因太注重外形的華麗，故也有人譏評夢窗作品像七寶樓臺，眩人眼目，拆碎下來，不成片段。事實上，並非所有夢窗作品都是如此。而我們也不能因爲這一點，即全部抹殺其優點。

大體說來，對於夢窗作品可以作這樣的一個評斷：詞中有吳夢窗，就像詩中有李商隱。也就是說，吳夢窗在詞的地位境界，與李商隱在詩的地位境界是同等的。至於夢窗所作詞，有甲乙丙丁四稿，今合爲一集。傳世者，有毛氏汲古閣宋六十家詞本、杜氏曼陀羅華閣本、王氏四印齋本、朱氏彊邨叢書本、彊邨遺書本、張氏四明叢書本。以下就列舉數首，略作賞析，以見一斑。

首闋為題作「試燈夜初晴」的〈點絳唇〉：

捲盡愁雲，素娥臨夜新梳洗。暗塵不起，酥潤凌波地。　輦路重來，彷彿燈前事。情如水，小樓熏被，春夢笙歌裡。

此詞寫賞燈之感。上片寫試燈夜初晴景色。起二句指上元月夜清朗，天空潔淨如洗。「暗塵」二句言月照地面，亦淨無纖塵；月光似水，地面酥潤，故說「凌波地」。換頭「輦路重來」二句，陡入高情，帶出當年燈市情景。而篇末「情如水」三句，則從撫今追昔中，寫出無限傷感來。大家都知道詩、詞、曲都是經過濃縮再濃縮之文體，唯有將空間擴大、時間延長才能容納綿綿無盡的情意，使所表達的情感更濃更重，產生更大的感染力。此詞除寫現在外，又追想過去，自然的將新愁與舊恨合而為一了。而以「水」來形容「哀愁」是很早就有的，如劉禹錫的〈竹枝詞〉中有兩句說：「花紅易衰似郎意，水流無限似儂愁。」李後主的〈虞美人〉詞中亦云：「問君能有幾多愁，恰似一江春水向東流。」歐陽修的〈踏莎行〉也說：「離愁漸遠漸無窮，迢迢不斷如春水。」例子眞是多得不勝枚舉。

次闋為〈浣溪沙〉：

門隔花深夢舊遊，夕陽無語燕歸愁，玉纖香動小簾鉤。落絮無聲春墮淚，行雲有影月含羞，東風臨夜冷於秋。

此詞起句「門隔花深」，帶出了夢遊，有「室邇人遠」之意。夢後捲簾，見無語之夕陽與歸燕，所得之愁自然就格外多了。

下半段首二句，是借景抒情，「春墮淚」與「月含羞」，擬人如此。懷人之感，見於言外。「東風」一句，帶有情感移人的作用，仍以景結，而情自不盡。陳洵以爲是自張子澄「別夢依依到謝家」所化出來。今是秋夜，夢是春境，春去秋來，自然有含蓄不盡的情意。

三闋爲〈唐多令〉：

何處合成愁？離人心上秋。縱芭蕉，不雨也颼颼。都道晚涼天氣好，有明月，怕登樓。

年事夢中休，花空煙水流。燕辭歸、客尚淹留。垂柳不縈裙帶住，漫長是，繫行舟。

此詞首先採一問一答方式，將「秋」與「離人心」合爲一「愁」字，以爲一篇之綱領，然後藉「縱芭蕉不雨」三句與「花空煙水流」句寫「秋」，用「怕登樓」、「年事夢中休」與「燕辭歸」五句寫「離人心」，使得全詞從頭到尾無不流貫著濃濃離愁。張炎說：「此詞疏快，卻不質實，如是者集中尚有，惜不多事。」（《詞源》）雖有詞評家不同意這種看法，但這一首確是用心之作，與其他一些堆砌詞藻者，是有所不同的。

四闋為〈風入松〉：

聽風聽雨過清明，愁草瘞花銘。樓前綠暗分携路，一絲柳、一寸柔情。料峭春寒中酒，交加曉夢啼鶯。

西園日日掃林亭，依舊賞新晴。黃蜂頻撲鞦韆索，有當時、纖手香凝。惆悵雙鴛不到，幽階一夜苔生。

這首詞悽艷迷離，令人腸斷，此意集中屢見，是夢窗極經意的作品。陳洵曾說：

思去妾也，渡江雲題曰西湖清明，是邂逅之始。此則別後第一個清明也。樓前綠暗分携路，此時覺翁當仍寓西湖。風雨新晴，非一日間事，除了風雨，即是新晴。蓋云：我如此度日掃林亭，猶望其還賞，則無聊消遣，見秋千而思纖手，因蜂撲而念香凝，純是癡望神理。雙鴛不到，猶企望其到，一夜苔生，竟然蹤跡全無，則惟日日惆悵而已。——《海綃說詞》

夢窗因妾的離去，每當春晨愁夕，不免生愁。此闋愁緒深，孤心經營更為細膩。起首二句是寫清明時節落花之可哀。「樓前」以下，寫分攜後之無限離情，情景交鍊，曲折有致。換頭寫園景雖還保持靜潔，而伊人卻不來。望著黃蜂撲著鞦韆索，彷彿見到伊人在懸盪飛舞，神光離合，癡情欲絕。「雙鴛不到」，既隱含去妾不歸，而靜靜的石階前已長滿了很多青苔，又暗中帶出春雨，使詞意更趨深厚。

陳廷焯認為這篇作品情意深而用語極其純雅，為詞中高格調的境界；譚復堂以為此篇有五代詞人遺留的回響，結語很溫厚；看法是相當正確的。

五闋為題作「陪庾幕諸公遊靈巖」的〈八聲甘州〉：

渺空煙四遠，是何年？青天墜長星。幻蒼崖雲樹，名娃金屋，殘霸宮城。箭徑酸風射眼，膩水染花腥。時靸雙鴛響，廊葉秋聲。　宮裏吳王沈醉，倩五湖倦客，獨釣醒醒。問蒼天無語，華髮奈山青！水涵空、闌干高處，送亂鴉，斜日落漁汀。連呼酒，上琴臺去，秋與雲平。

這篇是夢窗遊靈巖所作，亦《夢窗詞》中名篇，《絕妙好詞選》十六調，以此為首。起頭兩句破空而來，似太白詩，又像東坡詞。第三句以「幻」字點醒。「名娃」兩句，是說此地吳宮故址、英雄美人，同歸冥漠。山下有箭徑劍水，用射、腥，皆荒寒驚人。響屧廊以秋聲與懷古之情。下半段以「醉」「醒」兩字，籠罩江山興亡之恨。而前片所言館娃宮、采香徑、響屧廊，俱已化爲烏有，今則山自青，水自碧，亂鴉盤空而已。末尾陡然興起，呼酒登臺，秋空高朗，人與雲平，寫來眞是波瀾壯闊，筆力奇橫。

夢窗善於言情，而詞筆詭譎。張炎曾說：「夢窗如七寶樓臺，眩人耳目，拆碎下來，不成片段。」（《詞源》），證諸以上所舉數首詞，卻也未必是如此。

節錄自〈吳文英〉一文，原載民國七十五年六月《中國文學講話七輯》頁四一九～四二八

詩詞新論

析論篇

常見於詩詞裡的兩種寫景法

——主觀與客觀

1 前言

自古以來，詞章家都慣採主觀或客觀的兩種寫景法，藉外在具體的景物來襯托內在抽象的情思。主觀者如柳永〈雨霖鈴〉詞的「寒蟬淒切」句，作者主觀地將「寒蟬」擬人化，賦予感情，使自己「淒切」之情移植到「寒蟬」之上；客觀者如李白〈菩薩蠻〉詞的「平林漠漠煙如織」句，作者客觀地將眼前所見景物實予描述，透過平林上漠漠如織的煙霧，將抽象的「愁」襯托出來，收到「情寓景中」的效果。從表面上看來，這兩種寫景法，一屬有情，一歸無情，好像截然不同，而其實，在面對外在具體景物之際，作者可說同樣地經由內在情思的一番辨別，挑出與一己內在情思緊密相應的部分，形諸文字，只不過是主觀者直接用了情語融入景語之中，而客觀者則完全省去情語而已。茲舉一些詩詞爲例，分別說明如次：

2 主觀的寫景法

這是主觀地將外在的景物予以擬人或譬喻，將感情融入的一種寫景法。此法由於直接把內在的情思化爲具體的語句來形容外在的景物，使景物生情，所以最容易收到情景相副的效果。詩如李白〈登金陵鳳凰臺〉詩的結聯云：

總爲浮雲能蔽日，長安不見使人愁。

其中「浮雲能蔽日」，寫的本是自然景象，而作者卻用了陸賈《新語・愼微》篇「邪臣之蔽賢，猶浮雲之障日月也」的句意，特別賦予人事意義，於是毫不費力地托出自己懷才不遇之無限「愁」來，手法是很巧妙的。次如杜甫〈春望〉詩的頷聯說：

感時花濺淚，恨別鳥驚心。

在這兩句詩裡，作者將「花」和「鳥」擬人化，使其「濺淚」、「驚心」，以具寫「感時」、「恨別」

之情，使情和景交相糅襯，帶生了極大的感染力，使人讀後分辨不出何者是景？何者為情？也為之「感時」、「恨別」不已。三如白居易〈賦得古原草送別〉詩的尾聯云：

又送王孫去，萋萋滿別情。

作者在這兒，化用了《楚辭・招隱士》「王孫遊兮不歸，春草生兮萋萋」兩句，將「別情」直接滿注於所見「萋萋」春草之上，與王維〈送別〉詩的「春草明年綠，王孫歸不歸？」，在寫景上，雖有主、客觀的不同，但所抒發的「別情」，卻都一樣深長而感人。四如元稹〈行宮〉詩說：

寥落古行宮，宮花寂寞紅。白頭宮女在，閒坐說玄宗。

此詩首兩句，寫冷落之景；後兩句，寫懷舊之訴。就在寫冷落之景時，作者特用屬於主觀的「寥落」、「寂寞」之感，來分別修飾「古行宮」與「宮花」之「紅」，使原本無情的外在景物著了主觀的情感色彩，表出了興亡的強烈感慨，臻於「言有盡而意無窮」的境界。沈德潛以為「只四句話，已抵一篇〈長恨歌〉」（《唐詩別裁》），的確不是溢美的話。五如杜牧〈贈別〉詩的：

蠟燭有心還惜別，替人垂淚到天明。

作者在此，特把「蠟燭」擬人化，說它有意為人「惜別」，而一夜「垂淚」，以宣洩心中無盡的離別之痛，這樣化無情為有情，詠來格外動人。六如杜牧〈金谷園〉詩云：

繁華事散逐香塵，流水無情草自春。日暮東風怨啼鳥，落花猶似墜樓人。

這首詩是藉今日「金谷園」景之寥落，以憑弔石崇美妓綠珠的。作者在這兒，特以「落花」譬作「墜樓人」（綠珠），且不說上天無情，而指「流水無情」，不說「墜樓人」怨，而指是「啼鳥」，使得客觀的景物散發出主觀的情感，眞可謂「流水春草，啼鳥落花，同切憑弔，一往情深」（許文雨《唐詩評解》）啊！七如李商隱〈無題〉詩的：

春蠶到死絲方盡，蠟炬成灰淚始乾。

與〈蟬〉詩的：

本以高難飽，徒勞恨費聲。

在這兩聯詩的上一聯，作者先以「春蠶」句喻相思之情，至死不渝；再以「蠟炬」句喻離恨別淚，至死方消；而下一聯，則以「蟬」之「高難飽」與「恨費聲」喻自身的清貧高潔，以寄幽恨；可說都採了主觀的寫景法來寫，更增強了作品的感染力。八如陸游〈沈園〉詩的：

城上斜陽畫角哀，沈園無復舊池臺。

這兩句詩，寫的原是日暮時由城上傳來畫角之聲，而沈園的池臺也愈顯得破舊不堪的情景，而作者卻添加了「哀」與「無復」等涉及主觀情感的詞語，使景物充滿著哀悽的氣氛、興亡的況味。所用的正是主觀的寫景法。九如鄭思肖〈畫菊〉詩的：

寧可枝頭抱香死，何曾吹落北風中。

在這裡，作者以菊喻己，以「北風」喻北虜元人，指出自己寧可像菊花凋謝時仍繫枝頭而不墜於地，決不降元，強烈地表現了忠貞不屈、孤傲獨立的民族意識，讀來令人熱血沸騰。詞如劉禹錫

〈憶江南〉詞的：

弱柳從風疑舉袂，叢蘭浥露似沾巾。

此二句，作者特以「弱柳」視作人的衣袖，「叢蘭」視作人的絲巾，並且把「露」譬作人的淚水。經過這樣的安排，寫景就等於是直接在抒情，那作品就自然更爲精深而動人了。次如白居易〈長相思〉詞的上半闋云：

汴水流，泗水流，流到瓜州古渡頭，吳山點點愁。

這上半闋詞，由水寫到山，由山之「點點」供獻出無窮之「愁」來，這與辛棄疾〈水龍吟〉詞所謂的「遙岑遠目，獻愁供恨，玉簪（尖形山）螺髻（圓形山）」，如出一轍，用的同樣是主觀的寫景法。三如馮延巳〈蝶戀花〉詞的：

河畔青蕪堤上柳，爲問新愁，何事年年有？

這三句，主要是在描寫河畔的青草與堤上的楊柳，到了春天，都不約而同地長出新芽來的景象，而作者在此卻捨去平鋪直敍的手法，別採設問的形式來寫，並且又將所長出的「芽」譬作「愁」，以產生與擬人化同樣的效果，爲作品平添了無限的「惆悵」意味，這樣，豈只是「每到春來，惆悵還依舊」而已，簡直是愁上加愁了。四如李璟〈攤破浣溪沙〉詞的：

青鳥不傳雲外信，丁香空結雨中愁。

此二句，一以敍事，借西王母故事敍雲外（當指今之南京）之人既不至，而雲外之信也沒來，以表出一份「愁」；一以寫景，引用李商隱〈代贈〉「芭蕉不展丁香結，同向春風各自愁」的兩句詩，寫丁香花束在雨中結愁的景象，大力地融情入景，以具寫「愁」，使它又推深一層。唐圭璋說：「『丁香』句，又添出雨中景色，花愈離披，春愈闌珊，愁愈深切矣」（《唐宋詞簡釋》），愁既愈深切，那作品就更加感人了。五如范仲淹〈蘇幕遮〉詞的：

山映斜陽天接水，芳草無情，更在斜陽外。

這是此詞上片的末兩句，寫的是由「山」而「斜陽」而「水」，以至於「斜陽外」無盡芳草的景致。

其中「芳草」，本無所謂無情還是有情，而作者卻予擬人化，以為草無視於人間離別之苦，而漫生無際，以添增人無邊的傷離意緒，這不是「無情」是什麼？因此直接說：「芳草無情」，這樣，就越發令人黯然銷魂了。六如晏殊〈浣溪沙〉詞的：

無可奈何花落去，似曾相識燕歸來。

此為名聯，自宋以來，即為人所傳誦不已。它所以一直被人傳頌，除了其對仗工穩、音調諧婉外，主要的是在「花落去」和「燕歸來」的自然景象之上加了「無可奈何」與「似曾相識」的情語，使它們與人事結合，從而生發好景無常、聚散不定的深刻感觸來。張宗橚說：「細玩『無可奈何』一聯，情致纏綿，音調諧婉，的是倚聲家語」（《詞林紀事》），這一聯情致之所以纏綿，不是得力於作者用了這種主觀的寫景法嗎？七如晏殊〈踏莎行〉詞的：

春風不解禁楊花，濛濛亂撲行人面。

作者在這兒，將「春風」予以擬人化，怪它「不解禁楊花」，以致亂如雨點撲打在行人的臉上，以表示濃濃怨情，所謂情寓於景，使作品更加有味。唐圭璋以為「『春風』句，似怨似嘲，將物做人看，最空靈有味」（《唐宋詞簡釋》），頗有見地。八如蘇軾〈卜算子〉詞的下半闋云：

驚起卻回頭，有恨無人省。揀盡寒枝不肯棲，寂寞沙洲冷。

這四句，在表面上，作者是承上半闋末句來專寫「孤鴻」的，但由於說牠「有恨無人省」，說牠「揀盡寒枝不肯棲」，顯然已把自己投到裡面，寫自身在烏臺詩案後「憂讒畏譏」的心情與不肯與世俗妥協、寂寞終生的志意。黃蓼園說：「此東坡自寫黃州之寂寞耳。初從人說起，言如孤鴻之冷落（按：指上片）。下專就鴻說，語語雙關，格奇而語雋，斯為超詣神品」（《蓼園詞選》），見解相當正確。末如周邦彥〈六醜〉詞的：

長條故惹行客，似牽衣待話，別情無極。

在這三句裡，作者把薔薇（長條）加以擬人化，說它有心招惹「行客」（指作者），牽扯人的衣服，有話待說，而流露出無限的「別情」，讓原本無情的長條轉為有情者，所謂「不說人戀花，卻說花戀人」（周濟《宋四家詞選》），周詞設想之妙，於此可見一斑。

3 客觀的寫景法

這是客觀地將外在的景物直接加以描述的一種寫景法。因為此法依然須經過主觀情思的選擇，以求兩兩相應，而又不留下任何痕迹，所以運用起來，更要講求技巧。詩如杜審言〈和晉陵陸丞早春遊望〉詩云：

獨有宦遊人，偏驚物候新。雲霞出海曙，梅柳渡江春。淑氣催黃鳥，晴光轉綠蘋。忽聞歌古調，歸思欲霑巾。

此詩是採先總括、後條分的形式寫成的。總括的部分為起聯，首句為引子，用以帶出次句，分「偏驚」（特別地會觸動情思）與「物候新」兩軌來統攝下面的三聯。其中「偏驚」統括尾聯，「物候新」統括頷、頸二聯。而頷、頸二聯是用以具寫春來「物候新」的實景的，作者在此，採客觀的寫景法，依次以「雲霞」、「梅柳」、「黃鳥」、「蘋」等寫「物」，以「曙」、「春」、「淑氣」、「晴光」等寫「候」，以「出海」、「渡江」、「催」、「轉綠」等寫「新」，使「物候新」由抽象化為具體，產生更大的觸發力，以加強尾聯「歸思」（即歸恨），亦即一篇主旨的感染力量。這首詩能產生強烈的感染力量，深究起來，與所選取的「物」實有極其密切的關係，因爲「雲霞」、「梅柳」、「黃鳥」和「蘋」，都與作者所要抒發的離情有關，首以「雲霞」來說，由於它經常是飄浮空中、動止不定的，所以詞章家便時時用「雲」或「霞」來象徵遊子、行客，襯寫離情。用「雲」的如李白〈送友人〉詩的：

浮雲遊子意，落日故人情。

又如薛能〈鱗中寓居寄浦中友人〉詩的：

邊心生落日，鄉思羨歸雲。

用「霞」的如賀知章〈綠潭篇〉的：

綠水殘霞催席散，畫樓明月待人歸。

又如錢起〈送屈突司馬充安西書記〉詩的：

海月低雲旆，江霞入錦車。

次以「梅柳」來說，其中「柳」因有長安灞橋折柳贈別的舊俗，自古以來即與別情結了不解之緣，可說十分常見，且人人皆知，所以在此特地撇開，不予贅述；而「梅」則由於南北朝時范曄與陸凱的故事，也和別情結了緣，根據《荊州記》的記載，陸凱在江南，有一回遇到京師來的信差，便折下一株梅花託他帶給在長安的范曄，並贈詩說：

折梅逢驛使，寄與隴頭人。江南無所有，聊贈一枝春。

從此，「梅」便被詞章家用來寫相思之情，譬如宋之問〈題大庾嶺北驛〉詩云：

明朝望鄉處，應見隴頭梅。

又如王維〈雜詩〉云：

來日綺窗前，寒梅著花未？

這類例子，眞是俯拾皆是，隨處可見。再以「黃鳥」來說，誰都曉得與金昌緒的〈春怨〉詩有關，這首詩是這樣子的：

打起黃鶯兒，莫教枝上啼。啼時驚妾夢，不得到遼西。

有了這首詩作媒介，黃鶯（即黃鳥）所啼的聲音就全蘊含著離思了，如杜甫〈別房太尉墓〉詩云：

惟見林花落，鶯啼送客聞。

又如韋莊〈菩薩蠻〉詞云：

琵琶金翠羽，絃上黃鶯語；勸我早歸家，綠窗人似花。

所謂的「鶯啼」、「黃鶯語」，不是全在訴說著無盡的離情嗎？末以「蘋」來說，它本是水生蕨類植物的一種，夏秋之間有花，色白，故又稱「白蘋」，俗以為是萍的一種，即大萍。既被看作是大萍，那被常用以喻指飄泊，抒寫離情，是極自然之事。如溫庭筠〈憶江南〉詞云：

過盡千帆皆不是，斜暉脈脈水悠悠；腸斷白蘋洲。

又如張先〈卜算子〉詞云：

溪山別意，煙樹去程，日落采蘋春晚。

這裡所謂的「白蘋洲」、「采蘋」，無疑地特別用以寫離情別緒的。

由此看來，杜審言在諸多初春景物中所以選「雲霞」、「梅柳」、「黃鳥」與「蘋」等，是經過內在離情加以簡擇的結果，如此，雖未用主觀之情語來形容或融入這些景物，卻依然足以襯出主觀的情感，收到與主觀寫景法相同的效果。次如崔顥〈黃鶴樓〉詩云：

昔人已乘黃鶴去，此地空餘黃鶴樓。黃鶴一去不復返，白雲千載空悠悠。晴川歷歷漢陽樹，芳草萋萋鸚鵡洲。日暮鄉關何處是？煙波江上使人愁。

這是懷古思鄉的作品，作者先把題目扣緊，透過想像，在起、頷兩聯裡，就黃鶴樓虛寫它的來歷，而由黃鶴一去不返之事與白雲千載悠悠之景，預爲結句之「愁」字蓄力。接著在頸聯，仍咬住題目，實寫登樓所見到的空闊景象，而由歷歷之川、樹與萋萋之芳草，正如所謂的「水流無限似儂愁」（劉禹錫〈竹枝詞〉）、「別路綠樹，蒼茫欲秋」（陶翰〈送封判官序〉）和「王孫遊兮不歸，春草生兮萋萋」（《楚辭．招隱士》），帶著綿綿愁恨，又爲結句之「愁」作鋪墊。然後在結聯，由自問自答中，承頸聯，將空間從漢陽、鸚鵡洲推拓出去，伸向遙遠的故園，且在其間抹上一望無際的渺渺輕煙，從而逼出一篇的主旨——「愁」作結。由作者在此詩中所簡擇的景物來看，諸如悠悠白雲、歷歷川樹、萋萋芳草與江上煙波等，不但與「愁」有直接或間接關係，且與離別分不開。尤其由「漢陽」帶出位於其西南長江中的「鸚鵡洲」，更牽出了深沈的身世之感，因爲看到了鸚鵡洲自然就會讓人想起那懷才不遇的狂處士禰衡來，據《後漢書．文苑傳》所載，禰衡少有才辯，卻氣尙剛傲，且愛好矯時慢物，所以雖受到孔融的喜愛與推介，然而不但前後見斥於曹操與劉表，最後還死於江夏太守黃祖之手。禰衡死後，葬於一沙洲上，而此一沙洲，因產鸚鵡，且禰衡又曾爲此而作〈鸚鵡賦〉，於是後人便以「鸚鵡」爲名。這樣看來，作者在頸聯所寫客觀之景物，除了用以襯出鄉愁外，還暗暗地藉以抒發其懷才不遇之痛，所謂寫情於景，手段是極高的。又如李白〈黃鶴樓送孟浩然之廣陵〉詩云：

故人西辭黃鶴樓，煙花三月下揚州。孤帆遠影碧空盡，惟見長江天際流。

此詩寫春日送別之惆悵。全詩分爲兩個部分，一爲敍事的部分，即起二句，敍的是故人西辭武昌前往廣陵（揚州）的情事；二爲寫景的部分，寫的是故人乘船遠去，消失於天際的景象。作者就單單透過此事此景，採客觀的立場加以描繪，從篇外表出無限的悵望之情來。唐汝詢說：「黃鶴樓，分別之地；揚州，所往之鄉。煙花，敍別之景；三月，紀別之時。帆影盡則目力已極，江水長則離思無涯。悵望之情，具在言外」（《唐詩解》），所謂「悵望之情，具在言外」，正指明了此詩客觀寫景的最大特色。末如杜甫〈旅夜書懷〉詩云：

細草微風岸，危檣獨夜舟。星垂平野闊，月湧大江流。名豈文章著，官應老病休。飄飄何所似？天地一沙鷗。

這是一首泊舟江邊、觸景生情之作。起聯藉孤舟、風岸、細草、危檣等細小的景物，寫江邊之寂寥，主要用以照應尾聯，抒發流浪之苦；頷聯藉星月、平野、江流等巨大的景物，寫天地之高曠，主要用以照應頸聯，宣洩身世之感。這是寫景的部分，採的正是客觀的寫景法。具備了這一小一大之景，作者便開始即景抒情，首先由頸聯承頷聯，就文章與功業，寫自己事與願違、老病交迫的苦惱；然後由尾聯回應起聯，就旅舟與沙鷗，寫自己到處飄泊的悲哀。就這樣情景交融的寫來，使滿紙盈溢著悲愴的情緒。仇兆鰲說：「上半旅夜，下半書懷」（《杜詩評注》），在表面上看是如此，但就實際效果來說，實在已不能細分何者是景、何者是情了。詞如劉禹錫〈竹枝詞〉云：

山桃紅花滿山頭，蜀江春水拍山流。花紅易衰似郎意，水流無限似儂愁。

此詞也可看作是一首詩，乃用先寫景後抒情的形式所寫成。其中起首兩句，用以寫山水之景，由於詞面上沒有留下絲毫主觀情感的痕迹，所以用的是一般客觀的寫景法。不過，由三、四句看來，便曉得原來起句是爲三句而寫，次句是爲結句而寫，是兩兩呼應的。如此，起首兩句所寫山水之景，在實質上，便透過作者「似郎意」、「似儂愁」的情思，而由無情變爲有情了。這也就明白地告訴我們，起首兩句所寫的客觀之景，是經過作者主觀情感之簡擇的。這樣，外景與內情自然能達於相糅相襯的地步，而產生更大的感染力。吳綀青說：「此詩首二句寫景，『拍』字用得生動。下二句由景生情，以『紅花』比郎意，但紅花易謝，以喻郎之情愛雖好，惜時日無多。以『流水』比儂愁，流水無限，則儂愁亦緜緜無絕期了。詞氣悽婉，富有極活潑的想像力」（《唐詩評解》），評解得十分中肯。次如馮延巳〈蝶戀花〉詞云：

六曲闌干偎碧樹，楊柳風輕，展盡黃金縷。誰把鈿箏移玉柱，穿簾燕子雙飛去。滿眼游絲兼落絮，紅杏開時，一霎清明雨。濃睡覺來鶯亂語，驚殘好夢無尋處。

這是抒寫「驚殘」況味的作品。作者首先在上半闋，用客觀的寫景法，寫輕風「驚」柳、鈿箏「驚」燕的景象，而從篇外主觀地將景寓以一「驚」字；繼而在下半闋的起三句，仍舊用客觀的寫景法，寫絲游絮落、杏花遭雨的景象，卻又從篇外主觀地將景寓以一「殘」字；然後以「濃睡覺來鶯亂語」一句作接榫，拈出「驚殘好夢無尋處」一句，回抱前意作收，使得風吹柳絮、燕飛花落的外在景物，與驚殘好夢的內在情感產生交相糅襯的效果，令人讀後也感染到極爲強烈的「驚殘」況味。唐圭璋說：「此首，情緒亦寓景中」（《唐宋詞簡釋》），「情寓景中」可說是此詞所以感人的重要原因。再如歐陽修〈踏莎行〉詞云：

候館梅殘，溪橋柳細。草薰風暖搖征轡。離愁漸遠漸無窮，迢迢不斷如春水。　寸寸柔腸，盈盈粉淚。樓高莫近危闌倚。平蕪盡處是春山，行人更在春山外。

此闋爲春日送別之作。可分爲三個部分：頭一部分即開端三句，第二部分爲中間五句，第三部分則是結尾三句。在第一、三部分裡，作者採客觀的寫景法，由近及遠地寫了目送行人離去時所見的各種景物，先是候館旁的殘梅，其次是溪橋邊的細柳，再其次是平原上的芳草，最後是草原盡頭的春山與春山外的行人。很顯然地，這些景物是互相緊密地連接在一起的，而作者卻特意在草原之間，把這個客觀寫景的部分前後割開，插入抒情的部分。這個抒情的部分是這樣寫的：首先將主旨「離愁」直接道出，然後依次用「迢迢春水」、「寸寸柔腸」和「盈盈粉淚」，由景及人地加以譬喻或渲染，把「離愁」具象化，並且由「漸遠」（就行人言），上接第一個部分，由「危闌倚」下開第三個部分，大力將全詞聯貫成一個整體。此外，在寫景的部分裡，作者又特別選一些景物，如殘梅、細柳、香草與春山等，以襯托「離愁」，更使作品增添了不少感染力。其中「梅」、「柳」與離情的關係，已在前文談過，而「草」與「山」，在詩詞裡，也是常用以襯托離情的，以「草」而言，由於它是行客由陸路走時，無論行客或送行的人所必見到的自然景物，且往往是漫生無際的，是適合於襯托縣縣不盡之離情，更何況《楚辭・招隱士》又有「王孫遊兮不歸，春草生兮萋萋」的名句呢！因此草便常與離情脫不了關係了。如盧綸〈送李端〉詩說：

故關衰草徧，離別正堪愁。

而李煜〈清平樂〉詞也說：

離恨恰如春草，更行更遠還生。

至於「山」，情形與「草」差不多，因爲一般的情況而論，草原的盡頭便是「山」，而「山」是行客消失形影時所最後見到的，這對送行者而言，自然見於「山」就思人，而對行客來說，則愈走愈遠，愈有無盡的山與家鄉相阻隔，自然見了「山」就懷鄉。所以自來詞章家也喜用「山」來襯托離情，如李頎〈送陳章甫〉詩說：

青山朝別暮還見，嘶馬出門思故鄉。

而杜甫〈奉濟驛重送嚴公〉詩也說：

遠送從此別，青山空復情。

這樣的例子，在詩詞集裡，可說到處可找到。因此，歐陽修這一首〈踏莎行〉，在第一、三部分裡，雖然採客觀的寫景法來寫，卻景中含情，與第二個抒情的部分融合爲一，這就無怪會令人「不厭百回讀」（卓人月《詞統》）了。末如蘇軾〈浣溪沙〉詞云：

山下蘭芽短浸溪，松間沙路淨無泥。蕭蕭暮雨子規啼。　誰道人生無再少，門前流水尚能西，休將白髮唱黃雞。

此詞題作「遊蘄水清泉寺，寺臨蘭溪，溪水西流」，是即景抒情之作。上片採客觀的寫景法，寫徜徉於蘭溪旁所見到的自然景物：起先是「蘭芽浸溪」，由「短」暗點春日；其次是「沙路無泥」，由「淨」強調明潔，由此構成一片清幽光潔的春日美景，從篇外襯托出作者初臨此地澄明愉悅的心境；最後則是「子規啼雨」的淒厲景象，明顯地折了個彎，轉清幽爲晦暗，由篇外襯托出作者日暮所生流浪的愁懷。有了上片這「寓情於景」的三句話充作橋樑，到了下片，便很自然地由景生情。在這兒，作者本可就日暮所生愁懷加以渲染，卻意想不到地從對面，本著老莊之曠達，就地取材，以蘭溪溪水西流爲例，證人生能再少，並反用白居易〈醉歌示妓人商玲瓏〉詩「誰道使君不解歌，聽唱黃雞與白日，黃雞催曉丑時鳴，白日催年酉時沒」的意思，勸自己休要徒傷髮白，悲歎衰老，來儘量寬慰自己，但事實可能如此嗎？是萬萬不可能的，於是作者那種到處流浪，以致年光虛擲、一事無成的悲哀，反從作品的深處隱隱地透了出來，所謂的「蕭蕭暮雨子規啼」，難道是偶然涉筆的嗎？這可說是此（黃州）期作品的普偏特色。龍沐勛說他「憂讒畏譏，別具苦衷，故其詞驟視之，雖極瀟灑自然，而無窮傷感，光芒內歛」（《東坡樂府綜論》，見《詞學季刊》第二卷第三號），從這闋詞裡，我們可以深切地體會出來。

4 結語

綜上所述，可知寫景僅是手段，抒情才是目的。而所寫的景，無論是經由主觀或客觀的手法寫成，都同樣成自主觀情感的簡擇，所不同的，只是前者將主觀的情感直接顯現於詞面，而後者則仿「得意忘言」的方式，不把主觀的情感浮出詞面而已。如果我們能掌握這兩種寫景法來從事詩詞甚至其他文體之創作或欣賞，相信必會增進一些意想不到的效果。

原載民國八十年十月《中等教育》四十二卷五期　頁四十三～四十九

談見於詩詞裡的凡目結構

1 前言

所謂的「凡」，是指「總括」，而「目」則指「條分」。以凡目法來經營篇章，可說是相當常見的。這種方法，歷代文評家都注意到了，不過，所用的名稱，卻稍有不同，如陳騤《文則》稱之爲「總、數」①、歸有光《文章指南》稱之爲「總提、分應」②、唐彪《讀書作文譜》稱之爲「總、分」③、王葆心《古文辭通義》稱之爲「外箍、內箍」④、蔣伯潛《中學國文教學法》稱之爲「綜合、分析」⑤。數年前，筆者爲求簡單明確，試在「第一屆臺灣地區國語文教學學術研討會」中，用見於《周禮．天官．宰夫》的「凡」與「目」⑥來統一這些稱呼，發表了〈凡目法在高中國文課文裡的運用〉一文⑦，受到與會學者的認可，這就是本論文用「凡目」這個名稱的原因。

一般說來，這種凡目法最常用於散文，形成「先凡後目」、「先目後凡」、「凡、目、凡」與「目、凡、目」等四種結構，並且所涉及的「軌數」也可以多至八、九軌⑧。而古典詩詞中，雖也隨處可以見到以上四種凡目結構，卻由於受到篇幅的限制，大都軌數有限，僅見到單軌與雙軌兩種而已；這是凡目法用於散文和詩詞時最大不同所在。底下就針對這四種凡目結構，分單軌與雙軌，舉例略予說明，以見一斑。

2 先凡後目

這是將綱領和要旨以開門見山的方式安置於前端，作個總括，然後條分爲若干部分，以依次針對綱領或要旨來敍寫的一種結構。這種謀篇形式，古時稱爲外籀，今則通稱演繹。許恂儒在《作文百法》中說：

文章之有分有總，猶治絲之有綜有分也。凡一問題率可分爲數層意義，然分而不總，則如散絲矣。學者作文，當先想一篇之意思，分作若干層，層次既定，可將全篇之意，先爲總提一筆，以立一篇之綱。然後條分縷析，逐層寫去，以引申題中之義，或反或正，或賓或主，皆可隨意佈置，而綱領既立，如能有條不紊矣。⑨

說的就是這種結構形式。它在詩詞裡的運用情形，大致可分爲兩式：一爲單軌式，這是用置於開端的單一意思來貫穿所有材料的一種形式，它的簡式爲：

A（凡）$\downarrow A_1$（目一）．A_2（目二）……

一爲雙軌式，這是將平列或有主從關係的兩個意思安置於前端，以依次組合下面兩組材料的一個形式，它的簡式爲：

AB（凡）$\downarrow A_1$（目一）．B_2（目二）

單軌者，詩如王維的〈鳥鳴澗〉：

人閑（A）桂花落（A_1），夜靜春山空（A_2）。月出驚山鳥，時鳴春澗中（A_3）。

此詩首先以「人閑」二字直接寫主人翁恬適之心境，是一篇之主旨，爲「凡」的部分；其次以「桂花落」，寫桂花之閑，爲「目一」的部分；再其次以「夜靜」句，寫夜山之閑，爲「目二」

的部分；最後以「月出」二句，敘月出鳥鳴，清聽盈耳，所謂「鳥鳴山更幽」，巧妙地寫澗谷之閑，爲「目三」的部分。就這樣以單軌藉皇甫嶽雲溪別墅的閑景，將主人翁的閑心作充分的襯托，使人讀後也不禁生起一片閑心。很顯然地，這是用「先凡後目」的單軌結構所寫成之名作。

附：結構分析表

△
- 凡——「人閑」
- 目
  - 桂花——「桂花落」
  - 夜山——「夜靜」句
  - 澗谷——「月出」二句

詞如辛棄疾的〈鷓鴣天〉：

> 出處從來自不齊（A）。後車方載太公歸；誰知寂寞空山裡，卻有高人賦采薇（A_1）。
>
> 黃菊嫩，晚香枝，一般同是采花時（A_2）。蜂兒辛苦多官府，蝴蝶花間自在飛（A_3）。

這是首慨歎出處不齊的作品。作者在此，先用「出處從來自不齊」一句揭出一篇主旨，以單軌統括全詞，這是「凡」的部分；然後依此主旨，分別舉出三樣「出處不齊」的例證來。在第一個例證裡，太公望相周，是「出」；伯夷、叔齊隱於首陽山，採薇而食，是「處」；這是「目一」的部分，是就人類「出處」的「不齊」來說的。在第二個例證裡，黃菊始開，是「出」；晚香將殘，是「處」；這是「目二」的部分，是就植物「出處」之「不齊」來說的。在第三個例證裡，蜂兒辛苦，是「出」；蝴蝶自在，是「處」，這是「目三」的部分，是就昆蟲「出處」之「不齊」來說的。由於這闋詞也是採「先凡後目」的單軌結構來寫，所以條理格外清晰。

附：結構分析表

△
- 凡——「出處」句
- 目
  - 人——「後車」三句
  - 花——「黃菊」三句
  - 蜂蝶——「蜂兒」二句

雙軌者，詩如杜審言的〈和晉陵陸丞早春遊望〉：

獨有宦遊人，偏驚（A）物候新（B）。雲霞出海曙，梅柳渡江春。淑氣催黃鳥，晴光轉綠蘋（B_1）。忽聞歌古調，歸思欲霑巾（A_1）。

此詩採「先凡後目」的雙軌結構寫成。「凡」的部分為起聯，其中首句為引子，用以帶出次句，分「偏驚」（特別地會觸生情思）與「物候新」兩軌來統攝屬於「目」的三聯文字。這三聯文字，首先以頷、頸兩聯具寫「物候新」的景象，由「雲霞」、「梅柳」、「黃鳥」、「蘋」等具寫「物」，由「曙」、「春」、「淑氣」、「晴光」等具寫「候」，由「出海」、「渡江」、「催」、「轉綠」等具寫「新」，使「物候新」由抽象化爲具體，產生更大的觸發力，來加强尾聯的感染力量，這是「目一」的部分，爲第一軌（從）。然後藉末聯承「偏驚」，並交代題目的「和」字，寫讀了陸丞詩後所湧生的「歸思」（即歸恨），點明主旨作收，這是「目二」的部分，爲第二軌（主）。可見本詩的主旨「歸思」出現在「目」的部分裡，這是相當明顯的。

附：結構分析表

- △
  - 凡
    - 因——「獨有」句
    - 果
      - 主——「偏驚」
      - 從——「物候新」
  - 目
    - 物候新——「雲霞」四句
    - 偏驚
      - 因——「忽聞」句
      - 果——「歸思」句

詞如蘇軾的〈蝶戀花〉：

雨後春容清更麗（A），只有離人，幽恨終難洗（B）。北固山前三面水，碧瓊梳擁青螺

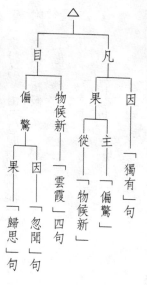

鬢（A_1）。一紙鄉書來萬里，問我何年，真箇成歸計。回首送春拚一醉，東風吹破千
行淚（B_1）。

這是首抒寫離恨的作品。開端三句，泛寫清麗之景（凡——從）與離人之恨（凡——主），爲「凡」的部分。「北固山前三面水」二句，具寫京口北固山水清麗之景，爲「目一」（從）的部分，爲第一軌。「一紙鄉書來萬里」五句，具寫離人，也就是作者「得鄉書」（題目）卻不得歸去之恨，爲「目二」（主）的部分，爲第二軌。這樣來組合材料，採的正是雙軌式的演繹法。

附：結構分析表

- △
  - 凡
    - 從（春容）——「雨後」句
    - 主（離恨）——「只有」二句
  - 目
    - 從（春容）——「北固」二句
    - 主（離恨）
      - 因——「一紙」三句
      - 君——「回首」二句

3 先目後凡

這是將思想材料先條分爲若干部分，依次安置於前，然後才將綱領或要旨提出於後來加以敍寫的一種結構。這種謀篇形式，古時稱爲內籀，今則通稱歸納。王葆心《古文辭通義》引李騰芳《山居雜著》云：

> 將上面所有的，不論多少，總括於一處，然後轉身。其法最要老，老方有氣力；又要簡，不簡反絮聒也；又要緊，不緊則氣脈緩了。⑩

說的就是這種結構形式。它在詩詞裡運用的情形，也大致可分爲兩式：一爲單軌式，這是用置於末端的單一意思來統一所有材料的一種形式，它的簡式爲：

A_1（目一）·A_2（目二）……↓A（凡）

一爲雙軌式，這是將平列或有主從關係的兩個意思安置於末端，以依次收拾上面兩組材料的一種形式，它的簡式爲：

A_1（目一）．A_2（目二）↓AB（凡）

單軌者，詩如崔顥的〈黃鶴樓〉：

昔人已乘黃鶴去，此地空餘黃鶴樓。黃鶴一去不復返，白雲千載空悠悠（A_1）。晴川歷歷漢陽樹，芳草萋萋鸚鵡洲（A_2）。日暮鄉關何處是，煙波江上使人愁（A）。

此乃懷古思鄉之作。作者先將題目扣緊，透過想像，在起、頷二聯，就黃鶴樓虛寫它的來歷；而由黃鶴之一去不還與白雲千載之悠悠，預爲結句的「愁」字蓄力；這是「目一」的部分。接著在頸聯，仍針對著題目，實寫登樓所見的空闊景物；而由歷歷之晴川與萋萋的芳草，正如所謂的「水流無限似儂愁」（劉禹錫〈竹枝詞〉）「王孫遊兮不歸，青草生兮萋萋」（《楚辭．招隱士》），帶著無限愁恨，再爲結句之「愁」字助勢；這是「目二」部分。然後在結聯，由自問自答中，承上聯，把空間從漢陽、鸚鵡洲推拓出去，伸向遙遠的故園，且在其上抹上一望無際的渺渺輕煙，進而逼出一篇之主旨「鄉愁」作結；這是「凡」的部分。由此看來，說它旨在寫「鄉愁」是不會錯的。不過，我們萬不可遺漏了「鸚鵡洲」三字，因爲作者在此暗用了東漢末禰衡的典故。據《後漢書．文苑傳》所載，禰衡少有才辯，卻氣尚剛傲，且愛好矯時慢物，所以雖受到孔融的敬愛與推介，然而不但前後見斥於曹操、劉表，最後還死於江夏太守黃祖之手。禰衡死後，葬於一沙洲上，而此一沙洲，因產鸚鵡，且禰衡又曾爲此而作〈鸚鵡賦〉，於是後人便以「鸚鵡」爲名。這樣看來，作者在這裡，是暗用了禰衡的典故來抒發他懷才不遇之痛的啊！可見這首詩雖屬單軌，但它的主旨是顯中有隱的。

附：結構分析表

- △
  - 目
    - 一——虛寫來歷（敘事）——「昔人」四句
    - 二——實寫景觀（寫景）——「晴川」二句
  - 凡（抒情）——「日暮」二句

詞如晏殊的〈浣溪沙〉：

小閣重簾有燕過（A_1），晚花紅片落庭莎（A_2），曲闌干影入涼波（A_3）。 一霎好風生翠幕，幾回疏雨滴圓荷（A_4），酒醒人散得愁多（A）。

這是抒寫春暮閑愁的作品，它的主旨在末尾的「酒醒人散得愁多」一句上，這是「凡」的部分。

因爲這種「愁」實在太抽象了，無從產生巨大的感染力量，於是作者就特意安排了映入眼簾的具體景物把它襯托出來：首先是重簾的過燕，這是「目一」的部分。其次是庭莎上的落紅，這是「目二」的部分。再其次是涼波中的闌影，這是「目三」的部分。接著是翠幕間的一陣好風，最後是圓荷上的幾回疏雨，這是「目四」的部分。這些由近及遠的景物，對一個「酒醒人散」的作者來說，每一樣都適足以增添他的一份愁，那就難怪他會「得愁」那樣「多」了。

附：結構分析表

△
- 目
  - 過燕──「小閣」句
  - 落花──「晚花」句
  - 闌影──「曲闌」句
  - 風荷──「一霎」二句
- 凡──「酒醒」句

雙軌者，詩如杜甫〈曲江〉：

一片花飛減卻春，風飄萬點正愁人（A_1）。且看欲盡花經眼，莫厭傷多酒入脣（B_1）。江上小堂巢翡翠，苑邊高塚臥麒麟（A_2）。細推物理（A）須行樂（B），何用浮榮絆此身？

這是歌詠及時行樂的作品，作者先在首、頷兩聯，藉飛花減春、翡翠巢堂、麒麟臥塚的殘敗景象，暗寓萬物好景無常的盛衰道理，這是「目一」的部分，爲第一軌。而在頸聯表出其珍惜光陰、及時行樂的思想，這是「目二」的部分，爲第二軌。然後以「細推物理須行樂」一句，將上六句的意思作個總括，這是「凡」的部分。又由此引出「何用浮榮絆此身」一句，發出感慨收束。眞是一筆兜裹全篇，律法精嚴極了。

附：結構分析表

- △
  - 目
    - 物理一——「一片」二句
    - 行樂——「且看」二句
    - 物理二——「江上」二句
  - 凡
    - 因——「細推」句
    - 果——「何用」句

詞如馮延巳的〈蝶戀花〉：

六曲闌干偎碧樹。楊柳風輕，展盡黃金縷。誰把鈿箏移玉柱，穿簾燕子雙飛去（A）。滿眼游絲兼落絮。紅杏開時，一霎清明雨（B）。濃睡覺來鶯亂語，驚殘好夢無尋處（AB）。

這是藉夢後「鶯殘」況味以寫相思之情的作品。作者在這裡，首先在上片寫輕風「鶯」柳、鈿箏「鶯」燕的景象，將景寓以一「鶯」字，這是「目一」的部分，爲第一軌；接著在下片首三句，寫游絲落絮、杏花遭雨的景象，將景寓以一「殘」字，這是「目二」的部分，爲第二軌；然後以「濃睡」句作橋樑，引出「鶯殘」句，回抱全詞作結，使得風吹柳絮、燕飛花落的外景，與鶯殘好夢的內情產生相糅相襯的效果，令人讀後感受到極爲强烈「鶯殘」況味。而這「鶯殘」二字，便是一篇之綱領所在，以「鶯」字上收上片五句，以「殘」字上收「滿眼」三句，很自然地從篇外逼出一篇主旨，也就是相思之情來，這是「凡」的部分。可見這首詞是用「先目後凡」的雙軌結構所寫成的，而主旨卻置於篇外。

附：結構分析表

△
- 目（鶯殘之景）
  - 鶯景——「六曲」五句
  - 殘景——「滿眼」三句
- 凡（鶯殘之情）
  - 因——「濃睡」句
  - 果——「鶯殘」句

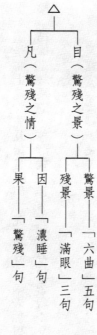

4 凡、目、凡

這是將上述「先凡後目」與「先目後凡」兩者加以疊用，形成「合、分、合」或「整、零、整」結構來敍寫的一種形式。歸有光《文章指南》說：

賈誼〈先醒篇〉前總提大意，中三段分應，末又一段總收，較之上（即「總提、分應」）則更勝。文體至此，可謂妙而又妙者矣。⑪

說的就是這種形式。這種形式，在散文裡被採用得相當普遍，而在詩詞裡則比較少見。大致說來，它的運用情形，也可分爲兩式：一爲單軌式，這是將一篇的單一綱領或主意同時置於開端和末尾，而於中間部分來分述的一種形式。它的簡式是：

$A \rightarrow A_1 \cdot A_2 \cdots\cdots \rightarrow A$

一爲雙軌式，這是將平列或有主從關係的兩個意思，既置於開端，又置於末尾，以統括中間分述部分各思想材料的一種形式。它的簡式爲：

$$\begin{array}{c} AB \\ \downarrow \\ A_1 \cdot B_1 \\ \downarrow \\ AB \end{array}$$

單軌者，詩如李白的〈贈孟浩然〉：

吾愛孟夫子，風流天下聞（A）。紅顏棄軒冕，白首臥松雲（A_1）。醉月頻中聖，迷花不事君（A_2）。高山安可仰，徒此揖清芬（A）。

此詩旨在表達對孟浩然「風流」的敬愛，這種敬愛之意，首先由開篇兩句加以泛述，這是頭一個「凡」的部分。接著以「紅顏棄軒冕」兩句，寫他可敬愛的「風流」之一就是棄官隱居，這是「目一」的部分。繼而以「醉月頻中聖」兩句，用《三國志・魏志・徐邈傳》所記徐邈的故事⑫，寫他可敬愛的「風流」之二就是不事王侯而迷花醉酒，這是「目二」的部分。最後以「高山安可仰」兩句，對孟浩然純潔芳馨的品格，亦即「風流」，表示了無限崇仰的意思；這是後一個「凡」的部分。黃寶華以爲此詩「開頭提出『吾愛』之意，自然地過渡到描寫，揭出『可愛』之處，最後歸結到『敬愛』」⑬，雖然沒直接指出它是「凡、目、凡」的單軌結構，但是這種意思卻相當明顯。

附：結構分析表

△
- 凡——「吾愛」二句
- 目
  - 棄官隱居——「紅顏」二句
  - 迷花醉酒——「醉月」二句
- 凡——「高山」二句

詞如辛棄疾的〈蘭陵王〉：

恨之極，恨極銷磨不得（A）。萇弘事，人道後來，其血三年化爲碧（A_1）。鄭人緩也泣：「吾父，攻儒助墨。十年夢，沈痛化余，秋柏之間既爲實（A_2）。」 相思重相憶。被怨結中腸，潛動精魄，望夫江上巖巖立。嗟一念中變，後期長絕（A_3）。君看啓母憤所激，又俄頃爲石（A_4）。 難敵。最多力。甚一忿沈淵，精氣爲物，依然困鬥牛磨角。便影入山骨，至今雕琢（A_5）。尋思人世，只合化，夢中蝶（A）。

這是首抒發冤憤之情的作品。其開篇三句，拈出「恨極」作爲一篇綱領，以單軌貫穿全詞，這是「凡」的部分。而自「萇弘事」起至「至今雕琢」句止，全用以列舉人世「恨極」之事，其中

「萇弘事」三句，敍萇弘恨事，爲「目一」的部分；「鄭人緩也泣」六句，敍鄭緩恨事，爲「目二」的部分；「相思重相憶」六句，敍望夫石恨事，爲「目三」的部分；「君看啓母憤所激」二句，敍啓母石恨事，爲「目四」的部分；「難敵」七句，敍張難敵恨事（詳見題序），爲「目五」的部分。至於「尋思人世」三句，用莊子夢蝶之意，從反面回應篇首之「恨極」作結，這又是「凡」的部分。由這種結構看來，和前一首是沒什麼兩樣的。

附：結構分析表

△
- 凡（恨極）——「恨之極」二句
- 目
  - 一　萇弘事——「萇弘」三句
  - 二　鄭緩事——「鄭人」六句
  - 三　望夫石事——「相思」六句
  - 四　啓母石事——「君看」二句
  - 五　張難敵事——「難敵」七句
- 凡（夢蝶）——「尋思」二句

雙軌者，詩如郭震的〈古劍篇〉：

君不見昆吾鐵治飛炎煙，紅光紫氣俱赫然（A）。良工　鍊凡幾年，鑄得寶劍名龍泉

（B）。龍泉顏色如霜雪，良工咨嗟嘆奇絕。琉璃玉匣吐蓮花，錯鏤金環映明月（A1）。正逢天下無風塵，幸得周防君子身。精光黯黯青蛇色，文章片片綠龜鱗。非直結交游俠子，亦曾親近英雄人（B1）。何言中路遭棄捐，零落飄淪古獄邊（B）。雖復沈埋無所用，猶能夜夜氣沖天（A）。

此詩旨在歌頌久已沈埋的古龍泉寶劍，以發出人才淪沒的感慨。它首先以開篇四句，寫良工鑄出精光閃閃的寶劍。其中「君不見」兩句，偏於精光來寫，爲第一軌；而「良工鍛鍊」兩句，則偏於劍身來寫，爲第二軌。以上是頭一個「凡」的部分。其次以「龍泉顏色」四句，上應總括部分的第一軌，寫龍泉寶劍的光彩與畫飾，爲「目一」的部分。又其次以「正逢天下」六句，上應總括部分的第二軌，用「先因後果」的順序，寫正逢國內無戰爭，寶劍雖無殺敵之用，卻幸而還被游俠、英雄所佩帶防身，爲「目二」的部分。最後以「何言中路」四句，總括起來說寶劍雖被沈埋地下，仍能放出「沖天」的精光，以喻英雄雖然沈淪，卻自然會有所表現；這是後一個「凡」的部分。倪其心說：「顯然，作者這番夫子自道，理直氣壯地表明著：人才早已造就、存在、起過作用，可惜被埋沒了，必須正視這一現實，應當珍惜、辨識、發現人才，把埋沒的人才挖掘出來。這就是它的主題思想，也是它的社會意義」⑭，體會得很深刻。

附：結構分析表

△
- 凡
  - 精光——「君不見」二句
  - 劍身——「良工」二句
- 目
  - 精光——「龍泉」四句
  - 劍身——「正逢」六句
- 凡
  - 劍身——「何言」二句
  - 精光——「雖復」二句

詞如辛棄疾的〈祝英臺近〉：

寶釵分（A），桃葉渡，煙柳暗南浦（B）。怕上層樓，十日九風雨。斷腸片片飛紅，都無人管；更誰勸、啼鶯聲住（B_1）。鬢邊覷。試把花卜歸期，才簪又重數。羅帳燈昏，哽咽夢中語（A_1）。是他春帶愁來，春歸何處，卻不解、帶將愁去（AB）。

這是首寫暮春恨別的作品。它由篇首三句，直接點出離別（寶釵分）與「晚春」（題目），分為二軌，將全詞作個總括，這是「凡」的部分；由「怕上層樓」六句，承篇首的「煙柳暗南浦」（晚春），透過風雨下的飛紅與啼鶯，寫晚春的殘景，這是「目一」的部分，為第一軌；由「鬢邊覷」五句，承篇首的「寶釵分」，透過卜花與入夢，寫別後相思的情狀，這是「目二」的部

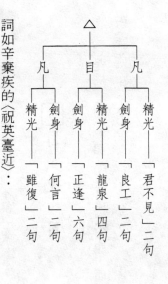

分，爲第二軌；由「是他春帶愁來」三句，以「春歸」上收「目一」的部分，以「愁」上收「目二」的部分，拈明「春愁」作結，這又是「凡」的部分。這種「凡、目、凡」的雙軌結構，出現在篇幅短小的詞裡，是很難能可貴的。

附：結構分析表

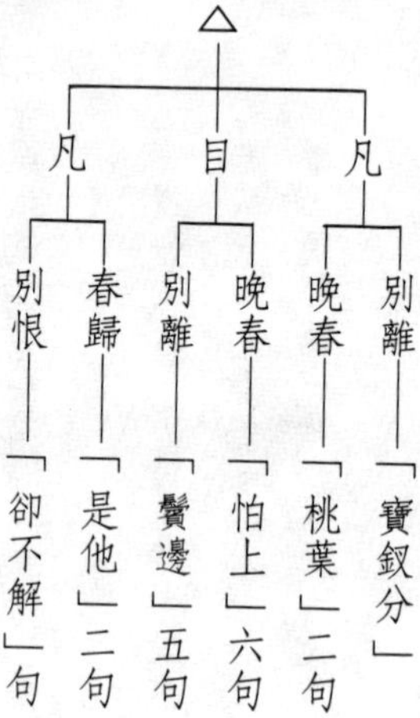

5 目、凡、目

這是將一篇的綱領或主意置於篇腹，而以條分的材料分置於首尾加以敍寫的一種形式。宋文蔚《評注文法津梁》說：

束法有用之於中段者，一面束上，即一面起下，乃全篇之過脈。⑮

所謂的「束」，即「總括」；「總括」出現在中段（即中幅），指的就是「目、凡、目」的結構。這種結構在詩詞裡，雖不是用得很普遍，但還是可以見到。它也可分爲兩式：一爲單軌式，這是用置於篇腹的單一意思來統一首尾材料的一種形式，它的簡式爲：

A_1……→ A → A_2……

一爲雙軌式，這是將平列或有主從關係的兩個意思安置於篇腹，以分領首尾兩組材料的一種形式，它的簡式是：

A_1……→ AB → B_1……

單軌者，詩如杜甫的〈聞官軍收河南河北〉：

劍外忽傳收薊北，初聞涕淚滿衣裳。卻看妻子愁何在？漫卷詩書（A_1）喜欲狂（A）。白日放歌須縱酒，青春作伴好還鄉。即從巴峽穿巫峽，便下襄陽向洛陽（A_2）。

此詩用以寫「喜欲狂」之情。作者首先在起聯，針對題目，寫「聞官軍收河南河北」時自己喜極而泣的情形，藉「忽傳」、「初聞」寫事出突然，藉「涕淚滿衣裳」具寫喜悅；接著在頷聯，採設問的形式，由自身移至妻子身上，寫妻子聞後狂喜的情狀，很技巧地以「卻看」作接榫，帶出「漫卷詩書」四字作具體之描寫。以上全用以實寫「喜欲狂」，爲「目一」的部分。而緊接「漫卷詩書」而來的「喜欲狂」三字，正是一篇的主旨所在，爲「凡」的部分。繼而在頸聯，由實轉虛，以「放歌須縱酒」上承「喜欲狂」、「好還鄉」上承「妻子」，寫春日攜手還鄉的打算；最後在結聯，緊接上聯「還鄉」之打算，一口氣虛寫還鄉所準備經過的路程。如此，由「忽傳」而「初聞」、「卻看」而「漫卷」、「即從」而「便下」，以單軌一氣奔注，將自己與妻子「喜欲狂」的心情，描摹得眞是生動極了。

附：結構分析表

- 目（實）
  - 因 ——「劍外」句
  - 果
    - 自身 ——「初聞」句
    - 妻子 ——「卻看」十一字
- 凡 ——「喜欲狂」
- 目（虛）
  - 歸期 ——「白日」二句
  - 路程 ——「即從」二句

詞如蘇軾的〈浣溪沙〉：

覆塊青青麥未蘇，江南雲葉暗隨車（A_1）。臨皋煙景世間無（A）。雨腳半收檐斷線，雪牀初下瓦跳珠。歸來冰顆亂黏鬚（A_2）。

這是首描寫「臨皋」（作者所居，在黃岡）美景的作品。它的主意在「臨皋煙景世間無」一句，採泛寫的方式，對臨皋之風景作了讚美，這是「凡」的部分。爲什麼作這樣子的讚美呢？它的依據有二：一是依據篇首「覆塊青青麥未蘇」二句所寫作者在車上所見遠距離的純自然清景，這是「目一」的部分；一是依據下片「雨腳半收檐斷線」三句所寫作者在車上所見近距離而融入人事

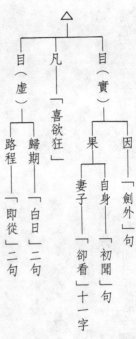

的清景，這是「目二」的部分。有了這首尾兩個條分的部分，合為一軌，來為篇腹的主意作有力襯托，作品的感染力自然增強不少。

附：結構分析表

- 目（煙景一）
  - 地面—「覆塊」句
  - 空中—「江南」句
- 凡—「臨皐」句
- 目（煙景二）
  - 屋簷—「雨腳」二句
  - 人身—「歸來」句

△**雙軌者**，詩如杜甫的〈春望〉：

國破山河在，城春草木深（A_1）。感時花濺淚（A），恨別鳥驚心（B）。烽火連三月，家書抵萬金（B_1）。白頭搔更短，渾欲不勝簪（AB）。

這是感時傷別的作品，全詩可以依聯分為四個部分。它的主旨是「感時」、「恨別」，作者特地將它安置在第二部分裡，形成了兩軌，而由其他的三個部分來補足它的意思。以第一部分而言，寫的是國中「無人」、「無餘物」（《司馬溫公詩話》）的殘破情狀，這主要是就「感時」來說

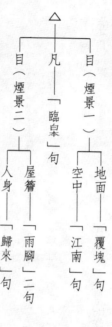

的，是第一軌；以第三部分而言，寫的是在烽火中難於接獲家書的痛苦，這主要是就「恨別」來說的，是第二軌；以第四部分而言，寫的則是白髮蕭疏、日搔日少的形象，這是合「感時」與「恨別」兩軌來說的；所以全詩所寫的無非是「感時」、「恨別」四字而已。這樣，如果僅就前三個部分來看，顯然形成了「目、凡、目」的雙軌結構；如果就全篇而言，則又成爲「先目後凡」的單軌結構了。

附：結構分析表

- △
  - 目
    - 目（感時）——「國破」二句
    - 凡
      - 感特——「感時」句
      - 恨別——「恨別」句
    - 目（恨別）——「烽火」二句
  - 凡——「白頭」二句

詞如辛棄疾的〈醜奴兒近〉：

千峯雲起，驟雨一霎兒價。更遠樹斜陽風景，怎生圖畫！青旗賣酒，山那畔別有人家（A_1）。只消山水光中（A），無事過這一夏（B）。　午醉醒時，松窗竹戶，萬千瀟灑。野鳥飛來，又是一般閑暇。卻怪白鷗，覷著人欲下未下。舊盟都在，新來莫是，別有說話（B_1）？

這是首即景抒情的作品。它的綱領置於篇腹「只消山水光中」二句，其中「山（水）光」爲一軌、「無事」爲一軌，這是「凡」的部分。作者爲了要具寫「山（水）光」，便以篇首「千峯雲起」六句，寫「博山道中」（題目）所見夏日雨後的景色，這是「目一」的部分；爲了要具寫「無事」，就在下片「午醉醒時」十句，藉松竹的瀟灑、野鳥的閑暇與盟鷗（作者有題作「盟鷗」的〈水調歌頭〉）的反應，寫自己的閑情，這是「目二」的部分。很明顯地，這又是採雙軌的「目、凡、目」的結構所寫成的。

附：結構分析表

- △
  - 目（山光）
    - 因──「千峯」二句
    - 果
      - 遠樹──「更遠樹」二句
      - 人家──「青旗」二句
  - 凡
    - 山光──「只消」句
    - 無事──「無事」句
  - 目（無事）
    - 松竹──「午醉」三句
    - 野鳥──「野鳥」二句
    - 白鷗──「欲怪」五句

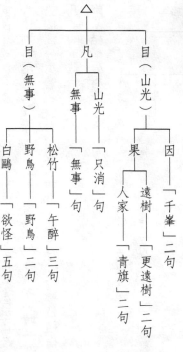

6 結語

綜上所述，可知凡目結構在詩詞裡，無論單軌或雙軌，都運用得極爲靈活，可說幾乎和散文沒什麼兩樣，甚至用得更爲細密。如此切入詩詞作品，不但其脈絡可以掌握得更加清楚；就是一篇的作意也更能凸顯出來。這對詩詞的創作或欣賞而言，都大有助益。不過，需要一提的是：「目、凡、目」結構中屬於雙軌的詩例，僅著眼於部分，而非全篇，雖然不算錯，但和其他的例子著眼於全篇的，畢竟有所不同；這不能不說是一種缺憾。其補苴之功，容待異日。

---

①見《文則》（臺灣商務印書館，民國五十七年六月臺一版）頁十二。
②見《大章指南》（廣文書局，民國六十一年四月初版）頁十一～十二。
③見《讀書作文譜》（偉文圖書出版社，民國六年十一月）頁九十三。
④見《古文辭通義》（臺灣中華書局，民國七十三年四月臺二版）頁四十六。
⑤見《中學國文教學法》（泰順書局，民國六十一年五月再版）頁八十四～八十五。
⑥見《十三經注疏》（臺灣藝文印書館，民國五十四年六月三版）頁四十七。
⑦收入《第一屆臺灣地區國語文教學學術研討會論文集》（國立臺灣師範大學中等教育輔導委員會、

國文系，民國八十一年四月）頁二二九～二五四。

⑧見拙作〈從軌數的多寡看見凡目結構在詞章裡的運用〉，民國八十四年十月《國文天地》十一卷五期，頁五十～五十七。又可參考仇小屏《文章章法論》（萬卷樓圖書公司，民國八七年十一月）頁四六七～五〇一。

⑨見《作文百法》㈢（廣文書局，民國七十八年八月再版）頁四十八。

⑩同注④，頁八十。

⑪同注②，頁十二。

⑫見《三國志・徐邈傳》（鼎文書局，民國六十六年二月三版）頁七三九。

⑬見《名家鑑賞唐詩大觀》（商務印書館香港分館，一九八四年四月）頁二八〇。

⑭同注⑬，頁四十。

⑮見《評註文法津梁》（復文圖書出版社，民國八十二年二月修訂二版）頁一三九。

原載民國八十八年六月《第一屆中國修辭學學術研討會論文集》，頁九十五～一一五

探求詞調聲情的幾條途徑

詞本倚聲而作，而聲則有高亢、沈鬱、歡欣與悲哀的不同，因此在選調塡詞時，必須先辨明詞調所具有的特殊聲響，使文情與之密切相應，這樣賦情寓聲才能表裡一致，互不乖反；否則就難免會有聲情扞格之弊了。如〈相見歡〉一調，聲情本屬悽惋，只宜選來塡製悲愁之作，這可從李後主的兩首作品中看出來：

其一

林花謝了春紅。太匆匆。無奈朝來寒雨晚來風。　胭脂淚。相留醉。幾時重。自是人生長恨水長東。

其二

無言獨上西樓。月如鉤。寂寞梧桐深院鎖清秋。　剪不斷。理還亂。是離愁。別是一番滋味在心頭。

兩首詞選，一寫春恨，一寫秋愁，其聲情之哀惋悲抑，只要稍加領會即得。其他五代及北宋的詞家，如薛昭蘊（一首）、毛滂（一首）、朱敦儒（七首）、趙鼎（兩首）、楊无咎（一首）等人的作品，它們所表現的情感與李詞也都相去不遠。到了南宋，辛稼軒卻用了此調，一以記歌舞，一以戲贈籍中人：

其一

晚花露葉風條。燕飛高。行過長廊西畔小紅橋。　歌再唱。人再舞。酒纔消。更把一杯重勸摘櫻桃。

其二戲贈籍中人

江頭三月清明。柳風輕。巴峽誰知還是洛陽城。　春寂寂。嬌滴滴。笑盈盈。一段烏絲闌上記多情。

其聲情既異於前之李、薛、毛、朱、趙、楊等人之作，也與後之張鎡、劉學箕、黃機、鄭熏初（以上各一首）、吳文英（兩首）、潘牥（一首）、劉辰翁（三首）諸人之作不同，這當是擇腔不愼所造成的結果。楊守齋在其〈作詞五要〉一文中，曾力主作詞要先擇腔、擇律，然後隨律押韻，也就是注意到了這種宮律、詞調、聲響、文情本屬一貫的道理。它們交互的關係：就作者而言，是本情以尋聲，因聲以擇律，由調以配律；就詞體來說，則本律而立調，由調而定聲，因聲以見情；眞是密切得無法分開。如今曲譜散亡，歌聲已絕於後人之耳，各個曲調所表之情，爲喜爲悲？爲婉轉纏綿？抑爲激昂慷慨？也就無從確知悉知了。不過其概略的形貌，尚可經由下列幾個途徑推見：

1 辨明詞調所屬的宮調

一個詞牌究屬何種宮調，雖然由於前人之詞集裡只間予附注，而未悉予標明，以致無法窺其全豹，但我們依然可以據此資料，並參考其他文獻，推知它們大致的輪廓。許穆堂《自怡軒詞譜》即據《九宮大成譜》（清周祥鈺等奉敕編），取唐宋元人詞之標出宮調者，分類輯錄而成；謝元淮《碎金詞譜》，復以《自怡軒詞譜》爲藍本，另據《欽定詞譜》及《歷代詩餘》之標出宮調者，予以增益。近人梁啓勳《曼殊室隨筆》，更據《金奩》、《子野》、《樂章》、《片玉》、《于湖》、《白石》、《夢窗》七集，並旁蒐側求，以詞牌按六宮十一調分隸，共得四〇五闋。其中屬正宮的，有〈齊天樂〉、〈虞美人〉等十五調；屬中呂宮的，有〈南鄉子〉、〈菩薩蠻〉等二十九調；屬道宮的，有〈西江月〉、〈小重山〉等三調；屬南呂宮的，有〈何傳〉、〈瑞鷓鴣〉等十二調；屬仙呂宮的，有〈玉樓春〉、〈南歌子〉等二十調；屬黃鐘宮的，有〈少年遊〉、〈喜遷鶯〉等十一調；屬大石調的，有〈醉桃源〉、〈女冠子〉等五十八調；屬雙調的，有〈定風波〉、〈生查子〉等四十九調；屬小石調的，有〈迎春樂〉、〈蝶戀花〉等十四調；屬歇指調的，有〈卜算子〉、〈應天長〉等五十調；屬商調的，有〈訴衷情〉、〈木蘭花〉等二十五調；屬越調的，有〈瑞龍吟〉、〈瑣窗寒〉等十九調；屬般涉調的，有〈洞仙歌〉、〈安公子〉等九調；屬中平調的，有〈天仙子〉、〈迷神引〉等二十八調；屬正平調的，有〈菩薩蠻〉、〈淡黃柳〉等三調；屬高平調的，有〈臨江仙〉、〈長壽樂〉等三十調；屬仙呂調的，有〈滿江紅〉、〈望海潮〉等二十八調。如今它們的歌法，已無從詳考，自然的，何種宮調宜於何種聲響，宜於何種情感，也就無法完全知悉了。不過經由曲，我們仍可探知一二。燕南《芝庵論曲》說：「凡聲音各應律呂，分六宮十一調，唱仙呂宮宜清新綿邈，南呂宮宜感嘆悲傷，中呂宮宜高下閃賺，黃鐘宮宜富貴纏綿，正宮宜惆悵悲壯，道宮宜飄逸清幽，大石調宜風流蘊藉，小石調宜旖旎嫵媚，高平調宜條暢滉漾，般涉調宜拾掇坑塹，歇指調宜急併虛歇，商角宜悲傷婉轉，雙調宜健捷激裊，商調宜悽愴怨慕，角調宜嗚咽悠揚，宮調宜典雅沈重，越調宜陶寫冷笑。」我們不妨借曲以觀詞。茲舉屬南呂宮之〈望江南〉調爲例：

其一　　　　　　　　　　　　　　溫庭筠

千萬恨，恨極在天涯。山月不知心裡事，水風空落眼前花。搖曳碧雲斜。

其二　　　　　　　　　　　　　　溫庭筠

梳洗罷，獨倚望江樓。過盡千帆皆不是，斜暉脈脈水悠悠。腸斷白蘋洲。

其三　　　　　　　　　　　　　　皇甫松

蘭燼落，屏上暗紅蕉。閒夢江南梅熟日，夜船吹笛雨蕭蕭。人語驛邊橋。

其四　　　　　　　　　　　　　　皇甫松

樓上寢，殘月下簾旌。夢見秣陵惆悵事，桃花柳絮滿江城。雙髻坐吹笙。

其五　　　　　　　　　　　　　　李　煜

多少恨，昨夜夢魂中。還似舊時遊上苑，車如流水馬如龍。花月正春風。

其六　　　　　　　　　　　　　　李　煜

閒夢遠，南國正清秋。千里江山寒色暮，蘆花深處泊孤舟。笛在月明樓。

右詞六首，都屬晚唐五代人的作品。前二首，《金奩集》注南呂宮，後四首，則因時代接近，而以類相從。其中除皇甫詞「蘭燼落」及李詞「閒夢遠」兩首，借夢中南國動人的景色，與目前所處的環境，作成強烈的對比，從而襯出自身的感傷而外，其他四首，都可從詞中「千萬恨」、「腸斷」、「惆悵」及「多少恨」等語，直接讀出不同程度的「感歎悲傷」來，這與《芝庵論曲》的說法是相合的。

隸屬南呂宮的〈望江南〉調，其聲情大致如此。而周邦彥卻另有詠妓之〈望江南〉詞兩首，並注大石調，其一是：

歌席上，無賴是橫波。寶髻玲瓏攲玉燕，繡巾柔膩掩香羅。人好自宜多。　無箇事，因甚斂雙蛾。淺淡梳妝疑見畫，惺鬆言語勝聞歌。何況會婆娑。

其聲情正近於《芝庵論曲》所謂之「風流蘊藉」，與南呂宮的「感歎悲傷」，自是大異其趣。很顯然的，一個詞調所屬的宮調一改，那它的聲情也必隨之而變了。

2 參考前人零星的記載

前人有關於詞調聲情的記載，尤其是唐宋人的，最爲可靠，也最值得參考。如程大昌《演繁露》云：「〈六州歌頭〉，本鼓吹曲也。近世好事者，倚其聲爲弔古詞，音調悲壯。又以古興亡事實文之，聞其歌，使人慷慨，良不與艷詞同科。」王灼《碧雞漫志》亦云：「賀（鑄）〈六州歌頭〉、〈望湘人〉、〈吳音子〉諸曲，周（邦彥）〈大酺〉、〈蘭陵王〉諸曲最奇崛。」，而毛幵《樵隱筆錄》則云：「紹興初，都下盛行周淸眞詠柳〈蘭陵王慢〉，西樓南瓦皆歌之，謂之〈渭城三疊〉，以周詞凡三換頭也。至末段，聲尤激越，惟敎坊老笛師能倚之節歌。」由這些記載可知〈六州歌頭〉、〈望湘人〉、〈吳音子〉、〈大酺〉、〈蘭陵王〉都是屬「奇崛」的調子，所不同的，只是〈六州歌頭〉稍側於「悲壯」、「慷慨」，而〈蘭陵王〉則較偏於「激越」而已。今舉〈蘭陵王〉一調爲例：

其一 柳　　周邦彥

柳陰直。煙裡絲絲弄碧。隋堤上、曾見幾番，拂水飄綿送行色。登臨望故國。誰識京華倦客。長亭路，年去歲來，應折柔條過千尺。

閒尋舊蹤跡。又酒趁哀絃，燈照離席。梨花榆火催寒食。愁一箭風快，半篙波暖，回頭迢遞便數驛。望人在天北。

悽惻。恨堆

積。漸別浦縈回，津堠岑寂。斜陽冉冉春無極。念月榭携手，露橋聞笛，沈思前事，似夢裡，淚暗滴。

其二 郴州作　　袁去華

曉陰薄。隔屋呼晴噪鵲。長煙裊、輕素望中，林表初陽照城郭。秋容自寂寞。清淺溪痕旋落。橋虹外，明嶂萬里，雲木千章映樓閣。　天涯信飄泊。漫水繞郴山，尺素難託。文園多病寬衣索。最長笛聲斷，畫闌凭暖，黃昏前後況味惡。甚良宵閒卻。　遼邈。誤行樂。料恨寄徽絃，心倦梳掠。西風滿院垂簾幕。對千里明月，五更悲角。歸期秋盡，尚未定，怎睡著。

其三（略）　　辛棄疾

恨之極。恨極銷磨不得。萇弘事、人道後來，其血三年化爲碧。鄭人緩也泣。吾父攻儒助墨。十年夢，沈痛化余，秋柏之間既爲實。　相思重相憶。被怨結中腸，潛動精魄。望夫江上巖巖立。嗟一急中變，後期長絕。君看啓母憤所激。又俄頃爲石。　難敵。最多力。甚一忿沈淵，精氣爲物。依然困鬬牛磨角。便影入山骨，至今雕琢。尋思人世，只合化，夢中蝶。

〈蘭陵王〉可以說是〈蘭陵王入陣曲〉的遺聲。王灼《碧雞漫志》云：「《北齊史》及《隋唐嘉話》稱：齊文襄之子長恭，封蘭陵王。與周師戰，嘗著假面對敵，擊周師金墉城下，勇冠三軍，武士共歌謠之，曰〈蘭陵王入陣曲〉。今越調〈蘭陵王〉凡三段，二十四拍，或曰遺聲也。」考《清眞集》中的〈蘭陵王〉，正注越調，證以毛氏「激越」之說，殆可信是「入陣曲」的遺聲。今看此調，短句多而長句少，且全闋皆用仄韻，而後段之韻押得尤爲緊密短促，正宜於表激越之情。再說，此調之見於《全宋詞》者，經考除上舉三首外，另有袁去華、曹冠、辛棄疾、張鎡、史達祖、陳子華、方千里、李昂英、楊澤名、葉隆禮、陳允平、施岳、曹澤可、黃延璹、趙必瑑各一首，張元幹、高觀國、李曾伯、劉辰翁各二首及葛長庚三首，共二十六首，其中押入聲韻的有二十三首，押上去聲韻的僅三首（張元幹、葛長庚、劉辰翁各一首），可見本調最適合於押急驟跳脫的入聲韻。它的韻叶如此，再配合本調其他的特性，那就無怪乎會有一種激越慷慨、清峭深勁之氣躍然於字裡行間了。像右舉三例，作者依次押第十七部（據《詞林正韻》，下並同）、第十六部、第十七部的入聲韻，並同採奔迸的情感表達方式，用「悽惻」、「恨堆積」、「淚暗滴」、「況味惡」、「五更悲角」、「恨之極」、「怨結中腸」、「憤所激」等情感噴薄的語句，來寫羈旅的痛苦，或抒發自己對人事的怨憤，這樣讀來，聲情自然是倍感激越的。至如張元幹之作：

綺霞散。空碧留晴向晚。東風裡，天氣困人，時節鞦韆閉深院。簾旌翠波颭。窗影殘紅一線。春光巧，花臉柳腰，勾引芳菲鬧鶯燕。　閒愁費消遣。想娥綠輕暈，鸞鑑新怨。單衣欲試寒猶淺。羞衾鳳空展，寒鴻難託，誰問潛寬舊帶眼。念人似天遠。　迷戀。畫堂宴。看最樂王孫，濃豔爭勸。蘭膏寶篆春宵短。擁檀板低唱，玉杯重暖。衆中先醉，謾倚檻，早夢見。

通篇兼叶上去，既已使辭氣和緩了許多，而所押的又是比較清新的第七部韻，與本曲那「激越勁峭」的聲響，當然是不甚相侔了。

3 探究前人作品的文情

唐五代時，詞家製詞，調子率多自創，所以詞調的本身就是題材，而所述的就是本意。如〈更漏子〉則詠更漏，〈玉蝴蝶〉則詠蝴蝶，〈巫山一段雲〉則詠巫山，〈搗練子〉則詠搗練，〈浪淘沙〉則詠江浪淘沙。不過，後來由於調子一多，就不得不逐漸的步上倚調塡詞之途，以致所詠的題材大多脫離詞調的本身，而須於調外標題了。沈際飛說：「唐詞多述本意，有調無題。如〈臨江仙〉賦水媛江妃也，〈天仙子〉賦天台仙子也，〈河瀆神〉賦祠廟也，〈小重山〉賦宮詞也，〈思越人〉賦西子也。……唐人因調而製詞，故命名多屬本意；後人塡詞以從調，故賦詠可離原唱也。」朱竹垞也說：「花間體製，調即是題。如〈女冠子〉則詠女道士，〈河瀆神〉則爲送迎神曲，〈虞美人〉則詠虞姬是也。宋人詞集，大約無題。」雖說後人「賦詠可離原唱」，任換題材，而於調外標題，但如各個詞調所屬的宮調未變，則其各自所特具的「情」，卻不能不予保存下來；不然就要與曲調的「聲」互起衝突了。因此我們要探測詞調的聲情，捨上述二途外，尚可從唐宋人的作品上著手，其方法是：把同一曲調的詞加以排比歸納，從中尋出共通的文情來，如此，詞調的聲情也就不難推知了。茲以〈漁歌子〉一調爲例：

其一　　張志和

洞庭湖上晚風生。風觸湖心一葉橫。蘭棹快，草衣輕。只釣鱸魚不釣名。

其二　　張志和

舴艋爲家無姓名。胡蘆中有甕頭清。香稻飯，紫蓴羹。破浪穿雲樂性靈。

其三　　顧　敻

曉風清，幽沼綠。倚闌凝望珍禽浴。畫簾垂，翠屏曲。滿袖荷香馥郁。好攄懷，堪寓目。身閒心靜平生足。酒杯深，光影促。名利無心較逐。

其四　　　　李　洵

楚山青，湘水綠。春風淡蕩看不足。草芊芊，花簇簇。漁艇棹歌相續。信浮沈，無管束。釣回乘月歸灣曲。酒盈樽，雲滿屋。不見人間榮辱。

其五 藥山　　　　惠　洪

野鶴精神雲格調。逼人氣韻霜天曉。松下殘經看未了。當斜照。蒼煙風撼流泉繞。　閨閣珍奇徒照耀。光無滲漏方靈妙。活計現成誰管紹。孤峯表。一聲月下聞清嘯。

其六　　　　徐　積

一酌村醪一曲歌。回看塵世足風波。憂患大，是非多。縱得榮華有幾何。

〈漁歌子〉，又名〈漁父詞〉。右舉六首詞，其起四首，都是唐五代人的作品。它們無論是單調或雙調，所詠的全是本意，一律透過「漁父」的題材，寫出了漁家生活的閒適與無爭。讀詞中所謂的「只釣鱸魚不釣名」、「破浪穿雲樂性靈」、「名利無心較逐」及「不見人間榮辱」等語，很容易的可以看出這種在內容上的特色來。迨及宋代，詞家塡製此調，如蘇軾（四首）、周紫芝（六首）、趙構（五首）、陸游（五首）、趙師石（八首）、蒲壽宬（十五首）、戴復古（四首）、張炎（十首）等，都未超出這個界限；至如徐積（六首）、惠洪（八首）、法常（一首）、王諶（七首）等人，他們的作品雖偶或超出了原來題材的範圍，但其文情文意卻不曾有多少的改變。就以上引的後兩首來說，惠洪所詠的是靈妙的佛家意境，而徐積所寫的是遯世的道家思想，這與「樂性靈」、「不釣名」、「不見榮辱」的本意，是一脈相承的。唯一的例外是五代魏承班之作：

柳如眉，雲似髮。蛟綃霧縠籠香雪。夢魂驚，鐘漏歇。窗外曉鶯殘月。　　幾多情，無處說。落花飛絮清明節。少年郎，容易別。一去音書斷絕。

所詠的是男女相思之情，這是由於宮調改變使然？抑或擇腔不愼所致？因文獻不足，我們也就無從考知了。

4 勘審詞調特殊的形式

所謂的形式，指的是句度的參差長短、語調的疾徐輕重、叶韻的疏密清濁而言，我們如能對此加以精密的硏究，推求其複雜的關係，則不難從中領略出各個詞調之特殊聲情來。夏承燾以爲：大抵用平聲韻者，聲情常寬舒，宜於和平婉轉之作；用上聲韻者，聲情多高亢，宜於慷慨豪放之作；用去聲韻者，聲情多沈著，宜於鬱怒幽怨之作；用入聲韻者，聲情多逋峭，宜於淸勁激越之作。用韻均勻者，聲情較寬舒；用韻過疏過密者，聲情非弛慢即促數。一韻到底者，聲情較單純；一調換數部韻者，聲情較曲折。多用三五七字句相間者，聲情較和諧；多用四六字句及排偶者，聲情較重墜。字句平仄相間均勻者，聲情多安詳；多作拗句澀體者，聲情偏雄勁（見《作詞法入門》）。王易也說：「韻與文情關係至切：平韻和暢，上去韻纏綿，入韻迫切，此四聲之別也；東董寬洪，江講爽朗，支紙縝密，魚語幽咽，佳蟹開展，眞軫凝重，元阮淸新，蕭篠飄灑，歌哿端莊，麻馬放縱，庚梗振厲，尤有盤旋，侵寑沈靜，覃感蕭瑟，屋沃突兀，覺藥活潑，質術急驟，勿月跳脫，合盍頓落，此韻部之別也。」（《詞曲史》）這些說法雖未必切定，但形式相近則文情亦相近，理至明顯，所以藉此以求詞調概略的聲情，當是可期的事。茲以〈千秋歲〉一調爲例：

其一

歐陽修

羅衫滿袖，盡是憶伊淚。殘妝粉，餘香被。承把金尊酒，未飲先如醉。但向道，厭厭成病皆因你。　離思迢迢遠，一似長江水。去不斷，來無際。紅牋著意寫，不盡相思意。爲個甚，相思只在心兒裡。

其二

秦觀

水邊沙外。城郭春寒退。花影亂，鶯聲碎。飄零疏酒盞，離別寬衣帶。人不見，碧雲暮合空相對。　憶昔西池會。鵷鷺同飛蓋。攜手處，今誰在。日邊清夢斷，鏡裡朱顏改。春去也，飛紅萬點愁如海。

其三

李之儀

萬紅暄晝。占盡人間秀。怎生圖畫如何繡。宜推蕭史伴，消得東陽瘦。垂窄袖。花前鎮憶相攜久。　淚裛回紋皺。好在章臺柳。洞户隔，憑誰叩。寄聲雖有雁，會面難同酒。無計偶。蕭蕭暮雨黃昏後。

其四

孔平仲

春風湖外。紅杏花初退。孤館靜，愁腸碎。淚餘痕在枕，別久香銷帶。新睡起。小園戲蝶飛成對。　惆悵人誰會。隨處聊傾蓋，情暫遣，心何在。錦書消息斷，玉漏花陰改。遲日暮，仙山杳杳空雲海。

其五

謝　逸

楝花飄砌。簌簌清香細。梅雨過，蘋風起。情隨湘水遠，夢遶吳峯翠。琴書倦，鷓鴣喚起南窗睡。密意無人寄。幽恨憑誰洗，修行畔，疏簾裡。歌餘塵拂扇，舞罷風掀袂。人散後，一鉤淡月天如水。

其六　呂渭老

寶香盈袖。約腕金條瘦。裙兒細襉如眉皺。笑多簪髻側，語小絲簧奏。洞房晚，千金未直橫波溜。綠短懽難又，人去春如舊。枝上月，誰携手。宿雲迷遠夢，淚枕中殘酒。怎奈向，繁陰亂葉梅如豆。

宋代〈千秋歲〉的傳詞，以歐陽修所作的兩首爲最早，歐詞一押第三部的上去韻，一押入韻；其後張先、蘇軾各有一首，並押入韻；李之儀有六首，四押上去韻（三押十三部，一押五部，一押八部），二押入韻；孔平仲有一首，押第五部的上去韻；黃庭堅有二首，分別押第三與第五部的上去韻；秦觀有一首，押第五部的上去韻；晁補之有三首，二押上去韻（一押三部，一押五部），一押入韻；謝逸有一首，押第三部的上去韻；惠洪有一首，押第五部的上去韻；葉夢得有二首，分別押第二與第七部的上去韻；陳克有一首，押入韻；朱敦儒有一首，押第三部的上去韻；周紫芝有三首，分別押第四、第七與第十二部的上去韻；張元幹有一首，押第二部的上去韻；呂渭老有二首，分別押第六與第十二部的上去韻；曹勛有一首，押第十二部的上去韻。在這十六個人的三十首作品裡，以內容言，詠別情的有二十三首，作壽詞的有五首，寫其他的有二首；以四聲言，押上去韻的凡二十三首，押入韻的僅七首；以韻部言（入聲除外），押第五部的有六首（其中有五首與第三部互押），押第三與第十二部的各五首，押第二與第七部的各二首，押第四、第六與第八部的各一首。由此可知此調最宜於押「厲而舉」的上聲韻與「清而遠」的去聲韻，而其中又以押低細、展延之第三、五部韻與盤旋纏綿之第十二部韻最能切合它的聲響；加上此調的韻叶又特別的緊密，且於不叶韻之句，全不收一平聲字在句尾作調劑之用，自然會失卻其雍和之聲，而宜於悲抑纏綿的離情之作。就以上舉六例來說，歐云：「離思迢迢遠」，秦云：「離別寬衣帶」，李云：「寄聲雖有雁，會面難同酒」，孔云：「錦書消息斷」，謝云：「密意無人寄，幽恨憑誰洗」，呂云：「人去春如舊」，詠的全是離情；而所押的韻，不是三部或五部，就是十二部的上去韻，自然它們的聲情會趨於悲抑纏綿了。至如周紫芝之作：

當年文焰。蜀錦詞華爛。年正少，聲初遠。手攀天上桂，書奏蓬萊殿。人盡道，洛陽盛事今重見。千尺青蒼榦。直節凌霄漢。天未識，應嗟晚。飲殘長壽醆，歸奉春皇燕。金葉滿。擗麟且受麻姑勸。

這首詞，題作「葉審言生日」，倚悲聲而當「介眉」之獻，那必然是不能相合的。

推求詞調聲情的途徑很多，以上所舉，只不過是其中比較重要的四種而已。經由這些方法，按理說，應可獲致具體而圓滿的結果才對，然而由於㈠詞調移宮換調的詳細情形，我們無從考知；且借「曲」以觀「詞」的聲情，雖不失爲一良途，然終究隔一層，未必悉合；㈡前人有關詞調聲情之記載，數量既少，而說法亦多病籠統；㈢同一詞調所表之情，往往因宮調之變換而有所不同，而前人的詞集裡卻很少標注出所隸的宮調，使得我們在歸納前人作品之文情時，不易做好選樣之工作；㈣詞調之形式，如句度、語調、韻叶等，可謂千變萬化，各具特色，想辨入細微，從各別的差異中探求它們對聲情的特殊影響，實難有一絕對客觀的標準；所以我們只能由此求得大約的答案，而無法看清它們完整的本來面目。這樣雖不無遺憾，但已夠我們看出詞調與聲情關係的密切了。

原載民國六十四年十二月《學粹》七卷五、六期　頁十八～二十三

詞的章法與結構

所謂的章法，是指由句子組合成節、段，由節、段組合成篇的一種方式。而用這種方式所建立的篇章骨架，通常就別稱爲結構。從細處看，這種篇章的骨架與組合方式，固然會往往因詞章性質、文體體制與篇幅長短之不同，而有所不同。但是就大處言，卻差別不大，只是在適用的範圍與種類上，不免各異而已。即以詞來說，就有它所比較適用的章法與結構，茲分別列出數種，並舉例說明如次：

1 詞的章法

詞的章法，就根本上說，是與其他的文體一樣，要講求秩序、聯貫與統一的。但運用起來，卻受到一些限制。以下是它最常見的幾種方式：

1 遠近法

這是講求空間秩序的一種經營方式。在詞裡常見的有由近而遠、由遠而近及由遠而近又由近而遠等三種。由近而遠的，如：

碧雲天，黃葉地（最近）。秋色連波，波上寒煙翠（次近）。山映斜陽天接水（次遠）。芳草無情，更在斜陽外（最遠）。（下略）

這是范仲淹〈蘇幕遮〉詞的上半闋。在這兒，作者採用了頂眞的手法，一環套一環地將倚樓所見的秋月寂寥景色，先是頭頂的「碧雲天」與脚下的「黃葉地」，接著是近水、近山，然後是遠水、遠天，最後是斜陽外的草原，由近及遠的一一寫下來，予人以纏綿的強烈感受。唐圭璋說：「上片，寫天連水，水連山，山連芳草；天帶碧雲，水帶寒煙，山帶斜陽。自上及下，自近及遠，純是一片空靈境界，即畫亦難到。」（《唐宋詞簡釋》）是說得一點也不錯的。由遠而近的，如：

風乍起，吹皺一池春水（遠）。閒引鴛鴦芳徑裡，手挼紅杏蕊（近）。　鬥鴨闌干偏倚，碧玉搔頭斜墜。終日望君君不至，舉頭聞鵲喜（最近）。

這是馮延巳的〈謁金門〉詞。作者先以起二句，就遠，寫「望君」於池水旁；再以「閒引鴛鴦芳徑裡」兩句，就近，寫「望君」於花徑上；接著以「鬥鴨闌干徧倚」兩句，就最近，寫「望君」於闌干前；而依次用「吹皺春水」、「手挼紅杏」、「搔頭斜墜」等句襯托出哀愁。然後以結二句，仍就最近，將上面的意思作個總括，而用「鵲喜」的「喜」字反襯出「哀」來。無疑的，這是採由遠及近的方式所寫成的作品。由遠而近又由近而遠的，如：

平林漠漠煙如織，寒山一帶傷心碧（遠）。暝色入高樓，有人樓上愁（近）。玉階空佇立（近），宿鳥歸飛急（遠）。何處是歸程？長亭連短亭（最遠）。

這是李白的〈菩薩蠻〉詞。首以起二句，就遠，寫平林、寒山的淒涼靜景；次以「暝色入高樓」兩句，就近，寫人佇立樓上遠望的情景，拈出一個「愁」字，作爲綱領，以貫穿全詞；接著以換頭兩句，一承「有人樓上愁」，就近，寫人在發愁的樣子，一承「寒山」、「平林」，就遠，寫歸鳥飛急的動景；然後以結二句，將空間由「寒山」、「平林」向無窮的遠方推展出去，寫「長亭連短亭」的歸程，以襯出不見歸人的無限愁思來。很明顯的，以空間而言，它是用一順一逆的手法寫成的。

2大小法

這是講求空間、事物秩序的一種經營方式。在詞裡常見的有由大而小及由小而大等兩種。由大而小的，如：

夜月樓臺（最大），秋香院宇（次大），笑吟吟地人來去（次小）。是誰秋到便淒涼？當年宋玉悲如許（最小）。（下略）

這是辛棄疾〈踏莎行〉詞的上半闋，題作「庚戌中秋後二夕，帶湖篆岡小酌」。作者在這裡，先寫明月下的樓閣，再寫樓閣中的院宇，然後由院宇中的人群收到人群中的一人——以宋玉自比的作者身上。範圍由大而小，層層遞進，寫來極有秩序。由小而大的，如：

明月別枝驚鵲（小），清風半夜鳴蟬（中）。稻花香裡說豐年，聽取蛙聲一片（大）。（下略）

這是辛棄疾〈西江月〉的上半闋，題作「夜行黃沙道中」。作者在這裡，主要是寫夜行黃沙道時所聽到的各種聲音，首先是別枝上的鵲聲，其次是清風中的蟬聲，最後是稻田裡的蛙聲。顯然的，這是依「由小而大」的順序來寫的。

3今昔法

這是講求時間秩序的一種經營方式。在詞裡常見的有由昔而今、由今而昔及由今而昔又由昔而今等三種。由昔而今的，如：

小山重疊金明滅，鬢雲欲度香腮雪（睡醒）。懶起畫蛾眉，弄妝梳洗遲（梳洗、畫眉、弄妝）。照花前後鏡，花面交相映（簪花）。新貼繡羅襦，雙雙金鷓鴣（試衣）。

這是溫庭筠的〈菩薩蠻〉詞。作者在起句，首先寫旭日明滅、繡屏掩映的景象，爲抒寫怨情安排了一個適當的環境，並從中提明了地點與時間，以引出下面寫人的部分。而此寫人部分自次句至篇末止，則按時間的先後，寫屏內美人的各種情態或動作，起先是睡醒，其次是懶起，再其次是梳洗、弄妝、畫眉，接著是簪花，最後是試衣。作者就藉著這些尋常的一貫動作或情態，從篇外逼出這位美人的無限幽怨來。唐圭璋說：「此首寫閨怨，章法極密，層次極淸。」（《唐宋詞簡釋》）說得雖簡略，卻已道出了此詞的特色。由今而昔的，如：

醉裡且貪歡笑，要愁那得工夫。近來始覺古人書，信著全無是處（今）。　昨夜松邊醉倒，問松我醉何如？只疑松動要來扶，以手推松曰去（昔）。

這是辛棄疾的〈西江月〉詞，題作「遣興」。作者在上片寫的是自己眼前的感想，也可以說是對當世政治上沒有是非的現狀所發出的一種慨歎；而下片寫的則是昨夜的醉態與狂態，也可以說是對當時政治現實不滿的一種表示。這闋詞，就時間上來說，先敍目前，後敍昨夜，顯然已把由昔而今的自然展演順序顚倒過來了。由今而昔又由昔而今的，如：

如今卻憶江南樂（今），當時年少春衫薄。騎馬倚斜橋，滿樓紅袖招。　翠屏金屈曲，醉入花叢宿（昔）。此度見花枝，白頭誓不歸（今）。

這是韋莊的〈菩薩蠻〉詞。作者首先以起句提明重至江南引起快樂回憶的事實，拈出「江南樂」三字，作一總括，以生發下文；接著以「當時年少春衫薄」五句，承上句的「江南樂」，將時間由現在推回到「當時」，寫當年流浪江南的無限樂事；然後以結二句，將時間又由「當時」拉回到現在，反照篇首的「樂」字，寫「未老莫還鄉，還鄉須斷腸」的悲哀作收。十分明顯的，這是在時間上採一順一逆的形式所寫成的作品。

4 呼應法

這是講求聯貫與統一的一種經營方式。在詞裡常見的有就局部性而言的前呼後應與就整體性而言的一路照應等兩種。前呼後應的，如：

大江東去，浪淘盡，千古風流人物。故壘西邊，人道是、三國周郎赤壁。亂石崩雲，驚濤裂岸，捲起千堆雪。江山如畫，一時多少豪傑。　遙想公瑾當年，小喬初嫁了，雄姿英發。羽扇綸巾，談笑間，檣櫓灰飛煙滅。故國神遊，多情應笑我，早生華髮。人間如夢，一尊還酹江月。

這是蘇軾的〈念奴嬌〉詞，題作「赤壁懷古」。此詞約分三組來先後呼應：一是就「水」上呼應，先以「大江東去」一呼，後由「浪」、「驚濤裂岸，捲起千堆雪」、「江」回應；二是就「山」上呼應，先以「故壘西邊」、「赤壁」一呼，後由「亂石崩雲」、「山」回應；三是就「人」上呼應，先以「千古風流人物」一呼，後由「三國周郎」、「多少豪傑」爲應，從而領出下半闋來敍寫「人」事，成功的將年老髮白、一事無成的自己與當年雄姿英發、建立不朽功業的周瑜，作成尖銳的對照，以寫自身年華虛度、「人間如夢」的深切感慨來。這樣由「江」（含人）、「山」（含人）而折到

「人」事，彼此前後呼應，章法是相當綿密的。一路照應的，如：

霧失樓臺，月迷津渡，桃源望斷無尋處。可堪孤館閉春寒，杜鵑聲裡斜陽暮。　驛寄梅花，魚傳尺素，砌成此恨無重數。郴江幸自繞郴山，爲誰流下瀟湘去？

這是秦觀的〈踏莎行〉詞。上片頭三句，寫的是無處歸隱之恨；「可堪孤館閉春寒」兩句，寫的是不得還鄉之恨；下片頭三句，則以寄梅傳書作爲媒介，將一篇的主旨「恨」拈出，以照應全篇；末兩句，又「引『郴江』、『郴山』，以喻人之分別」（唐圭璋《唐宋詞簡釋》），把「恨」字再作一次具體之襯托，使得全詞充滿著無重數的「恨」意，叫人不忍卒讀。

5 對照法

這也是講求聯貫與統一的一種經營方式。通常用不同的兩種事物互相映照，作成強烈的對比，藉反面的材料襯托出正面的意思，以增強說服力或感染力。如：

少年不識愁滋味，愛上層樓。愛上層樓，爲賦新詞強說愁。　而今識盡愁滋味，欲說還休。欲說還休，卻道天涼好箇秋。

這是辛棄疾的〈醜奴兒〉詞，題作「書博山道中壁」。作者在上半闋，寫的是少時春花秋月、無病呻吟的閒愁；而在下半闋，寫的是而今關心國事、懷才不遇的哀愁。一是由於「不識愁滋味」，所以愛「強說愁」；一是由於「識盡愁滋味」，所以「欲說還休」。這樣兩相映照，成了鮮明的對比，使人讀後湧生無窮的感慨。這是構成對比的兩個部分，彼此的字數都相當的例子，也有不相當的，如：

醉裡挑燈看劍，夢回吹角連營。八百里分麾下炙，五十絃翻塞外聲。沙場秋點兵。 馬作的盧飛快，弓如霹靂絃驚。了卻君王天下事，贏得生前身後名。可憐白髮生。

這是辛棄疾的〈破陣子〉詞，題作「爲陳同甫賦壯語以寄」。此詞自篇首至「贏得生前身後名」句止，極寫抗金部隊的壯盛軍容、橫戈躍馬的戰鬥生活，以及收復中原的偉大勝利。這種豪壯動人的場面，與末句那種「可憐白髮生」的淒涼情景，恰恰成強烈的對照。就在這種對照之下，把作者忠君愛國與個人功名的複雜思想和壯志不酬之悲憤心情，都和盤托出來了。

2 詞的結構

詞的結構，也和詩或散文一樣，式樣都相當的多，實在無法拘之於幾個定格。不過，就常見者而言，則有如下幾式：

1先虛後實式

所謂的「虛」，指的是「無」，是抽象的；所謂的「實」，指的是「有」，是具體的。它們用在詞章上，大約可分爲三類：一是就情、景來說的，抒情是「虛」，寫景是「實」；二是就空間來說的，凡窮盡目力，寫眼前所見的，是「實」，而透過設想，寫遠處情況的，則是「虛」；三是就時間來說的，凡是敍事、寫景或抒情，只限於過去或當前的，是「實」，透過想像，伸向未來的，則爲「虛」。而先虛後實式，常見於詞裡的爲第一類，如：

多少恨，昨夜夢魂中（虛）。還似舊時遊上苑，車如流水馬如龍，花月正春風（實）。

這是李煜的〈望江南〉詞。這闋詞，一起首即直抒胸臆，將一篇之主旨「多少恨」拈出，接著以「昨夜夢魂中」兩句敍事的句子，一方面交代「恨」之由來與「夢」之所之，一方面也用作上下文的接榫，帶出「車如流水馬如龍」兩個寫景的句子，寫夢中遊苑所見舊曾諳熟的景物，寓情於景，用潛藏於語句裡之「樂」反襯出「恨」，以應起作收。顯然這是用先虛後實的形式所寫成的作品。

2先實後虛式

這一式在詞裡最多見，就情、景而言者，如：

枕簟溪堂冷欲秋，斷雲依水晚來收。紅蓮相倚渾如醉，白鳥無言定自愁（實）。　書咄咄，且休休，一丘一壑也風流。不知筋力衰多少，但覺新來懶上樓（虛）。

這是辛棄疾的〈鷓鴣天〉詞，題作「鵝湖歸，病起作」。上片寫的是溪堂內外的寂寥夏景，而下片寫的則是作者病後落寞的情懷。一實一虛，先後糅襯，將作者廢退後的失意心境，刻畫得非常生動。就時間而言者，如：

寒蟬淒切，對長亭晚，驟雨初歇。都門帳飲無緒，方留戀處，蘭舟催發。執手相看淚眼，竟無語凝咽（實）。念去去，千里煙波，暮靄沈沈楚天闊（虛一）。 多情自古傷離別，更那堪、冷落清秋節。今宵酒醒何處？楊柳岸，曉風殘月（虛二）。此去經年，應是良辰好景虛設。便縱有、千種風情，更與何人説（虛三）。

這是柳永的〈雨霖鈴〉詞。全詞分爲兩大部分，即一實一虛：實的部分是由篇首至「竟無語凝咽」句止，寫的是長亭周遭的寥落秋景與客主臨別的「留戀」情態；虛的部分是自「念去去」至篇末，分三個小節來依次描寫「執手相看淚眼，竟無語凝咽」時所設想「蘭舟」甫發當時、當夜及次日以後「經年」的種種情景，而特在一、二兩節間插入「多情自古傷離別」兩句，點明主旨，以統括全詞。布置得眞是像行雲流水般，了無連接的痕迹。就空間而言者，如：

往事只堪哀，對景難排。秋風庭院蘚侵階，一桁珠簾閒不捲，終日誰來？ 金劍已沈埋，壯氣蒿萊。晚涼天淨月華開（實）。想得玉樓瑤殿影，空照秦淮（虛）。

這是李煜的〈浪淘沙〉詞。作者在此，首先以上片起二句，寫自己想及前塵往事所湧生的沈重哀痛，作爲綱領，用以貫穿全詞。接著依次以「秋風庭院蘚侵階」句，承上句「對景難排」之「景」，寫秋天寥落的白晝景象；以「一桁珠簾閒不捲」兩句，承起句的「哀」字，寫極致孤獨的悲哀；以下片頭二句，承上片起句的「往事堪哀」，寫故國淪亡、銷盡豪氣的痛苦；以「晚涼天淨月華開」句，承上片的「景」，寫秋月升空的淒涼景象；然後以結二句，承上句的「月」、「天」，將空間由汴京推擴到金陵，透過設想，虛寫失國後宮庭內外的冷落月色，表出對過去一切已無可挽回的一種沈哀。這樣用實與虛連成一個無盡的空間，那就難怪所烘托出的情意那麼深長感人了。

3雙實夾虛式

這一式除就時間而言者外，在詞裡也經常可以見到。就情、景而言者，如：

候館梅殘，溪橋柳細，草熏風暖搖征轡（實）。離愁漸遠漸無窮，迢迢不斷如春水。寸寸柔腸，盈盈粉淚，樓高莫近危闌倚（虛）。平蕪盡處是春山，行人更在春山外（實）。

這是歐陽修的〈踏莎行〉詞。此詞可分為三個部分：頭一部分即開端三句，第二部分為中間五句，第三部分為結尾二句。在第一、三部分裡，作者由近及遠的寫了目送行人離去時所見到的各種景物，先是候館旁的殘梅，其次是溪橋邊的細柳，再其次是平原周邊的香草，最後是草原盡頭的春山。很顯然的，這些用以襯托離情的景物，是先後緊密的連接在一起的，而作者卻特意在草原之間把這個寫景的部分前後割開，插入抒情的部分。這個抒情的部分是這樣寫的：首先將主旨「離愁」直接道出，然後依次用「迢迢春水」、「寸寸柔腸」和「盈盈粉淚」加以譬喻或渲染，把「離愁」具體的描寫出來，並且由「漸遠」（就行人言）上接第一個部分，由「危闌倚」下開第三個部分，大力的將全詞連成一個整體。經由這種連繫，自然就可以讓第二部分的內情與第一、三部分的外景達於相糅相襯的地步。這首詞之所以令人「不厭百回讀」（卓人月《詞統》），不會跟作者這種細密的安排沒有關係吧？就空間而言者，如：

春花秋月何時了？往事知多少？小樓昨夜又東風，故國不堪回首、月明中（實）。雕闌玉砌應猶在，只是朱顏改（虛）。問君能有幾多愁？恰似一江春水向東流（實）。

這是李煜的〈虞美人〉詞。這闋詞的上片四句，寫的是作者在汴京對月感懷故國的悲痛情形；而下片則先以開頭兩句，承「故國不堪回首」句，將空間移到金陵的宮殿裡，寫「物是人非」的淒涼境況；再以結二句，將空間又由金陵拉回汴京，採設問與譬喻的修辭技巧，把心中的萬斛愁恨傾洩而出。這樣，就空間的安排上來說，無疑的，是用實、虛、實的形式所寫的。

4先凡後目式

所謂的「凡」、「目」，是指「總括」、「條分」而言。先凡後目，即通常所說的演繹，用在詞裡，可分爲單軌與雙軌兩式。單軌的演繹，是用置於篇首的單一義旨來貫穿所有材料的一種形式，而雙軌的演繹，則是將有主從關係的兩個意思安置於篇首，以組織全篇材料的一種形式。單軌的，如：

出處從來自不齊（凡）。後車方載太公歸；誰知寂寞空山裡，卻有高人賦采薇（目一）。黃菊嫩，晚香枝，一般同是采花時（目二）。蜂兒辛苦多官府，蝴蝶花間自在飛（目三）。

這是辛棄疾的〈鷓鴣天〉詞，題作「有感」。在這闋詞裡，作者先用「出處從來自不齊」一句，揭明一篇的主旨，以統括全詞；然後依此主旨，分別列舉三樣「出處不齊」的例證來。在第一個例證裡，太公望相周，是「出」；伯夷、叔齊隱於首陽山，采薇而食，是「處」；這是就人類的「不齊」來說的。在第二例證裡，黃菊始開，是「出」；晚香將殘，是「處」；這是就植物的「不齊」來說的。在第三個例證裡，蜂兒辛苦，是「出」；蝴蝶自在，是「處」；這是就昆蟲的「不齊」來說的。如此採先凡後目的形式來寫，詞旨便自然的格外凸出了。雙軌的，如：

人人盡說江南好（凡—從），遊人只合江南老（凡—主）。春水碧於天，畫船聽雨眠。鑪邊人似月，皓腕凝霜雪（目—從）。未老莫還鄉，還鄉須斷腸（目—主）。

這是韋莊的〈菩薩蠻〉詞。起二句爲總括的部分，寫的是人人所共認的一個事實，那就是：江南由於它有美好的景色、人物，所以是遊人度過晚年的樂土。就這樣，直截了當的拈出「江南好」、「江南老」兩個有因果關係的意思，以分別領出下面條分的部分來。「春水碧於天」四句，爲條分的第一個部分，緊承總括部分的「江南好」，就作者一己之經歷，各以兩句，依次寫江南景色之麗與人物之美，將「江南好」作具體之描述。末二句，爲條分的第二部分，寫的是有家歸不得，必須終老江南的悲哀，以回應總括部分的「江南老」作收。唐圭璋說：「『只合』二字，無限悽愴」（《唐宋詞簡釋》），而譚獻也說作者「強顏作愉快語，怕腸斷，腸亦斷矣。」（《譚評詞辨》），兩人對此詞的體味，是相當深刻的。

5先目後凡式

這一式，通常稱爲歸納。用在詞裡，也和演繹一樣，有單軌和雙軌兩式。單軌的演納，是就單一意旨，將詞章材料先條分爲若干部分，然後在篇末作個總括的一種形式；而雙軌的歸納，則就兩個有主從或因果關係的意思，將詞章的材料先條分爲兩個部分，然後於篇末作個總括的一種形式。單軌的，如：

幾日行雲何處去？忘卻歸來，不道春將暮（目一）。百草千花寒食路，香車繫在誰家樹（目二）？淚眼倚樓頻獨語；雙燕來時，陌上相逢否（目三）？撩亂春愁和柳絮，依依夢裡無尋處（凡）。

這是馮延巳的〈蝶戀花〉詞。起三句為條分一的部分，以暮春時行雲（象徵遊子）不知飄向何處，表出「無尋處」的一層「春愁」；「百草千花寒食路」兩句為條分二的部分，進一步的以寒食時香車不知繫於何處，表出「無尋處」的另一層「春愁」；下片開端三句為條分三的部分，則以暮春（寒食）日不知雙燕是否與遊子相逢於陌上，表出「無尋處」的又一層「春愁」；結二句為總括的部分，以夢後「無尋處」所湧生的「春愁」譬作撩亂的柳絮，回抱上三個條分部分的意思作結。這樣，作者夢後「無尋處」的內情，便透過所見「無尋處」的外景，具體的表達出來了。雙軌的，如：

清泉犇快，不管青山礙。十里盤盤平世界，更著溪山襟帶（目—從）。　古今陵谷茫茫，市朝往往耕桑（目—主）。此地居然形勝（凡—從），似曾小小興亡（凡—主）。

這是辛棄疾的〈清平樂〉詞，題作「題上盧橋」。作者首先以上片四句，實寫上盧橋畔的美麗風景：由橋下的清泉推擴到周遭十里的沃野與沃野上的溪山，這是就結尾的「形勝」二字來寫的，爲條分的第一個部分。接著以下片開頭兩句，透過想像，虛寫陵谷、市朝的變幻，這是就結尾的「興亡」兩字來寫的，爲條分的第二個部分。然後在結尾處，以「此地居然形勝」一句，上收條分的第一個部分；以「似曾小小興亡」一句，上收條分的第二個部分，發出感慨收束；這是總括的部分。這樣以先條分、後總括的形式寫來，條理特別的清晰。

以上所舉，僅是幾種比較常用於詞這種體裁的章法與結構而已。當然，這些章法與結構，也可以在其他的文體裡見到，只不過沒有像詞這樣用得頻繁、緊湊罷了。

原載民國七十八年六月《教學與研究》第十一期　頁八十五～九十四

北宋詞風的轉變

1 前言

詞這塊新園地，到了宋代，經前後君主殷切的關注①，並許多詞家辛勤的耕耘，不僅暢旺了晚唐、五代新植幼苗的盎盎生機，使得它根深葉茂，開花結果，有了無比豐碩的收穫，而且也更進一步的在我國文學史上爭得了一席無可搖撼的重要地位，這可說是兩宋三百餘年間的最大成就。就在這三百餘年的過程裡，南唐、五代所建立的詞風，由於受到時代與環境的影響，無可避免的，也與唐詩在有唐一代的演進一樣，前後有過幾度或大或小的轉變。大抵說來，在宋初晏、歐承接南唐遺緒以後，至柳永「變舊聲作新聲」②、「骫骳從俗，天下詠之」③為一變；接著是蘇軾「以詩為詞」④，而周邦彥則「以渾雅之作協律」⑤，又不免陸續變了兩次；然後到了南宋，首先是辛棄疾「慷慨縱橫，有不可一世之概」⑥，其次是姜夔「句琢字鍊，歸於醇麗」⑦，於是又促成了兩度巨大的轉變。下文因限於篇幅，僅就北宋部分，依次述其梗概，以見北宋詞風轉變之情形；至於南宋部分，則容待日後作補述了。

2 南唐詞風的滋蔓

宋代立國的初期，在經四五十年的休養生息後，社會經濟日益繁榮，而人民生活也漸趨安定。此時應運出現了一批人物，如寇準、韓琦、晏殊、宋祁、范仲淹、歐陽修等，皆屬政界一時的顯貴，他們一個個以高官大臣的身分涉足詞壇，「陳薄伎」以「佐清歡」⑧，終於蔚爲一時風尚，打破數十年來的沈寂，爲詞壇添加了無比活潑的生氣。他們的作品大多雍容華貴，婉麗精美，了無卑俗、纖巧或輕薄的毛病；充分的反映出上層社會的生活面貌；然而形式卻依舊拘囿於短小的「樂府小詞」，而內容也單調貧乏，大半不脫兒女風月情懷，可以說仍然繼承著南唐的遺風。近人劉氏說：「這一時期的詞，我們可以說是南唐詞風的追隨時代」⑨，是說得一點也不錯的。今特舉宋初詞壇的領袖晏殊與歐陽修的幾闋詞爲例，略作說明，以見一斑：

踏莎行 晏殊

小徑紅稀，芳郊綠徧，高臺樹色陰陰見。春風不解禁楊花，濛濛亂撲行人面。　翠葉藏鶯，朱簾隔燕，鑪香靜逐游絲轉。一場愁夢酒醒時，斜陽卻照深深院。

清平樂 晏 殊

金風細細，葉葉梧桐墜。綠酒初嘗人易醉，一枕小窗濃睡。 紫薇朱槿花殘，斜陽卻照闌干。雙燕欲歸時節，銀屏昨夜微寒。

采桑子 歐陽修

羣芳過後西湖好。狼藉殘紅，飛絮濛濛，垂柳闌干盡日風。 笙歌散盡遊人去，始覺春空。垂下簾櫳，雙燕歸來細雨中。

蝶戀花 歐陽修

庭院深深深幾許？楊柳堆煙，簾幕無重數。玉勒雕鞍遊冶處，樓高不見章臺路。 雨橫風狂三月暮，門掩黃昏，無計留春住。淚眼問花花不語，亂紅飛過秋千去。

晏殊在政治上是個志得意滿的達官貴人，而平日在家，據宋人葉夢得《避暑錄話》的記載，則是「喜賓客，未嘗一日不燕飲」，且每每以「歌樂相佐」⑩，因此詩酒便構成了他家居生活的中心；自然的，他那許多小詞也就陸續的產生在這種酒殘歌闌的環境裡。這些小詞詠盡了他在美滿生活下刹那間所捕捉的一些春花秋月的淡淡閒愁，大多「溫潤秀麗」⑪，極討人喜愛。右引的兩首詞，便是著例。首闋，黃昇《花菴詞選》題作「春思」，而內容是寫春日夢回酒醒後的一份遲暮之感；他自篇首即依次藉著小徑的殘紅、郊野的綠草、道上的楊花、靜室的鑪香和深院的殘陽，由遠而近、由外而內的描繪了殘春裡靜謐寂寞的景象，從而巧妙的糅襯出極閒雅的一份清愁，詠來眞是明婉清麗無比。而後闋，則寫的是秋日偶感的一點淒清情懷；在這首詞裡，他先從秋景的蕭索詠起，再借「醉酒」和「濃睡」來表出內心的落寞之感，然後各以兩句依次寫小睡醒來所見黃昏殘景與所生淒清情懷，十足的給人予一種輕細、閒靜而柔美的「詩意的感受」。至於歐陽修，是仁宗朝的進士，累官至參知政事（副宰相），在仕途上可說相當順遂。他的詞，也與晏殊一樣，內容還是以士大夫的閒情逸致爲主，卻塡得頗饒「疏雋」、「深婉」⑫之美。譬如上引的〈采桑子〉詞，乃詠西湖十三調中的一首，它寫的是西湖「羣芳過後」的殘春好景；讓人從「殘紅」、「飛絮」、「風柳」、「細雨」和「歸燕」所組成的「春空」景物中領略出一種清新的、柔美的感受，雖說仍不免帶點富貴氣息，但無可否認的，卻別有一番「疏雋」的情趣。而次闋〈蝶戀花〉詞，則爲一篇惜春之作，寫出了作者由殘春的幽寂裡所引發的一種寥落空虛的情懷；在這首詞裡，他用前段王孫公子走馬章臺的遊冶之樂，與後段春紅被風雨摧殘的淒涼景象，作成一個強烈的對比，以烘托出無限的遲暮之感來，寫得眞是情景交鍊，「深婉」到了極點，這就無怪乎自李清照以來，歷代的文士都要一直給予很高的評價了。

由上舉的例子看來，我們可以發覺：晏、歐兩家的詞風是非常接近的，他們都依然未脫「娛賓遣興」⑬與「豔科」的窠臼，可說深深的受到了南唐詞風，尤其是馮延巳《陽春集》的影響。劉攽說：「晏元獻尤喜江南馮延巳歌詞，其所自作，亦不減延巳樂府」⑭，而劉熙載也說：「馮延巳詞，晏同叔得其俊，歐陽永叔得其深」⑮，見解是十分精到的。說實在的，晏、歐兩人也的確皆源出陽春一脈，因襲的成分多，而創新的成分少，所不同的只是歐比晏反映的情感較為眞摯、深刻罷了。而且值得注意的是，歐的〈蝶戀花〉諸作，與《陽春集》的〈蝶戀花〉，無論在意境、風格或用字寫情上，幾乎是同一面貌，令人難於分辨，以致時有混淆不清的情形，因此我們可以說：《六一詞》比起《珠玉詞》來，是更為接近《陽春集》的，而馮延巳在宋初詞壇的勢力，也由此可以看出來了。

稍後於晏殊與歐陽修，能相承一脈以「清謳」為主而極其致的，是晏殊的幼子晏幾道。他為了要饜足高尚的聽覺，曾努力的改以高格調去摹寫身世所經悲歡離合之情，而又益求技術的精巧，以圖至於無可指摘的境地，結果成就極其可觀。譬如他的一首〈臨江仙〉詞：

夢後樓臺高鎖，酒醒簾幕低垂。去年春恨卻來時，落花人獨立，微雨燕雙飛。 記得小蘋初見，兩重心字羅衣。琵琶絃上説相思。當時明月在，曾照彩雲歸。

對於這首詞，傅庚生曾作評析說：「簾幕低垂，落花微雨，人方獨立，燕乃雙飛；去年春恨，能勿重來？是寫得一片愁人景色，逼出一種春恨情懷來也。記得去年初見小蘋時，伊方著香羅袷衣，心上相思，琵琶似語。比夜既深，天生明月，照伊歸去。伊時明月，今時猶在也，而物是人非，空勞夢想。又寫得一片今昔相同之景色，反逼出一種今昔不同之情懷來也。夢後酒醒，惟見嚮日之樓臺高鎖而已。憶朝雲曾入荆王之夢，則小蘋得無今日之彩雲乎？此詞字句上下錯落，而前後呼應，翻騰之狀，矯健可喜，尤有神龍見首不見尾之姿，情與景輒相牽繫，於接筍之處，又若輕霜之溶水，了其無痕。斷是才人墨瀋也」⑯，而況周頤在評他的另一首〈阮郎歸〉詞時也說：「小晏神仙中人，重以名父之貽，賢師友相與沆瀣，其獨到處，豈凡夫肉眼所能夢見？」⑰，可知自陽春以下逮珠玉、六一，令詞境界之高，到小晏而不得不歎爲觀止了，所以龍沐勛在其〈兩宋詞風轉變論〉一文中以爲「令詞之發展，由陽春以開歐、晏，至小晏而集大成」⑱，既然「至小晏而集大成」，那麼南唐詞風對宋初詞壇深切著明的影響，到此也算告一個段落了。

3 教坊新腔的流行

令詞在北宋初期既已演進至最高境界，當然就逐漸的不爲普遍社會所理解、欣賞，而失去了與大衆流通的功用，於是教坊乃競造新聲，以適應繁庶社會實際的需要，而里巷間的謠歌淫詞，也乘時並作，促成了慢詞發展的大好機運，這固然是大勢所趨，不得不爾，但是促使它順利的發展，終於能蔚然成爲一代的風氣，則不得不歸功於張先的「承先啓後」與柳永的大力倡導。他們倆人都塡製了不少作品，其共通的最大特色是：在形體上，慣用長篇巨幅的慢詞；在作風上，脫去晏、歐的清婉，而喜用鋪敍的手法去作盡情盡意的描繪；在內容上，則趨於都會繁華生活的表現與男女心理的反映；因此他們在創作時，就往往直接用市井俚語，大膽的描寫都會裡的形形色色。這些特點，尤以柳永表現得更爲突出。現在就舉些例子來看看：

破陣樂

張 先

四堂互映，雙門並麗，龍閣開府。郡美東南第一，望故園樓閣霏霧。垂柳池塘，流泉巷陌，吳歌處處。近黃昏，漸更宜良夜，簇簇繁星燈燭，長衢如畫。暝色韶光，幾簾粉面，飛甍朱户。 歡聚。雁齒橋紅，裙腰草綠，雲際寺，林下路。酒熟梨花賓客醉，但覺滿山簫鼓。盡朋遊，因民樂，芳菲有主。自此歸從泥沼，去指沙隄，南屏水石，西湖風月，好作千騎行春，畫圖寫取。

望海潮

柳 永

東南形勝，三吳都會，錢塘自古繁華。煙柳畫橋，風簾翠幕，參差十萬人家。雲樹繞隄沙。怒濤卷霜雪，天塹無涯。市列珠璣，户盈羅綺，競豪奢。　重湖疊巘清嘉，有三秋桂子，十里荷花。羌管弄晴，菱歌泛夜，嬉嬉釣叟蓮娃。千騎擁高牙。乘醉聽簫鼓，吟賞煙霞。異日圖將好景，歸去鳳池誇。

雨霖鈴　　柳永

寒蟬淒切，對長亭晚，驟雨初歇。都門帳飲無緒，方留戀處，蘭舟催發。執手相看淚眼，竟無語凝咽。念去去、千里煙波，暮靄沈沈楚天闊。　多情自古傷離別，更那堪、冷落清秋節。今宵酒醒何處？楊柳岸、曉風殘月。此去經年，應是良辰好景虛設。便縱有千種風情，更與何人說！

定風波　　柳永

自春來，慘綠愁紅，芳心是事可可。日上花梢，鶯穿柳帶，猶壓香衾臥。暖酥消，膩雲亸，終日厭厭倦梳裹。無那！恨薄情一去，音書無箇。　早知恁麼，悔當初、不把雕鞍鎖。向雞窗、只與蠻牋象管，拘束教吟課。鎮相隨，莫拋躲。針線閒拈伴伊坐，和我，免使年少光陰虛過。

在上引的頭兩闋詞裡，他們一面鋪寫「郡美東南第一」亦即「三吳都會」——錢塘的繁華豪奢，一面暴露沈溺於都會富庶中的男女生活。在他們的筆下，錢塘的街上是樓閣參差，燈燭輝煌；風簾翠幕，粉面處處。城外是雲寺林路，滿山遊客；荷花十里，羌管弄晴。眞是喝酒的喝酒，聽歌的聽歌，吟賞煙霞的吟賞煙霞，十足的活畫出一幅官民同歡、生活奢侈的景象。而都會居民的富足豪奢，也實可說已到了「市列珠璣，戶盈羅綺」的地步。宋仁宗朝承平的面貌、商業經濟的發達，與當日都會男女綺靡的生活狀態，都無疑的可在他們的這一類詞裡反映出大概來；尤其是「失意無俚，流連坊曲」⑳的柳永，在這方面的表現，更爲明顯深刻。據說柳永的這闋〈望海潮〉流播北方，金主亮聞歌後，欣然有慕於「三秋桂子，十里荷花」的湖山清景，遂起投鞭渡江之志㉑，由此可知柳詞所反映的都會繁榮景象是如何的生動引人了。張、柳除了此類慢詞外，尙有一些寫離情別意的作品，在藝術上有著極高的成就，譬如張先那首以「沈恨細思，不如桃杏，猶解嫁東風」見愛於歐陽永叔㉒的〈一叢花〉，和起句作「溪山別意」的〈卜算子慢〉，都寫得淡雅含蓄，「味極雋永」㉓；再如柳永的〈雨霖鈴〉詞，以冷落的秋景襯托難以割捨的離情，情景相副，刻畫深刻，更是一篇名作。這闋詞，他採先實後虛的手法來寫，把全詞析爲兩個部分——一實一虛，實的部分是由篇首至「竟無語凝咽」止，寫的是長亭周遭的寥落秋景與客主臨別的「留戀」情態；虛的部分是自「念去去」至篇末，分三個小節來依次描寫「執手相看淚眼，竟無語凝咽」

時所設想「蘭舟」甫發當時、當夜及次日以後「經年」的種種情景，而特在一、二節間插入「多情自古傷離別」兩句，點明主旨，以統括全詞的意思，眞是布置得像行雲流水般，了無連接的痕跡，可謂巧妙到了極點。夏敬觀在其《手評樂章集》裡說：「耆卿雅詞用六朝小品文賦作法，層層鋪敍，情景兼融，一筆到底，始終不懈」㉔，他的話顯然可從這首詞裡獲得充分的證明。因此這篇詞與〈八聲甘州〉、〈傾杯〉、〈夜半樂〉、〈訴衷情近〉等，同被人譽爲「《樂章集》中的上品」㉕，並稱頌它們「不減唐人高處」㉖，是一點也不爲過的。當然，《樂章集》裡也另有許多俚詞，這些詞，前人對它們雖有「淺近卑俗」之譏㉗，然而卻受到廣大羣衆的喜愛。我們可以這麼說：正由於他能「盡收俚俗語言，編入詞中」㉘，以反映廣大市民，尤其是婦女的生活，遂也收到了「一時動聽，散播四方」㉙的效果。上引的〈定風波〉詞，就是其中的代表作。這首詞，他是用來抒寫春閨情思的，上半闋寫的是佳人在情郎「薄情一去」後愁慘消瘦、終日慵懶的情態；下半闋寫的是她「當初不把雕鞍鎖」，以致落得「年少光陰虛過」的追悔心理，用語既通俗淺近，描寫也十分露骨直率，可以說完全脫出了文人雅士創作的常軌，另開了俚俗一路。儘管它「以俗爲病」，卻正好迎合了大衆的口味，而達於「凡有井水飲處，即能歌柳詞」㉚的地步。慢詞所以能夠興盛，爲大衆所接受，無可否認的，是不能不歸功於此的。

慢詞之創作在張先首開風氣之先，而經柳永大力推進之後，已使它達於雅俗共賞的境界，而成爲最流行的歌曲形式了。它由於有著「應歌」的功用，以迎合社會普徧的需要，且具長篇巨幅、開闔變化的特色，足以讓人有馳騁才情的餘地，因此對當時或後代，影響都是極爲深大的。就以那被蘇軾稱作「山抹微雲君」㉛的秦觀來說吧！即深受其影響，譬如：

滿園花

一向沈吟久，淚珠盈襟袖。我當初不合、苦撋就。慣縱得軟頑，見底心先有。行待癡心守。其捻著脈子，倒把人來僝僽。　近日來、非常羅皁醜。佛也須眉皺，怎掩得衆人口？待收了孛羅，罷了從來斗。從今後，休道共我，夢見也、不能得句。

這首詞，無論在用語之俚俗或描寫之露骨上，比起柳詞來，可說都有過之而無不及。他如〈迎春樂〉詞的「怎得花深處，作個蜂兒抱」，和〈河傳〉的「丁香笑吐嬌無限。語軟聲低，道我何曾慣」，這些句子，與柳永的又有何不同呢？可見秦詞是深染著柳氏的影響的，這就難怪蘇軾要笑他「學柳七作詞」㉜了。不過秦集裡也有許多如〈望海潮〉、〈夢揚州〉、〈滿庭芳〉等淸麗和婉的作品，這些作品風格遒上，終於使慢詞又歸於淳雅，爲士大夫所樂聞，這種作風的轉變，所謂「其來者漸」，是較然可覩的。

4 傳統藩籬的突破

北宋前期的詞，不論是晏殊、歐陽修、柳永或其他詞人，也不論是雅與俗或令與慢，更不論所反映的是士大夫或小市民的生活面貌，都沒有突破「詞爲豔科」的傳統藩籬，因此在內容上依然局限於男女相思離別之情，而在風格上也始終不脫柔婉一途，例外可說是極少的。這樣，實在已無法滿足時代與環境的需求，於是「以詩爲詞」的蘇軾便乘時而起，憑著他的「靈氣仙才」㉝，打破狹隘的傳統觀念，開徑獨往，無論令慢近引，兼簡並作，灌注「逸懷浩氣」於篇什，表露出自我的鮮明人格，既開拓了詞的內容，也提高了詞的意境，使得詞體日尊，逐漸脫離小道末技的窘境，而與詩文同佔重要的地位：這樣一來，距離原始曲情也就越來越遠了。胡寅在序向子諲《酒邊詞》時說：「眉山蘇氏，一洗綺羅香澤之態，擺脫綢繆宛轉之度，使人登高望遠，舉首高歌，而逸懷浩氣，超乎塵垢之外，於是花間爲皁隸，而柳氏爲輿臺矣」，評價雖高，卻是很公道的。現在抄寫幾首他的作品在下面：

念奴嬌

大江東去，浪淘盡、千古風流人物。故壘西邊，人道是、三國周郎赤壁。亂石崩雲，驚濤裂岸，捲起千堆雪。江山如畫，一時多少豪傑。　遙想公瑾當年，小喬初嫁了，雄姿英發。羽扇綸巾，談笑間、檣櫓灰飛煙滅。故國神遊，多情應笑我，早生華髮。人生如夢，一尊還酹江月。

賀新郎

乳燕飛華屋，悄無人、桐陰轉午，晚涼新浴。手弄生綃白團扇，扇手一時似玉。漸困倚、孤眠清熟。簾外誰來推繡户？枉教人夢斷瑤臺曲。又卻是、風敲竹。　石榴半吐紅巾蹙，待浮花浪蕊都盡，伴君幽獨。穠豔一枝細看取，芳意千重似束。又恐被、西風驚綠。若待得君來向此，花前對酒不忍觸。共粉淚，兩簌簌。

定風波

莫聽穿林打葉聲，何妨吟嘯且徐行。竹杖芒鞋輕勝馬。誰怕？一蓑煙雨任平生。　料峭春風吹酒醒，微冷，山頭斜照卻相迎。回首向來蕭瑟處，歸去，也無風雨也無晴。

江城子

十年生死兩茫茫，不思量，自難忘。千里孤墳，無處話淒涼。縱使相逢應不識，塵滿面，鬢如霜。夜來幽夢忽還鄉，小軒窗，正梳妝。相顧無言，只有淚千行。料得年年腸斷處，明月夜，短松岡。

蘇軾自仁宗嘉祐二年登科入仕後，由於秉性耿介，任事負責，敢於言其所當言、行其所當行，遂招當路之忌，使得宦途坎坷，頻遭貶斥，不得盡展驥足，以「致君堯舜上」㉞，於是時有懷古感遇之作以發抒他「老去君恩未報，空回首，彈鋏悲歌」㉟的感慨；右引的〈念奴嬌〉詞就是個例子。這首詞題作「赤壁懷古」，是東坡謫居黃州時寫的；全詞共分三個部分：首寫赤壁如畫的江山勝景，並由景及於三國當年破曹的英雄豪傑，作歷史的追溯和繫念，以發出古今興衰的感慨；接著承上個部分的「豪傑」，用「遙想」領入，寫「三國周郎」當年的少年英氣、功業事蹟和不可一世的雄風，以表出自己無比的仰慕、嚮往之情；然後藉「故國神遊」一轉，由古代的周郎拍到自家身上，寫自身年老髮白、一事無成的衰頹形象，有意與「周郎」的「雄姿」作成尖銳的對照，以逼出年華虛度「人生如夢」的深切慨嘆來，既含蓄的流露出對江山錦繡的一份熱愛，也隱約的表達了為國家建立事業的不變願望；寫來眞是「感慨雄壯」到了極點，誠如王元美所說的，「果令銅將軍於大江奏之，必能使江波鼎沸」㊱啊！在東坡詞集裡，除了這類不曾出現於從前詞裡的雄壯作品外，尚有些風格趨於淸剛的篇什，上錄的〈賀新郎〉詞便是很好的例子。在此闋詞的前段，東坡寫了一位絕塵的美人，借她本身及周遭的「幽獨」物事，再加上「新」、「白」、「玉」、「淸」

和「悄」、「孤」等字眼，以烘托出她的高潔與孤單。而在後段，則先分初放與盛開兩階段來描寫不與「浮花浪蕊」爲伍而願「伴君幽獨」的榴花，並予以擬人化，以表出無限的幽獨「芳意」；然後由實入虛，透過想像來寫榴花驚風衰謝和美人哀憐落淚的失意情狀，使得情寓景中，達於人花交融的境界；到了這時候，究竟何者是花？何者是人？已完全無從分辨了。從這種詞意與安排上看來，我們不難明白：作者是有意藉此以寓其懷才不遇的抑鬱情懷和不肯與俗妥協的孤高人格的，這就無怪會有一股淸峻之氣流貫於篇什之間了；丁紹儀以爲此詞「寄托深遠，與詠雁〈卜算子〉同一比興」㊲，看法是非常正確的。我們都知道一個人的遭遇對作品的影響是非常大的，東坡當然不例外，他自從元豐三年，因文字招尤，死裡逃生，貶到黃州㊳以後，很明顯的，少年豪縱之氣已日漸斂抑，不特與僧道來往，且勤於神交莊周、陶潛，過其躬耕㊴的田居生活。在這種生活下，由於經常可以接觸自然，與田父野老相從於溪谷之間，於是很自然的就產生了許多描述田園生活細節的新作品，右引的〈定風波〉詞，便屬此類之作。此詞原題「三月七日，沙湖道中遇雨；雨具先去，同行皆狼狽，余獨不覺；已而遂晴，故作此。」，是在元豐五年寫的，寫的雖是他在沙湖途中遇雨的一件小事，卻反映了作者在惡劣環境中善於解脫痛苦的曠達胸懷，詞裡所謂的「誰怕？一蓑煙雨任平生」及「歸去，也無風雨也無晴」，正道出了他不避苦難、經得起挫折的生活態度與只求平安、不計較得失的前途展望，令人讀了，但覺眞氣流行，空靈自在，而一種悲鬱懷抱，則隱隱的流露於字裡行間，這可說是東坡此類作品的共通特色。龍沐勛說他「憂讒畏罪，別具苦衷，故其詞驟視之，雖極瀟灑自然，而無窮傷感，光芒內斂」㊵，從這首詞裡，我們是可以深切體會出來的。用上舉諸例，我們可以看出東坡所表現的，誠如胡寅所言，是「超乎塵垢之外」的「逸懷浩氣」，正因如此，有人竟以爲他「短於情」㊶，對於這個批評，上引的〈江城子〉詞恰好可給予完滿的答覆。這首詞題作「乙卯正月二十日夜記夢」，乙卯是宋神宗熙寧八年，當時作者正在密州。由詞題及詞意看來，曉得這是他在喪妻㊷十年後，因夜夢亡妻而作的一闋悼亡詞。他首先在上片，寫了十年來對亡妻的深切思念與所經受的淒涼苦楚，然後在下片，承著上段「相逢」、「話淒涼」的願望，記述夢中和亡妻相會及醒後望月斷腸的情景；寫得眞是悽愴哀婉，充分的體現了作者對妻子永不能忘的情感；情感是這樣的深摯，怎麼又能說他是「短於情」呢？只不過是他一直不喜歡「綺羅香澤」的豔情罷了。

從上引的幾首詞裡，我們不難讀出東坡詞不僅拓大了詞的範圍，更提高了詞的境界，可以說已完全打破詞的嚴格限制和因襲傳統的精神，創造出一種高曠清雄的新氣象，爲詞體開闢了另一廣闊疆宇。這是東坡在詞壇上的絕大成就，影響是既深且遠的，撇開大家所熟知的南宋辛派詞人不談，即以北宋而論，受其影響的就有王安石、黃庭堅、晁補之、毛滂、葉夢得、向子諲、陳與義諸人，今錄一首爲例：

摸魚兒　　晁補之

買陂塘、旋栽楊柳，依稀淮岸江浦。東皐嘉雨新痕漲，沙觜鷺來鷗聚。堪愛處，最好是、一川夜月光流渚，無人獨舞。任翠幄張天，柔茵藉地，酒盡未能去。　青綾被，莫憶金閨故步，儒冠曾把身誤。弓刀千騎成何事？荒了邵平瓜圃。君試覷，滿青鏡、星星鬢影今如許！功名浪語。便似得班超，封侯萬里，歸計恐遲暮。

這首詞，題作「東皐寓居」，是晁補之在閒居家鄉時作的，它主要的內容是寫他田園生活的美好舒適，和對官場生涯的失望與厭惡，寫來氣象頗大，是晚唐、五代至柳永所未嘗見的，這無疑的是受了蘇詞影響的結果，劉熙載說：「无咎詞，堂廡頗大。人知辛稼軒〈摸魚兒〉『更能消幾番風雨』一闋，爲後來名家所競效；其實辛詞所本，即无咎〈摸魚兒〉『買陂塘旋栽楊柳』之波瀾也」㊸，不管无咎此詞是否眞的爲辛詞所本，但至少我們可以曉得一個事實，那就是：晁无咎與辛稼軒一樣，是同出坡公一脈而邁向開拓豪放一途的。可惜的是，他也和其他當日的蘇門詞人一樣，詞裡雖多少帶點豪放氣概，卻始終無法達到和蘇軾相提並論的地步，以致這種革新在當時並沒有得到充分的發展，而拓成像南宋那樣波瀾壯闊的局面。

5 形式格律的注重

詞雖至東坡而大，然其作品由於「高處出神入天」㊹，既不易為時俗所理解，而音律亦多不協，不免有「要非本色」㊺之譏，於是在當日的詞壇上便有人開始注重格律的和諧與詞句的渾雅，結果所謂的「語工而入律」㊻就成了他們塡詞的基本原則。從事這方面的詞家頗多，有秦觀㊼、賀鑄、周邦彥、万俟詠、晁端禮、田為、晁沖之諸人，而以周邦彥為「集大成者」㊽。周詞所以能「集大成」，大體說來，原因有二：一是由於他「好音樂，能自度曲」，一是由於他「盡力於辭章」㊾，植基深厚。所以沈義父說：「作詞當以清眞為主，蓋清眞最為知音，且無一點市井氣，下字運意，皆有法度，往往自唐、宋諸賢詩句中來，而不用經史中生硬字面，此所以為冠絕也」㊿，以下就是他的幾首代表作：

瑞龍吟

章臺路，還見褪粉梅梢，試花桃樹。愔愔坊陌人家，定巢燕子，歸來舊處。　黯凝佇。因念箇人癡小，乍窺門戶。侵晨淺約宮黃，障風映袖，盈盈笑語。　前度劉郎重到，訪鄰尋里，同時歌舞，唯有舊家秋娘，聲價如故。吟箋賦筆，猶記燕臺句。知誰伴、名園露飲，東城閒步？事與孤鴻去。探春盡是、傷離意緒。官柳低金縷，歸騎晚，纖纖池塘飛雨。斷腸院落，一簾風絮。

蘭陵王

柳陰直，煙裡絲絲弄碧。隋堤上、曾見幾番，拂水飄綿送行色。登臨望故國，誰識，京華倦客？長亭路，年去歲來，應折柔條過千尺。　閒尋舊蹤跡。又酒趁哀絃，燈照離席。梨花榆火催寒食。愁一箭風快，半篙波暖，回頭迢遞便數驛，望人在天北。　悽惻，恨堆積。漸別浦縈迴，津堠岑寂。斜陽冉冉春無極。念月榭携手，露橋聞笛。沈思前事，似夢裡，淚暗滴。

六醜

正單衣試酒，悵客裡、光陰虛擲。願春暫留，春歸如過翼，一去無迹。爲問花何在？夜來風雨，葬楚宮傾國。釵鈿墮處遺香澤，亂點桃蹊，輕翻柳陌。多情爲誰追惜？但蜂媒蝶使，時叩窗槅。　東園岑寂，漸蒙籠暗碧。靜繞珍叢底，成歎息。長條故惹行客，似牽衣待話，別情無極！殘英小，強簪巾幘。終不似、一朵釵頭顫裊，向人欹側。漂流處，莫趁潮汐。恐斷紅、尚有相思字，何由見得！

佳麗地，南朝盛事誰記？山圍故國，繞清江、髻鬟對起。怒濤寂寞打孤城，風檣遙度天際。

斷崖樹，猶倒倚，莫愁艇子曾繫。空餘舊迹，鬱蒼蒼、霧沉半壘。夜深月過女牆來，傷心東望淮水。

酒旗戲鼓甚處市？想依稀、王謝鄰里。燕子不知何世，向尋常巷陌人家，相對如說興亡，斜陽裡。

西河

右引的首闋〈瑞龍吟〉，是篇感懷詞，寫的是作者重返舊地「探春」的「傷離意緒」。全詞共分三疊：在首疊裡，作者藉「歸來舊處」——「探春」所見的景物，來指明地方、時序，並蘊含「人面不知何處去，桃花依舊笑春風」㊿的情思，預為後二疊進一層的抒寫鋪路。而次疊則以「黯凝佇」承上啓下，引出「因念」二字，與上疊的「還見」呼應，並藉以提舉下文，以追敘當年初見「箇人」的情景，把「箇人」的妝扮、舉止和神態都刻畫得極為逼眞生動，大力的為末疊蓄勢。至於末疊，乃總括的部分，為全詞之重心所在：作者在此，先以六句，應首疊，順次用直筆與側筆寫自己如當年「劉郎」歸來舊處的失意與「人面不知何處去」的悲哀；再以五句，應次疊，借李商隱和柳枝、杜牧和張好好的韻事，以寫初見「箇人」後彼此交往的情形；然後以「探春盡是傷離意緒」一句把上意作個總結，落入本題，點出主旨；終以「官柳」五句，寫在「歸騎」上所見暮春寥落的黃昏景物來襯托出「傷離意緒」，所謂「以景結情」，令人讀後倍覺淒切黯然。雖然周濟說：「此不過桃花人面，舊曲翻新耳」[52]，但藝術的技巧是極爲高明的。次闋〈蘭陵王〉詞，原題「詠柳」，而實際上，清眞卻託柳起興，以詠別情。全篇也分三疊：第一疊首先點題直起，寫「隋堤上」煙裡弄碧、拂水飄綿的柳色，然後緊承著頂上的「幾番」、「送行」，透過故園心眼，落於自家身上，借「年去歲來」的折柳送別來寫自己淹留京華的痛苦。第二疊是先以「閒尋」句收束上疊的詞意，再以「又趁酒」三句，刻畫此番餞別的情景，並點出當前的時令，而後用一「愁」字領起四句，「代行者設想」[53]，虛寫行者船行之速，以表出依依不捨之離情。第三疊則首用「悽惻」兩句，將上疊的「愁」字加以渲染，以增強其意味；次用「漸別浦」三句，承上疊的末節來實寫行者離去後所見「別浦」周遭的晚景，充分的流露出滿懷的離情別緒；末以「念月榭」兩句虛寫往事舊歡，以「沈思」三句，由過去拉回現在，實寫爲愁所苦、淚下潸潸的情狀；這樣一實一虛的詠來，眞如周濟所說「不辨是情是景，但覺煙靄蒼茫」[54]，有著無盡的韻味。三闋〈六醜〉，原注「薔薇謝後作」，是一首從追惜落花來「悵客裡光陰虛擲」的作品。全詞只分兩段：在前段裡，作者劈頭即直點作意——「悵客裡光陰虛擲」，接著便藉「春歸」，亦即薔薇花的凋謝與飄飛，來描繪春天「一去無迹」的景況；然後以蜂蝶的「時叩窗槅」，慨歎無人追惜，而拍轉到「悵」字上作收。而換頭則先以兩句承上段的「春去無迹」，寫窗外薔薇落後「岑寂」的景象，再以九句應上段的「多情爲誰追惜」，寫詩人觸景「歎息」、「追惜」的情形；最後則由花之落聯想到它的漂流，藉紅葉題詩的故事，對斷紅致深切的關懷之情。周濟說：「不說人戀花，卻說花戀人；不從無花惜春，卻從有花惜春；不惜已簪之殘英，偏惜欲去之斷紅」[55]，周詞設想與安排之巧妙，由此可見一斑。末闋〈西河〉，題作「金陵懷古」，是篇三段詞。起段寫的是「金陵帝王州」的形勢與風物，在「佳麗地」、「盛事」與「寂寞打孤城」的對比下，透出無限的滄桑之感；次段寫的是對歷史古跡的憑弔，經由「斷崖」的樹、「淮水」之月表出了深一層的慨歎；末段寫的是人事的代謝和金陵的岑寂，借「斜陽」下的燕子來訴說一齣歷史的興亡悲劇。通觀這首詞，很顯然的，是檃括劉禹錫的兩首詩而成的，其一爲〈石頭城〉：「山圍故國周遭在，潮打空城寂寞回；淮水東邊舊時月，夜深還過女牆來」，其二爲〈烏衣巷〉：「朱雀橋邊野草花，烏衣巷口夕陽斜；舊時王謝堂前燕，飛入尋常百姓家」。張炎《詞源》裡說：「美成採唐詩融化，如自己者，乃其所長」[56]，本詞就是一個最好的例子。

由上舉諸例看來，周詞在字句的鍛鍊、音調的和諧、章法的嚴密、鋪敍的詳贍和舊句的融化上，無疑的都有著高度的表現。慢詞發展到此，可以說既沒有柳永「詞語塵下」之病，亦無蘇軾「多不協律」之譏了；這樣，不僅爲文人學士所樂聞，甚至伶工歌妓也悅於唱習，因此他的詞也就能流傳既廣且久，且爲百代詞人所法式。王易說：「清眞居士提舉大晟府，於聲律詞調，外所創作，每製一詞，名流輒爲賡和。其詞撫寫物態，曲盡其妙，渾厚和雅，善融詩句，富豔精工，長於鋪敍。自貴人學士，市儈妓女，皆知其詞爲可愛。誠能匯前此晏、歐、秦、柳之長，而成一大派；樹後此姜、史、吳、張之鵠，而開其大宗」57，清眞能有這樣的成就，眞可算是北宋詞壇的光榮結局了。

6 結語

綜觀上述北宋詞風轉變之迹，很明顯的，與時代與環境都有著密切的關係，以第一階段言，由於區宇甫靖，詞體初成，所以晏、歐只有一味的因襲南唐，以詞作「娛賓遣興」之資；以第二階段言，由於晏、歐的範圍過窄，無法滿足社會大衆的需求，於是有柳永慢詞、俚詞的出現，以收普遍風行的效果；以第三階段言，由於柳永的風格卑弱，爲時人所詬病，因而東坡就奮起而一洗前弊，以詩人豪放飄逸之筆，發爲內容豐富的歌詞，而獨成一格；以第四階段言，由於蘇詞多不合音律，而有「要非本色」之譏，結果周邦彥便以「語工而入律」領袖詞壇；所謂「物窮則變」，階段顯然。這可以說是詞學進展的程序，是不能以「婉約」、「豪放」二派把它判爲兩支，而存軒輕於其間的。

---

①王易云：「有宋詞流之盛，多由君上之提倡，非啻一時風會已也。」詳《詞曲史・衍流第四》，頁一三一至一三二。

②李易安語，《詞苑萃編》卷九頁七引《苕溪漁隱叢話》，見《詞話叢編》冊六，頁一八五九。

③見陳師道《後山居士詩話》頁八，新興書局《筆記小說大觀》第九編，冊六，頁三六七四。

④見陳師道《後山居士詩話》頁七，《筆記小說大觀》第九編，冊六，頁三六七一。

⑤見龍沐勛〈兩宋詞風轉變論〉，《詞學季刊》第二卷第一號，頁十五。

⑥《四庫全書總目提要・詞曲類》一，頁六十五。

⑦汪森〈詞綜序〉，頁一。

⑧歐陽修詠西湖〈采桑子〉有小引云：「因翻舊闋之辭，寫以新聲之調，敢陳薄伎，聊佐清歡」，見《樂府雅詞》，轉引自蔡茂雄《六一詞校注》頁一。

⑨見劉著增訂本《中國文學發展史》頁五七六。

⑩見葉夢得《避暑錄話》卷上頁五十七，《筆記小說大觀》第三編，冊三，頁一六〇一。

⑪見王灼《碧雞漫志》卷二頁一，《筆記小說大觀》第六編，冊二，頁七〇七。

⑫馮煦稱歐陽修：「疏雋開子瞻（蘇軾），深婉開少游（秦觀）」，見《蒿庵論詞》頁一，《詞話叢編》冊十一，頁三六七七。

⑬見陳世修〈陽春集序〉，轉引自龍氏〈兩宋詞風轉變論〉頁三，《詞學季刊》第二卷第一號。

⑭見《貢父詩話》頁九，《筆記小說大觀》第十三編，冊二，頁六九七。

⑮見《藝概・詞概》頁一，《詞話叢編》冊十一，頁三七七〇。

⑯見《中國文學欣賞舉隅》頁五十四至五十五。
⑰見《蕙風詞話》卷二，頁四。
⑱見《詞學季刊》第二卷第一號，頁六。
⑲此詞題作「錢塘」，見《彊村叢書㈠張子野詞》卷二，頁五。
⑳見宋翔鳳《樂府餘論》頁三，《詞話叢編》冊七，頁二四六八。
㉑見《本事詞》上頁九，《詞話叢編》冊七，頁二二四八。
㉒見范公偁《過庭錄》頁十六，《筆記小說大觀》正編，冊二，頁八五七。
㉓見周濟《宋四家詞選・序論》，《詞話叢編》冊五頁一六三一。
㉔轉引自胡編《宋詞選》頁三十七。
㉕見劉著增訂本《中國文學發展史》頁五九一。
㉖見趙德麟《侯鯖錄》卷七頁五，《筆記小說大觀》正編，冊二，頁九五五。
㉗王灼《碧雞漫志》卷二頁四，《筆記小說大觀》第六編，冊一，頁七〇九。
㉘見《樂府餘論》頁三，《詞話叢編》冊七，頁二四六八。
㉙見同上。
㉚見《避暑錄話》卷上頁二，《筆記小說大觀》第三編，冊三，頁一六一二。
㉛見《藝苑雌黃》，《詞苑萃編》卷十二，頁一引，《詞話叢編》冊六，頁一九一一。

㉜見《高齋詩話》，《歷代詩餘話》卷一一五，頁十三引，《詞話叢編》冊四，頁一二四六。

㉝樓敬思語，見中華書局《詞林紀事》卷五，頁一〇一。

㉞見杜甫〈奉贈韋左丞丈二十二韻詩〉，《杜詩鏡銓》頁九十五。

㉟見蘇軾〈滿庭芳〉詞，龍沐勛《東坡樂府箋》卷二，頁三十五。

㊱見《弇州山人詞評》頁二，《詞話叢編》冊一，頁三三九。

㊲見《聽秋聲館詞話》卷十一，頁二，《詞話叢編》冊八，頁二七二一。

㊳詳王保珍《增補蘇東坡年譜會證》元豐二年及三年記事，頁一三六至一四〇。

㊴元豐四年二月，馬正卿爲蘇軾請故營地數十畝，躬耕其間，見《增補蘇東坡年譜會證》頁一四五。

㊵見〈東坡樂府綜論〉，《詞學季刊》第二卷第三號，頁八。

㊶晁補之語，見《詞苑萃編》卷二十一頁二，《詞話叢編》冊六，頁二一二五。

㊷蘇軾妻王弗死於宋英宗治平二年五月，見《增補蘇東坡年譜會證》頁六十三。

㊸見《詞概》頁三，《詞話叢編》冊十一，頁三七七三。

㊹見《碧雞漫志》卷二，頁一，《詞話叢編》冊一，頁三十二。

㊺見《後山居士詩話》頁七，《筆記小說大觀》第九編，冊六，頁三六七三。

㊻見《避暑錄話》卷下，頁二，《筆記小說大觀》第三編，冊三，頁一六一二。

㊼秦詞或與柳永相近，或與周邦彥相近，博觀約取，自成一家。參見增訂本《中國文學發展史》頁六

〇一。

㊽見周濟《宋四家詞選・序論》頁一。

㊾見《宋史・周邦彥傳》，卷四百四十四，頁五三九三。

㊿見《樂府指迷》頁一，《詞話叢編》冊一，頁二二九至二三〇。

51崔護〈題都城南莊詩〉，見《全唐詩》冊六，頁四一四八。

52見《宋四家詞選》頁一。

53見同上。

54見同上。

55見《宋四家詞選》頁二。

56見《詞源》卷下頁九，《詞話叢編》冊一，頁二一八。

57見《詞曲史・析派第四》，頁一八四。

原載民國六十八年四月《中華文化復興月刊》十二卷四期　頁十二～十九

古語古句在蘇辛詞裡的運用

自晚唐、五代迄宋初，詞家塡詞，大抵說來，都一味的爭鬥穠纖，以嫵媚柔約爲歸；入以清新雅正之詩句的既少，「用經用史，牽雅頌入鄭衛」（劉辰翁《須溪集》）的更百不一見；因此用語極其有限，僅止於綺麗一隅而已。及至東坡，異軍特起，「以詩爲詞」（陳師道《後山詩話》），時時從李白、杜甫、韓愈、孟郊、劉禹錫、白居易、杜牧及李商隱等名家的詩集裡覓取秀語警句，加以變化使用，並且間或雜以經、史、子語，以拓廣其語彙，這纔衝破了傳統的藩籬，正式爲詞體另闢雅正之路，樹淸新之幟，而建立起他詩化的詞風。到了南宋，辛稼軒出，則憑著他那「龍騰虎擲」（劉熙載《藝概》）之才，不但繼承了東坡的遺緒，又從而大刀闊斧的把它發揮光大，舉凡《詩經》、《周易》、《尚書》、《禮記》、《左氏傳》、《公羊傳》、《論語》、《孟子》、《莊子》、《史記》、《漢書》、《後漢書》、《三國志》、《世說》、《晉書》、《南史》、《新、舊唐書》、韓柳文及李、杜、蘇、黃詩，莫不拉雜運用，冶爲一爐，臻於無語不可入之境，因而形成了他散文化的詞風。兩家用語之特色如此，與原始里巷歌曲比起來，面目已截然不同，眞可說是「別開天地，橫絕古今」

（吳衡照《蓮子居詞話》）了。茲特就兩家用語之確係出自古人者，分經、史、子、集，各別統計出其援用的範圍與數量，並酌引例證，略予比較探究，以見兩家用語的異同。

1 用經語者

東坡所用的經語，爲數尙少，經統計，僅發現出於《毛詩》、《禮記》、《左傳》及《論語》四經而已；稼軒則除此之外，尙有出於《尙書》、《易經》、《公羊傳》、《孟子》及《韓詩外傳》者，而且數量也頗多。茲以二家所用各經語之多寡爲先後，分別舉例對照如左：

1東坡所用經語

東坡所用經語，出於《論語》的，凡七見（此就其顯著者而言，後並同）——〈浣溪沙〉與〈減字木蘭花〉各二見，〈沁園春〉、〈望江南〉及〈醉翁操〉各一見。如〈雍也篇〉說：「賢哉回也！」〈公冶長篇〉說：「令尹子文，三仕爲令尹，無喜色；三已之，無慍色。」而東坡用作：

賢哉令尹，三仕已之無喜慍。（〈減字木蘭花〉）

又如〈憲問篇〉說：「子擊磬于衛，有荷蕢而過孔氏之門者，曰：『有心哉！擊磬乎！』」而東坡用作：

荷蕢過山前，曰：有心哉此賢。（〈醉翁操〉）

出於《毛詩》的，凡四見——〈菩薩蠻〉、〈浣溪沙〉、〈滿江紅〉及〈念奴嬌〉各一見。如〈邶風．靜女篇〉說：「靜女其姝，俟我于城隅。愛而不見，搔首踟躕。靜女其孌，貽我彤管；彤管有煒，說懌女美。」而東坡用作：

城隅靜女何人見，先生日夜歌彤管。（〈菩薩蠻〉）

又如〈陳風．月出篇〉說：「月出皎兮，佼人僚兮；舒窈糾兮，勞心悄兮。」〈唐風．綢繆篇〉說：「綢繆束楚，三星在戶；今夕何夕，見此粲者。」而東坡用作：

缺月向人舒窈窕，三星當戶照綢繆。（〈浣溪沙〉）

出於《左傳》的，凡二見——〈菩薩蠻〉與〈浣溪沙〉各一見。如隱公十一年《傳》：「隱公曰：『使營菟裘，吾將老焉。』」而東坡用作：

故山空復夢松楸，此心安處是菟裘。　賣劍買牛吾欲老，乞漿得酒更何求。（〈浣溪沙〉）

出於《禮記》的，僅一見。〈樂記篇〉說：「歌者上如抗，下如隊，曲如折，止如槁木，倨中矩，句中鉤，纍纍乎端如貫珠。」而東坡用作：

遺響下清虛，纍纍一串珠。（〈菩薩蠻〉）

2 稼軒所用經語

稼軒所用經語，出於《毛詩》的，凡三十四見——〈新荷葉〉四見，〈鷓鴣天〉三見，〈踏莎行〉、〈賀新郎〉、〈沁園春〉、〈醉翁操〉、〈水龍吟〉及〈漢宮春〉各二見，〈破陣子〉、〈臨江仙〉、〈水調歌頭〉、〈最高樓〉、〈太常引〉、〈一剪梅〉、〈朝中措〉、〈滿江紅〉、〈滿庭芳〉、〈婆羅門引〉、〈雨中花慢〉、〈蘭陵王〉、〈金菊對芙蓉〉、〈菩薩蠻〉及〈六州歌頭〉各一見。如〈小雅·采薇篇〉說：

「昔我往矣，楊柳依依；今我來思，雨雪霏霏。」而稼軒用作：

今我來思，楊柳依依。（〈一剪梅〉）

又如〈陳風・衡門篇〉說：「衡門之下，可以棲遲。」〈王風・君子于役篇〉說：「日之夕矣，牛羊下來。」而稼軒用作：

衡門之下可棲遲，日之夕矣牛羊下。（〈踏莎行〉）

出於《論語》的，凡三十二見——〈水龍吟〉六見，〈踏莎行〉與〈賀新郎〉各三見，〈水調歌頭〉、〈木蘭花慢〉、〈婆羅門引〉及〈哨徧〉各二見，〈破陣子〉、〈滿江紅〉、〈鷓鴣天〉、〈祝英台近〉、〈蘭陵王〉、〈歸朝歡〉、〈念奴嬌〉、〈浣溪沙〉、〈沁園春〉、〈驀山溪〉、〈六州歌頭〉及〈行香子〉各一見。如〈微子篇〉說：「長沮、桀溺耦而耕，孔子過之，使子路問津焉。」〈憲問篇〉說：「微生畝謂孔子曰：『丘何爲是栖栖者與？無乃爲佞乎？』」而稼軒用作：

長沮桀溺耦而耕，丘何爲是栖栖者。（〈踏莎行〉）

又如〈述而篇〉說：「子謂顏淵曰：『用之則行，舍之則藏，惟我與爾有是夫！』」又說：「飯蔬食飲水，曲肱而枕之，樂亦在其中矣。」〈雍也篇〉說：「賢哉回也！一簞食，一瓢飲，在陋巷，人不堪其憂，回也不改其樂，賢哉回也。」而稼軒用作：

樂天知命，古來誰會，行藏用舍。人不堪憂，一瓢自樂，賢哉回也。料當年曾問：飯蔬飲水，何爲是栖栖者？（〈水龍吟〉）

出於《左傳》的，凡十二見──〈水調歌頭〉五見，〈沁園春〉二見，〈卜算子〉、〈西江月〉、〈賀新郎〉、〈驀山溪〉及〈鷓鴣天〉各一見。如僖公九年《傳》：「齊盟于葵丘曰：『凡我同盟之人，既盟之後，言歸于好。』」而稼軒用作：

凡我同盟鷗鷺，今日既盟之後，來往莫相猜。（〈水調歌頭〉）

又如僖公三十年《傳》：「臣之壯也，猶不如人，今老矣，無能爲也已。」而稼軒用作：

功名妙手，壯也不如人。今老矣，尚何堪？堪釣前溪月。（〈驀山溪〉）

出於《孟子》的，凡八見——〈水調歌頭〉二見，〈踏莎行〉、〈念奴嬌〉、〈卜算子〉、〈洞仙歌〉、〈菩薩蠻〉及〈西江月〉各一見。如〈盡心篇〉（上）說：「雞鳴而起，孳孳爲善者，舜之徒也；雞鳴而起，孳孳爲利者，跖之徒也。欲知舜與跖之分，利與善之間也。」而稼軒用作：

細思量，義利舜跖之分，孳孳者，等是雞鳴而起。（〈洞仙歌〉）

出於《易經》的，凡三見——〈踏莎行〉、〈水龍吟〉及〈哨徧〉各一見。如〈繫辭〉說：「幾者動之微，吉之先見者也。」而稼軒用作：

問誰知，幾者動之微。（〈哨徧〉）

出於《禮記》（〈洞仙歌〉、〈六州歌頭〉各一見）、《尚書》（〈滿庭芳〉、〈鷓鴣天〉各一見）、《公羊傳》（〈瑞鶴仙〉、〈感皇恩〉各一見）的，各二見，出於《韓詩外傳》（見〈蝶戀花〉）的，僅一見。如《禮記・表記篇》說：「故君子之交接如水，小人之接如醴。君子淡以成，小人甘以壞。」而稼軒用作：

味甘終易壞，歲晚還知，君子之交淡如水。（〈洞仙歌〉）

又如《公羊傳・文公十三年》：「周公何以稱大廟於魯？封魯公以爲周公也。周公拜乎前，魯公拜乎後，曰：生以養周公，死以爲周公主。」而稼軒用作：

但直須、周公拜前，魯公拜後。（〈瑞鶴仙〉）

2 用史語者

東坡所用的史語，大部分出自《史記》、《漢書》、《後漢書》、《三國志》、《晉書》、《陳書》、《戰國策》與《家語》諸書，而以《漢書》與《晉書》，爲數較多。稼軒則捨此諸書（不包括《陳書》）而外，尚廣及《宋書》、《南齊書》、《南史》、《新唐書》、《舊唐書》、《國語》、《吳越春秋》、《新序》、《說苑》、《唐摭言》、《襄陽耆舊傳》及《辛氏三秦記》等書，而以《史記》、《漢書》及《晉書》，最爲常見。

1東坡所用史語

東坡所用史語，出於《晉書》的，凡十二見——〈浣溪沙〉、〈水調歌頭〉及〈滿江紅〉各二見，〈南歌子〉、〈八聲甘州〉〈蝶戀花〉、〈定風波〉、〈西江月〉及〈漁家傲〉各一見。如〈顧榮傳〉說：「顧榮，字彥先。恒縱酒，酣暢，謂友人張翰曰：『惟酒可以忘憂，但無如作病何耳。』」而東坡用作：

醉倒須君扶我，惟酒可以忘憂。（〈水調歌頭〉）

又如〈王衍傳〉說：「（衍）幼而俊悟。武帝聞其名，問王戎曰：『當世誰比？』戎曰：『未見其比，當從古人中求之。』」而東坡用作：

顧我已無當世望，似君須向古人求。（〈浣溪沙〉）

出於《漢書》的，凡十見——〈浣溪沙〉、〈行香子〉各二見，〈南歌子〉、〈江城子〉、〈望江南〉、〈訴衷情〉、〈西江月〉及〈臨江仙〉各一見。如〈汲黯傳〉說：「黯姊子司馬安，文深巧，善宦，四至九卿，以河南太守卒。」而東坡用作：

三入承明，四至九卿。（〈行香子〉）

又如〈金日磾傳〉說：「何羅袖白刃從東廂上，見日磾，色變，走趨臥內。欲入，行觸寶瑟，僵。日磾得抱何羅。」而東坡用作：

笑怕薔薇罥，行憂寶瑟僵。（〈南歌子〉）

出於《史記》的，凡八見——〈浣溪沙〉、〈水龍吟〉、〈漁家傲〉、〈醉蓬萊〉、〈瑤池燕〉、〈木蘭花令〉、〈戚氏〉及〈蘇幕遮〉各一見。如〈五帝紀〉說：「舜作五絃之琴，以歌南風詩曰：『南風之薰兮，可以解吾民之慍兮。』」而東坡用作：

江水似如孤客恨，南風爲解佳人慍。（〈漁家傲〉）

又如〈陳軫傳〉說：「楚使陳軫使於秦，過梁，欲見犀首。犀首見之，陳軫曰：『公何好飲也？』

犀首曰：『無事也。』」而東坡用作：

好飲無事，似古人賢守。（〈醉蓬萊〉）

出於《戰國策》（〈浣溪沙〉二見、〈滿庭芳〉一見）、《後漢書》（〈蝶戀花〉二見、〈華胥引〉一見）及《三國志》（〈南歌子〉二見、〈浣溪沙〉一見）的，各三見。如《戰國策・楚策》說：「蘇秦謂楚王曰：『楚國食貴於玉，薪貴於桂。』」而東坡用作：

空復有詩衣有結，濕薪如桂米如珠。（〈浣溪沙〉）

又如《後漢書・孔融傳》說：「（融）及退閑職，賓客日盈其門，常歎曰：『坐上客恒滿，尊中酒不空，吾無憂矣！』」而東坡用作：

尊酒不空田百畝，歸來分得閒中趣。（〈蝶戀花〉）

又如《三國志・吳志・周瑜傳》說：「瑜少精意於音樂，雖三爵之後，其有闕誤，瑜必知之，知之必顧，故時人謠曰：『曲有誤，周郎顧。』」而東坡用作：

鴛鴦翡翠兩爭新，但得周郎一顧勝珠珍。（〈南歌子〉）

出於《家語》、《陳書》的，各一見。《家語・子路初見篇》說：「優哉游哉，聊以卒歲。」而東坡用作：

但優游卒歲，且鬥尊前。（〈沁園春〉）

又《陳書・皇后傳》說：「後主使諸貴人及女學士，與狎客共賦新詩，互相贈答，採其尤豔麗者，以爲曲詞，被以新聲。其曲有〈玉樹後庭花〉、〈臨春樂〉等，大指所歸，皆美張貴妃、張貴嬪之容色也。其略曰：『璧月夜夜滿，瓊樹朝朝新。』」而東坡用作：

璧月瓊枝空夜夜，菊花人貌自年年。（〈浣溪沙〉）

2稼軒所用史語

稼軒所用史語，出於《史記》的，凡四十七見——〈水調歌頭〉與〈鷓鴣天〉各六見，〈臨江仙〉三見，〈滿江紅〉、〈念奴嬌〉、〈破陣子〉、〈水龍吟〉、〈菩薩蠻〉、〈永遇樂〉及〈卜算子〉各二見，〈定風波〉、〈一剪梅〉、〈木蘭花慢〉、〈六么令〉、〈八聲甘州〉、〈沁園春〉、〈太常引〉、〈玉樓春〉、〈蘭陵王〉、〈最高樓〉、〈歸朝歡〉、〈千年調〉、〈西江月〉、〈賀新郎〉、〈感皇恩〉、〈虞美人〉、〈洞仙歌〉及〈浪淘沙〉各一見。如〈項羽本紀〉說：「太史公曰：吾聞之周生曰：『舜目蓋重瞳子』，又聞項羽亦重瞳子。羽豈其苗裔邪？何興之暴也！」而稼軒用作：

舜蓋重瞳，堪痛恨，羽又重瞳。（〈虞美人〉）

又如〈李廣傳〉說：「初，廣之從弟李蔡，與廣俱事孝文帝。蔡爲人在下中，名聲出廣下甚遠，然廣不得爵邑，官不過九卿，而蔡爲列侯，位至三公。」而稼軒用作：

若將玉骨冰姿比，李蔡爲人在下中。（〈鷓鴣天〉）

出於《漢書》的，凡三十四見——〈水調歌頭〉五見，〈滿江紅〉與〈水龍吟〉各三見，〈蘭陵王〉、〈念奴嬌〉及〈雨中花慢〉各二見，〈太常引〉、〈鷓鴣天〉、〈臨江仙〉、〈賀新郎〉、〈玉蝴蝶〉、〈新荷葉〉、〈卜算子〉、〈瑞鶴仙〉、〈洞仙歌〉、〈定風波〉、〈沁園春〉、〈婆羅門引〉、〈瑞鷓鴣〉、〈柳梢青〉、〈永遇樂〉、〈西江月〉及〈清平樂〉各一見。如〈爰盎傳〉說：「徙為吳相，辭行，種謂盎曰：『南方卑濕，絲（盎字）能日飲，亡何，說王毋反而已。』」而稼軒用作：

算從來、人生行樂，休更說、日飲亡何。（〈玉蝴蝶〉）

又如〈東方朔傳〉說：「伏日，詔賜從官肉。大官丞日晏不來，朔獨拔劍割肉，即懷肉去。大官奏之。朔入，上曰：『先生起自責也。』朔再拜曰：『朔來！朔來！受賜不待詔，何無禮也！拔劍割肉，壹何壯也！割之不多，又何廉也！歸遺細君，又何仁也！』」而稼軒用作：

割肉歸懷，先生自笑，又何廉也。（〈水龍吟〉）

出於《晉書》的，凡二十三見——〈水調歌頭〉六見，〈水龍吟〉三見，〈滿江紅〉與〈鷓鴣天〉各二見，〈添字浣溪沙〉、〈玉樓春〉、〈滿庭芳〉、〈念奴嬌〉、〈瑞鶴仙〉、〈賀新郎〉、〈定風波〉、〈江神子〉、〈漁家傲〉及〈雨中花慢〉各一見。如〈桓溫傳〉說：「溫豪爽有風格，姿貌甚偉，劉惔嘗稱之曰：『溫眼如紫石稜，鬚作蝟毛磔，孫仲謀、晉宣王之流亞也。』」而稼軒用作：

鬚作蝟毛磔，筆作劍鋒長。（〈水調歌頭〉）

又如〈傅咸傳〉說：「楊駿弟濟素與咸善，與咸書：『天下大器，未可稍了，而相觀每事欲了。生子癡，了官事，官事未易了也？』」而稼軒用作：

官事未易了，且向酒邊來。（〈水調歌頭〉）

出於《南史》的，凡十七見——〈滿江紅〉五見，〈破陣子〉、〈鷓鴣天〉及〈水調歌頭〉各二見，〈太常引〉、〈沁園春〉、〈南鄉子〉、〈賀新郎〉、〈念奴嬌〉及〈玉蝴蝶〉各一見。如〈王融傳〉說：「融躁於名利，自恃人地，三十內望爲公輔。及爲中書郎，嘗撫案歎曰：『爲爾寂寂，鄧禹笑人。』」而稼軒用作：

恨苦遭、鄧禹笑人來，長寂寂。（〈滿江紅〉）

出於《三國志》的，凡十六見——〈水龍吟〉三見，〈南鄉子〉與〈賀新郎〉二見，〈聲聲慢〉、〈滿江紅〉、〈六公令〉、〈菩薩蠻〉、〈玉樓春〉、〈念奴嬌〉、〈婆羅門引〉及〈惜分飛〉各一見。如〈吳志・周瑜傳〉說：「劉備以梟雄之姿，而有關羽、張飛熊虎之將，必非久屈爲人用者，恐蛟龍得雲雨，終非池中物也。」而稼軒用作：

我覺君非池中物，咫尺蛟龍雲雨。（〈賀新郎〉）

出於《後漢書》的，凡十三見——〈滿江紅〉二見，〈水調歌頭〉、〈蝶戀花〉、〈卜算子〉、〈浣溪沙〉、〈行香子〉、〈添字浣溪沙〉、〈歸朝歡〉、〈虞美人〉、〈鷓鴣天〉、〈沁園春〉及〈玉蝴蝶〉各一見。如〈逸民傳〉說：「向長字子平，潛隱於家，讀《易》至〈損〉〈益〉卦，喟然歎曰：『吾已知富不如貧，貴不如賤，但未知死何如生耳。』」而稼軒用作：

少日嘗聞，富不如貧，貴不如賤者長存。（〈行香子〉）

出於《新唐書》的，凡十二見——〈水調歌頭〉與〈玉樓春〉各二見，〈千秋歲〉、〈水龍吟〉、〈沁園春〉、〈賀新郎〉、〈滿江紅〉、〈歸朝歡〉、〈江神子〉及〈喜遷鶯〉各一見。如〈房琯傳贊〉說：「遭時承平，從容帷幄，不失爲名宰。」而稼軒用作：

從容帷幄去，整頓乾坤了。(〈千秋歲〉)

出於《戰國策》的，凡七見——〈漢宮春〉二見，〈水調歌頭〉、〈六州歌頭〉、〈滿江紅〉、〈賀新郎〉及〈瑞鷓鴣〉各一見。如〈秦策〉說：「蔡澤曰：夫四時之序，成功者去。」而稼軒用作：

功成者去，覺團扇、便與人疏。(〈漢宮春〉)

出於《舊唐書》的，凡四見——〈六么令〉、〈水龍吟〉、〈定風波〉及〈戀繡衾〉各一見。出於《宋書》(〈醜奴兒〉、〈祝英台近〉、〈鵲橋仙〉各一見)、《南齊書》(〈破陣子〉、〈滿庭芳〉、〈滿江紅〉各一見)的，各三見。出於《說苑》(〈滿江紅〉、〈卜算子〉各一見)、《襄陽耆舊傳》(〈水調歌頭〉二見)的，各二見。出於《國語》(見〈菩薩蠻〉)、《家語》(見〈賀新郎〉)、《吳越春秋》(見〈菩薩蠻〉)、《新序》(見〈瑞鷓鴣〉)、《唐摭言》(見〈水龍吟〉)、《辛氏三秦記》(見〈賀新郎〉)的，各一見。如《舊唐書．柳公權傳》說：「文宗夏日與學士聯句，帝曰：『人皆苦炎熱，我愛夏日長。』公權續曰：『薰風自南來，殿閣生微涼。』」而稼軒用作：

玉皇殿閣微涼，看公重試熏風手。（〈水龍吟〉）

又如《南齊書・周盤龍傳》說：「世祖戲之曰：『卿著貂蟬，何如兜鍪？』盤龍曰：『此貂蟬從兜鍪中出耳。』」而稼軒用作：

金印明年如斗大，貂蟬卻自兜鍪出。（〈滿江紅〉）

3 用子語者

東坡所用的子語，只出於《莊子》、《列子》、《世說》、《維摩詰經》、《傳燈錄》、《陰陽書》、《青霜雜記》、《飛燕外傳》及《會眞記》等書，而數量也不多。稼軒所用的子語，則範圍既廣，數量亦富：出於《莊子》、《世說》、《列子》的，固然所在多有；而出於《老子》、《淮南子》、《法言》、《楞嚴經》、《風俗通義》、《酉陽雜俎》、《尸子》、《荀子》、《韓非子》、《陰符經》、《博物志》的，也不乏篇什。

1東坡所用子語

東坡所用子語，出於《莊子》的，凡十二見——〈臨江仙〉與〈水調歌頭〉各二見，〈南歌子〉、〈行香子〉、〈菩薩蠻〉、〈滿庭芳〉、〈水龍吟〉、〈南鄉子〉、〈十拍子〉及〈戚氏〉各一見。如〈齊物論〉說：「昔者莊周夢爲胡蝶，栩栩然胡蝶也。」而東坡用作：

不知鐘鼓報天明，夢裡栩然胡蝶一身輕。（〈南歌子〉）

又如〈說劍篇〉說：「臣之劍，十步一人，千里不留行。」而東坡用作：

忽變軒昂勇士，一鼓塡然作氣，千里不留行。（〈水調歌頭〉）

出於《世說》的，凡九見——〈浣溪沙〉二見，〈行香子〉、〈烏夜啼〉、〈臨江仙〉、〈西江月〉、〈江城子〉、〈菩薩蠻〉及〈點絳唇〉各一見。如〈企羨篇〉說：「孟昶未達時，家在京口，嘗見王恭乘輿被鶴氅裘，于時微雪，昶於籬間窺之，歎曰：『此眞神仙中人。』」而東坡用作：

試看披鶴氅，仍是謫仙人。（〈臨江仙〉）

又如〈任誕篇〉說：「畢茂世云：一手持蟹螯，一手持酒杯，拍浮酒池中，便足了一生。」而東坡用作：

深杯百罰休辭，拍浮何用酒爲池。（〈西江月〉）

出於《會眞記》的，凡四見——〈浣溪沙〉、〈定風波〉、〈雨中花慢〉及〈三部樂〉各一見。如崔氏〈與張生詩〉說：「自從別後減容光，萬轉千回懶下床；不爲旁人羞不起，爲郎憔悴卻羞郎。」而東坡用作：

不信歸來但自看，怕見，爲郎憔悴卻羞郎。（〈定風波〉）

又說：「待月西廂下，迎風戶半開；拂牆花影動，疑是玉人來。」而東坡用作：

待月西廂，空悵望處，一株紅杏，斜倚低牆。（〈雨中花慢〉）

出於《維摩詰經》(〈殢人嬌〉、〈如夢令〉各一見)、《傳燈錄》(〈南歌子〉二見)、《青霜雜記》(〈行香子〉二見)、《飛燕外傳》(〈南鄉子〉、〈浣溪沙〉各一見)的，各二見。如《傳燈錄》說：「僧問：『師唱誰家曲，宗風嗣阿誰？』師云：『打動關南鼓，唱起德山歌。』」又說：「鄧隱峯云：『竿木隨身，逢場作戲。』」而東坡用作：

師唱誰家曲，宗風嗣阿誰。借君拍板與門搥，我也逢場作戲莫相疑。(〈南歌子〉)

又如《飛燕外傳》說：「后進合德，帝大悅，以輔屬體，無所不靡，謂爲溫柔鄉。曰：吾老是鄉矣，不能效武皇帝白雲鄉也。」而東坡用作：

不似白雲鄉外冷，溫柔，此去淮南第一州。(〈南鄉子〉)

出於《列子》、《陰陽書》的，各一見。《列子．湯問篇》說：「薛譚學謳于秦青，未窮青之技，自謂盡之，遂辭歸。秦青弗止，餞于郊衢，撫節悲歌，聲振林木，響遏行雲。」而東坡用作：

響亮歌喉，遏住行雲翠不收。（〈減字木蘭花〉）

又《陰陽書》說：「太歲在酉，乞漿得酒。」而東坡用作：

賣劍買牛吾欲老，乞漿得酒更何求。（〈浣溪沙〉）

2稼軒所用子語

稼軒所用子語，出於《世說》的，凡七十七見——〈水調歌頭〉十二見，〈賀新郎〉九見，〈水龍吟〉六見，〈滿江紅〉五見，〈沁園春〉四見，〈西江月〉三見，〈蝶戀花〉、〈洞仙歌〉、〈江神子〉、〈雨中花慢〉、〈一枝花〉、〈臨江仙〉、〈鷓鴣天〉、〈烏夜啼〉及〈玉樓春〉各二見，〈念奴嬌〉、〈浣溪沙〉、〈六么令〉、〈小重山〉、〈卜算子〉、〈永遇樂〉、〈木蘭花慢〉、〈點絳唇〉、〈南鄉子〉、〈霜天曉角〉、〈瑞鷓鴣〉、〈定風波〉、〈鵲橋仙〉、〈破陣子〉、〈朝中措〉、〈醉翁操〉、〈最高樓〉、〈玉蝴蝶〉、〈浪淘沙〉及〈漢宮春〉各一見。如〈賞譽篇〉說：「庾子嵩目和嶠，森森如千丈松，雖磊砢多節目，施之大廈，有棟梁之用。」而稼軒用作：

看公風骨，似長松，磊落多生奇節。（〈念奴嬌〉）

又如〈品藻篇〉說：「桓公少與殷侯齊名，常有競心。桓問殷：『卿何如我？』殷云：『我與我周旋久，寧作我。』」而稼軒用作：

翁比渠儂人誰好，是我常、與我周旋久，寧作我，一杯酒。（〈賀新郎〉）

出於《莊子》的，凡五十九見——〈水調歌頭〉十一見，〈賀新郎〉六見，〈鷓鴣天〉五見，〈水龍吟〉、〈滿江紅〉、〈蘭陵王〉及〈卜算子〉各四見，〈沁園春〉、〈念奴嬌〉及〈哨徧〉各三見，〈漢宮春〉及〈千年調〉二見，〈醉翁操〉、〈浣溪沙〉、〈菩薩蠻〉、〈玉樓春〉、〈感皇恩〉、〈洞仙歌〉、〈柳梢青〉及〈瑞鷓鴣〉各一見。如〈應帝王篇〉說：「秦氏，其臥徐徐，其覺于于，一以己為馬，一以己為牛。」而稼軒用作：

一以我為牛，一以我為馬，人與之名受不辭，善學莊周者。（〈卜算子〉）

又如〈外物篇〉說：「萇弘死於蜀，藏其血，三年化而為碧。」〈列禦寇篇〉說：「鄭人緩也，呻吟裘氏之地。祇三年而緩為儒，河潤九里，澤及三族，使其弟墨。儒墨相與辯，其父助墨。十年而緩自殺。其父夢之曰：『使而子爲墨者，予也；闔胡嘗視其良，既爲秋柏之實矣。』」而稼軒用作：

恨之極，恨極銷磨不得。萇弘事，人道後來，其血三年化爲碧。鄭人緩也泣，吾父，攻儒助墨。十年多，沈痛化余，秋柏之間既爲實。（〈蘭陵王〉）

出於《列子》的，凡十五見——〈念奴嬌〉與〈鷓鴣天〉各二見，〈菩薩蠻〉、〈聲聲慢〉、〈滿庭芳〉、〈水調歌頭〉、〈御街行〉、〈玉樓春〉、〈西江月〉、〈婆羅門引〉、〈謁金門〉、〈漢宮春〉及〈水龍吟〉各一見。如〈湯問篇〉說：「周穆王大征西戎，西戎獻錕鋙之劍，其劍長尺有咫，練鋼赤刃，用之切玉如切泥焉。」而稼軒用作：

人道君才鋼百鍊，美玉都成泥切。（〈念奴嬌〉）

又如〈湯問篇〉說：「伯牙善鼓琴，鍾子期善聽琴。伯牙鼓琴，志在高山，鍾子期曰：善哉！峨峨兮若泰山。志在流水，鍾子期曰：善哉！洋洋兮若江河。」而稼軒用作：

吾儕心事，古今長在，高山流水。（〈水龍吟〉）

出於《維摩詰經》的，凡七見——〈水調歌頭〉、〈蝶戀花〉、〈南歌子〉、〈滿江紅〉、〈祝英台近〉、〈菩薩蠻〉及〈江神子〉各一見。出於《老子》（〈鷓鴣天〉、〈臨江仙〉、〈水調歌頭〉各一見）、《法言》（〈鷓鴣天〉、〈哨徧〉、〈賀新郎〉各一見）、《淮南子》（〈水調歌頭〉、〈滿江紅〉、〈滿庭芳〉各一見）及《楞嚴經》（〈水調歌頭〉、〈最高樓〉、〈菩薩蠻〉各一見）的，各三見。如《維摩詰經》說：「無有文字言語，是眞不二法門。」而稼軒用作：

玄入參同契，禪依不二門。（〈南歌子〉）

又如《法言・問明篇》說：「鴻飛冥冥，弋人何慕焉。」而稼軒用作：

望飛鴻，冥冥天際。論妙理，濁醪正堪長醉。（〈哨徧〉）

出於《風俗通義》（〈水調歌頭〉、〈沁園春〉各一見）、《酉陽雜俎》（〈木蘭花慢〉二見）的，各二見。出於《尸子》（見〈鷓鴣天〉）、《荀子》（見〈念奴嬌〉）、《韓非子》（見〈滿江紅〉）、《博物志》

（見〈江神子〉）及《陰符經》（見〈沁園春〉）的，各一見。如《酉陽雜俎・支植篇》說：「童子寺有竹一窠，纔長數尺，相傳其寺綱維每日報竹平安。」而稼軒用作：

難忘使君後日，便一花一草報平安。（〈木蘭花慢〉）

又如《荀子・非相篇》說：「故相形不如論心，論心莫如擇術。」而稼軒用作：

論心論相，便擇術滿眼，紛紛何物。（〈念奴嬌〉）

4 用集語者

東坡所用的集語，以出於杜甫、白居易、杜牧、韓愈、李白及劉禹錫（以所出次數的多寡爲先後，後同）等人作品的，最爲多見；而出於李商隱、陶潛、屈原、張志和、宋玉、曹植、王羲之、謝靈運、孟郊、盧仝及歐陽修等人作品的，也不在少數；至如出於沈警、柳宗元、鄭谷、羅鄴、許渾、賈誼、李陵、揚雄、魏武帝、王粲、應璩、左思、謝朓、謝莊、陸凱、韋應物、李賀、元稹、張繼、錢起、劉希夷、李正封、張籍、崔塗、韓翃、杜秋娘、牛僧儒、溫庭筠、司空圖、方干、韓偓、吳融、金昌緒、令狐挺、陶穀、梅摯、林逋及石曼卿等人作品的，或一見，或二見，都各有篇什。稼軒所用的集語，則以出自杜甫、蘇軾、韓愈、屈原、陶潛、白居易、黃庭堅、李白、歐陽修、王羲之、杜牧及劉禹錫等人作品的爲最多，出自宋玉、楊惲、曹丕、孔稚珪、孟郊、王安石、謝靈運、柳宗元、林逋、賈誼、李延年、枚乘、曹植、謝朓、王勃、王維、元稹、盧仝、牛僧孺等人作品的次之；出自司馬相如、揚雄、魏武帝、左思、鮑照、韋應物、元結、王籍、薛能、崔塗、李正封、李嶠、陸龜蒙、王僧孺、蘇轍、陳師道、漢高帝、李陵、東方朔、班固、諸葛亮、柳渾、江淹、謝莊、隋煬帝、王之渙、張志和、崔護、雍陶、賈島、孟浩然、戎昱、羅鄴、羅隱、盧延讓、劉禹照、溫庭筠、李煜、王禹偁、晏幾道、范仲淹、潘邠老、晁無咎、周邦彥、潘大臨及張孝祥等人作品的又次之；援用的範圍既廣，數量也極爲可觀。

1 東坡所用的集語

東坡所用的集語，出於杜甫作品的，凡二十七見——〈浣溪沙〉五見，〈南鄉子〉四見，〈臨江仙〉、〈江城子〉、〈菩薩蠻〉與〈減字木蘭花〉各二見，〈南歌子〉、〈定風波〉、〈沁園春〉、〈西江月〉、〈訴衷情〉、〈永遇樂〉、〈鷓鴣天〉、〈阮郎歸〉、〈千秋歲〉及〈十拍子〉各一見。如〈詠懷古跡詩〉說：「千載琵琶作胡語，分明怨恨曲中論。」而東坡用作：

小蓮初上琵琶絃，彈破碧雲天。分明繡閣幽恨，都向曲中傳。（〈訴衷情〉）

又如〈九日藍田崔氏莊詩〉說：「明年此會知誰健，醉把茱萸仔細看。」而東坡用作：

不知重會是何年，茱萸仔細更重看。（〈浣溪沙〉）

出於白居易作品的，凡十八見——〈浣溪沙〉四見，〈南鄉子〉二見，〈臨江仙〉、〈蝶戀花〉、〈定風波〉、〈洞仙歌〉、〈賀新郎〉、〈少年遊〉、〈采桑子〉、〈西江月〉、〈謁金門〉、〈醉落魄〉、〈滿江紅〉及〈哨徧〉各一見。如〈贈元稹詩〉說：「無波古井水，有節秋竹竿。」而東坡用作：

無波今古井，有節是秋筠。（〈臨江仙〉）

又如〈楊柳枝詞〉說：「一樹春風千萬枝，嫩于金色軟于絲；永豐西角荒園裡，盡日無人屬阿誰？」而東坡用作：

永豐坊那畔，盡日無人，誰見金絲弄晴晝。（〈洞仙歌〉）

出於杜牧作品的，凡十七見——〈南鄉子〉七見，〈南歌子〉與〈江城子〉各二見，〈定風波〉、〈八聲甘州〉、〈臨江仙〉、〈少年遊〉、〈減字木蘭花〉及〈鷓鴣天〉各一見。如〈九日齊山登高詩〉說：「但將酩酊酬佳節，不用登臨歎落暉。」而東坡用作：

好將沈醉酬佳節，十分酒一分歌。（〈少年遊〉）

又如〈題揚州禪智寺詩〉說：「暮靄生深樹，斜陽下小樓；誰知竹西路，歌吹是揚州？」而東坡用作：

遊人都上十三樓，不羨竹西歌吹古揚州。（〈南歌子〉）

出於韓愈作品的，凡十三見——〈浣溪沙〉、〈水調歌頭〉、〈南鄉子〉及〈滿庭芳〉各二見，〈南鄉子〉、〈泛金船〉、〈賀新郎〉、〈臨江仙〉及〈減字木蘭花〉各一見。如〈感春詩〉說：「孤吟屢闋莫與和，寸恨至短誰能裁？」而東坡用作：

寸恨誰云短，綿綿豈易裁。(〈南歌子〉)

又如〈早春呈水部張十八員外詩〉說：「天街小雨潤如酥，艸色遙看近卻無；最是一年春好處，絕勝煙柳滿皇都。」而東坡用作：

鶯初解語，最是一年春好處。微雨如酥，艸色遙看近卻無。(〈減字木蘭花〉)

出於李白作品的，凡十二見──〈臨江仙〉二見，〈少年遊〉、〈水調歌頭〉、〈滿庭芳〉、〈南鄉子〉、〈阮郎歸〉、〈念奴嬌〉、〈點絳唇〉、〈蝶戀花〉、〈殢人嬌〉及〈漁家傲〉各一見。如〈月下獨酌詩〉說：「舉杯邀明月，對影成三人。」而東坡用作：

我醉拍手狂歌，舉杯邀月，對影成三客。(〈念奴嬌〉)

又如〈把酒問月詩〉說：「青天有月來幾時，我今停杯一問之。」而東坡用作：

明月幾時有，把酒問青天。(〈水調歌頭〉)

出於劉禹錫作品的，凡十見——〈南鄉子〉與〈南歌子〉各二見，〈訴衷情〉、〈減字木蘭花〉、〈阮郎歸〉、〈殢人嬌〉、〈滿庭芳〉及〈三部樂〉各一見。如〈贈看花諸君詩〉說：「紫陌紅塵拂面來，無人不道看花回。」而東坡用作：

紫陌尋春去，紅塵拂面來，無人不道看花回；惟見石榴新蕊一枝開。（〈南歌子〉）

出於李商隱作品的，凡七見——〈南鄉子〉五見，〈訴衷情〉與〈浣溪沙〉各一見。出於陶潛作品的，凡五見——〈滿庭芳〉二見，〈減字木蘭花〉、〈哨徧〉及〈西江月〉各一見。出於屈原（〈蝶戀花〉、〈江城子〉、〈殢人嬌〉、〈歸朝歡〉各一見）、張志和（〈浣溪沙〉二見，〈漁家傲〉、〈調笑令〉各一見）作品的，各四見。出於宋玉（〈祝英台近〉、〈浣溪沙〉、〈水調歌頭〉各一見）、曹植（〈菩薩蠻〉、〈浣溪沙〉、〈鵲橋仙〉各一見）、王羲之（〈泛金船〉、〈滿江紅〉、〈八聲甘州〉各一見）、謝靈運（〈臨江仙〉、〈浣溪沙〉、〈漁家傲〉各一見）、孟郊（〈瑞鷓鴣〉、〈江城子〉、〈虞美人〉各一見）、盧仝（〈行香子〉、〈臨江仙〉、〈鵲橋仙〉各一見）、歐陽修（〈水調歌頭〉、〈西江月〉、〈點絳唇〉各一見）作品的，各三見。如李商隱〈霜月詩〉說：「青女素娥俱耐冷，月中霜裡鬥嬋娟。」而東坡用作：

素娥今夜，故故隨人，似鬥嬋娟。（〈訴衷情〉）

又如陶潛〈歸去來辭〉說：「雲無心以出岫，鳥倦飛而知還。」而東坡用作：

雲出無心，鳥倦知還，本非有意。（〈哨徧〉）

出於沈警（〈臨江仙〉、〈西江月〉各一見）、柳宗元（〈臨江仙〉、〈南鄉子〉各一見）、鄭谷（〈南鄉子〉、〈浣溪沙〉各一見）、羅鄴（〈菩薩蠻〉、〈臨江仙〉各一見）、許渾（〈南鄉子〉二見）作品的，各二見。出於賈誼（見〈哨徧〉）、李陵（見〈南歌子〉）、揚雄（見〈浣溪沙〉）、魏武帝（見〈西江月〉）、王粲（見〈南歌子〉）、應璩（見〈行香子〉）、左思（見〈行香子〉）、謝眺（見〈漁家傲〉）、謝莊（見〈水調歌頭〉）、陸凱（見〈阮郎歸〉）、韋應物（見〈滿江紅〉）、李賀（見〈浣溪沙〉）、元稹（見〈虞美人〉）、張繼（見〈瑞鷓鴣〉）、錢起（見〈江城子〉）、劉希夷（見〈訴衷情〉）、李正封（見〈雨中花慢〉）、張籍（見〈南鄉子〉）、崔護（見〈蝶戀花〉）、韓翃（見〈蝶戀花〉）、杜秋娘（見〈三部樂〉）、牛僧儒（見〈沁園春〉）、溫庭筠（見〈木蘭花令〉）、司空圖（見〈謁金門〉）、方干（見〈浣溪沙〉）、崔塗（見〈南鄉子〉）、韓偓（見〈南鄉子〉）、吳融（見〈南鄉子〉）、金昌緒（見〈水龍吟〉）、令狐挺（見〈菩薩蠻〉）、陶穀（見〈菩薩蠻〉）、梅摯（見〈虞美人〉）、林逋（見〈阮郎歸〉）、石曼卿（見〈定風波〉）作品的，各一見。如沈謦〈鳳將雛雛銜嬌曲〉說：「命嘯無人嘯，含嬌何處嬌。徘徊花上月，空度可憐宵。」而東坡用作：

佳人不見董嬌嬈，徘徊花上月，空度可憐宵。（〈臨江仙〉）

又如柳宗元〈南澗詩〉說：「羈禽響幽谷，寒藻舞淪漪。」而東坡用作：

幽花香澗谷，寒藻舞淪漪。（〈臨江仙〉）

2稼軒所用集語

稼軒所用集語，出於杜甫作品的，凡一百十二見——〈水調歌頭〉十六見，〈賀新郎〉與〈鷓鴣天〉各十見，〈滿江紅〉五見，〈念奴嬌〉、〈臨江仙〉及〈沁園春〉各四見，〈生查子〉、〈水龍吟〉、〈菩薩蠻〉、〈感皇恩〉、〈玉樓春〉、〈醜奴兒〉及〈行香子〉各三見，〈清平樂〉、〈浣溪沙〉、〈卜算子〉、〈西江月〉、〈新荷葉〉、〈上西平〉及〈雨中花慢〉各二見，〈千秋歲〉、〈酒泉子〉、〈昭君怨〉、〈阮郎歸〉、〈木蘭花慢〉、〈六么令〉、〈太常引〉、〈南歌子〉、〈一落索〉、〈摸魚兒〉、〈八聲甘州〉、〈御街行〉、〈謁金門〉、〈虞美人〉、〈瑞鶴仙〉、〈永遇樂〉、〈漢宮春〉、〈朝中措〉、〈滿庭芳〉、〈哨徧〉、〈鵲橋仙〉、〈婆羅門引〉、〈點絳唇〉及〈減字木蘭花〉各一見。如〈春日憶李白詩〉說：「渭北春天樹，江東日暮雲。何時一尊酒，重與細論文。」而稼軒用作：

江天日暮，何時重與細論文。（〈上西平〉）

又如〈曲江詩〉說：「自斷此生休問天，杜曲幸有桑麻田。故將移住南山邊，短衣匹馬隨李廣，看射猛虎過殘年。」而稼軒用作：

誰向桑麻杜曲，要短衣匹馬，移住南山。看風流慷慨，譚談過殘年。（〈八聲甘州〉）

出於蘇軾作品的，凡七十見——〈水調歌頭〉十四見，〈鷓鴣天〉九見，〈滿江紅〉八見，〈念奴嬌〉與〈臨江仙〉各五見，〈清平樂〉與〈西江月〉各三見，〈沁園春〉、〈菩薩蠻〉、〈生查子〉〈賀新郎〉、〈水龍吟〉及〈洞仙歌〉各二見，〈木蘭花慢〉、〈蝶戀花〉、〈八聲甘州〉、〈定風波〉、〈婆羅門引〉、〈漢宮春〉、〈滿庭芳〉、〈御街行〉、〈江神子〉、〈新荷葉〉及〈行香子〉各一見。如〈廬山與總老同遊西林詩〉說：「橫看成嶺側成峯，遠近高低各不同。」而稼軒用作：

卻怪青山能巧，政爾橫看成嶺，轉面已成峯。(〈水調歌頭〉)

又如〈宿南山蟠龍詩〉說：「起觀萬瓦鬱參差，目亂千岩散紅綠。」〈司馬君實獨樂園詩〉說：「青山在屋上，流水在屋下。」而稼軒用作：

十里深窈窕，萬瓦碧參差。青山屋上，流水屋下綠橫溪。(〈水調歌頭〉)

出於韓愈作品的，凡三十五見——〈水調歌頭〉七見，〈滿江紅〉與〈鷓鴣天〉各四見，〈賀新郎〉三見，〈念奴嬌〉、〈歸朝歡〉、〈玉樓春〉及〈沁園春〉各二見，〈水龍吟〉、〈蝶戀花〉、〈醉翁操〉、〈清平樂〉、〈臨江仙〉、〈洞仙歌〉、〈江神子〉、〈行香子〉及〈上西平〉各一見。如〈柳州羅池廟碑〉說：「侯朝出遊兮暮來歸，春與猿吟兮秋鶴與飛。」而稼軒用作：

物化蒼茫，神遊彷彿，春與猿吟秋鶴飛。(〈沁園春〉)

又如〈病中贈張十八詩〉說：「文章自娛戲，金石日擊撞。龍文百斛鼎，筆力可獨扛。」而稼軒用作：

天與文章，看萬斛，龍文筆力。（〈滿江紅〉）

出於屈原作品的，凡三十四見——〈水調歌頭〉五見，〈沁園春〉四見，〈蝶戀花〉、〈水龍吟〉、〈醉翁操〉、〈喜遷鶯〉、〈憶王孫〉及〈千年調〉各二見，〈新荷葉〉、〈摸魚兒〉、〈臨江仙〉、〈菩薩蠻〉、〈滿江紅〉、〈定風波〉、〈賀新郎〉、〈玉蝴蝶〉、〈浣溪沙〉、〈西江月〉、〈河瀆神〉、〈木蘭花慢〉及〈漢宮春〉各一見。如〈九歌・少司命篇〉說：「悲莫悲兮生別離，樂莫樂兮新相識。」而稼軒用作：

悲莫悲生別離，樂莫樂新相識。（〈水調歌頭〉）

又如〈九章・哀郢篇〉：「何靈魂之信直兮，人心不與吾心同。」〈招魂篇〉說：「湛湛江水兮上有楓。」而稼軒用作：

人心與吾兮誰同，湛湛千里之江，上有楓。（〈醉翁操〉）

出於陶潛作品的，凡三十四見——〈賀新郎〉六見，〈念奴嬌〉、〈水調歌頭〉、〈卜算子〉及〈新荷葉〉各三見，〈雨中花慢〉、〈行香子〉及〈鷓鴣天〉各二見，〈臨江仙〉、〈沁園春〉、〈歸朝歡〉、〈聲聲慢〉、〈驀山溪〉、〈哨徧〉、〈菩薩蠻〉、〈滿江紅〉、〈一剪梅〉及〈洞仙歌〉各一見。如〈停雲詩〉說：「靄靄停雲，濛濛時雨；八表同昏，平路阻伊。」而稼軒用作：

停雲靄靄，八表同昏，盡日時雨。（〈聲聲慢〉）

又如〈歸去來辭〉說：「胡爲乎遑遑欲何之？富貴非吾願，帝鄉不可期。」而稼軒用作：

富貴非吾願，皇皇乎欲何之。（〈哨徧〉）

出於白居易作品的，凡二十一見——〈菩薩蠻〉、〈賀新郎〉及〈滿江紅〉各三見，〈臨江仙〉二見，〈杏花天〉、〈摸魚兒〉、〈沁園春〉、〈瑞鶴仙〉、〈瑞鷓鴣〉、〈踏歌〉、〈卜算子〉、〈鷓鴣天〉、〈玉樓春〉及〈綠頭鴨〉各一見。如〈醉吟先生傳〉說：「吟罷自哂，揭甕撥醅，又飲數杯，兀然而醉。」而稼軒用作：

掀老甕，撥新醅。客來且進兩三杯。（〈鷓鴣天〉）

出於黃庭堅作品的，凡二十見——〈水調歌頭〉四見，〈鷓鴣天〉三見，〈念奴嬌〉、〈滿江紅〉及〈玉樓春〉各二見，〈木蘭花慢〉、〈西江月〉、〈賀新郎〉、〈聲聲慢〉、〈沁園春〉、〈水龍吟〉及〈江神子〉各一見。如〈宿舊彭澤懷陶令詩〉說：「歲晚以字行，更始號元亮。淒其無諸葛，骯髒猶漢相。」而稼軒用作：

歲晚淒其無諸葛，惟有黃花入手。（〈賀新郎〉）

出於李白作品的，凡十八見——〈水調歌頭〉六見，〈賀新郎〉、〈念奴嬌〉及〈滿江紅〉各二見，〈新荷葉〉、〈漁家傲〉、〈菩薩蠻〉、〈柳梢青〉、〈添字浣溪沙〉及〈杏花天〉各一見。出於歐陽修作品的，凡十二見——〈鷓鴣天〉四見，〈瑞鶴仙〉、〈最高樓〉、〈滿江紅〉、〈賀新郎〉、〈念奴嬌〉、〈金菊對芙蓉〉、〈臨江仙〉及〈永遇樂〉各一見。如李白〈清平調〉說：「解釋春風無限恨，沈香亭北倚闌干。」而稼軒用作：

最憶當年，沈香亭北，無限春風恨。（〈念奴嬌〉）

出於王羲之作品的，凡十一見——〈新荷葉〉五見，〈滿庭芳〉、〈水調歌頭〉、〈水龍吟〉、〈滿江紅〉、〈鷓鴣天〉及〈賀新郎〉各一見。出於杜牧作品的，亦十一見——〈木蘭花慢〉、〈水調歌頭〉及〈永遇樂〉各二見，〈喜遷鶯〉、〈憶王孫〉、〈鷓鴣天〉、〈沁園春〉及〈玉樓春〉各一見。出於劉禹錫作品的，凡十見——〈鷓鴣天〉三見，〈酒泉子〉、〈滿江紅〉、〈水調歌頭〉、〈霜天曉角〉、〈賀新郎〉、〈念奴嬌〉及〈沁園春〉各一見。如王羲之〈蘭亭集序〉說：「群賢畢至，少長咸集。此地有崇山峻嶺，茂林修竹。」又說：「一觴一詠，亦足以暢敘幽情。」而稼軒用作：

爭似群賢，茂林修竹蘭亭。一觴一詠，亦足以、暢敘幽情。（〈新荷葉〉）

又如杜牧〈九日齊山登高詩〉說：「江涵秋影雁初飛，與客携壺上翠薇。」而稼軒用作：

與客携壺且醉，雁飛秋影江寒。（〈木蘭花慢〉）

出於宋玉作品的，凡八見——〈水龍吟〉二見，〈滿庭芳〉、〈滿江紅〉、〈水調歌頭〉、〈歸朝歡〉、〈新荷葉〉及〈西江月〉各一見。出於楊惲（〈水調歌頭〉、〈洞仙歌〉、〈臨江仙〉、〈最高樓〉、〈新荷葉〉各一見）、曹丕（〈定風波〉、〈水龍吟〉、〈南歌子〉、〈新荷葉〉、〈臨江仙〉各一見）、孔稚珪（〈水調歌頭〉、〈臨江仙〉、〈沁園春〉、〈浣溪沙〉、〈蘭陵王〉各一見）、孟郊（〈水調歌頭〉三見、〈水龍吟〉、〈沁園春〉各一見）、王安石（〈滿江紅〉二見、〈水調歌頭〉、〈洞仙歌〉、〈鷓鴣天〉各一見）作品的，各五見。出於謝靈運（〈聲聲慢〉、〈水調歌頭〉、〈新荷葉〉、〈滿江紅〉各一見）、柳宗元（〈鷓鴣天〉二見、〈念奴嬌〉、〈一剪梅〉各一見）、林逋（〈鷓鴣天〉二見、〈江神子〉、〈瑞鷓鴣〉各一見）作品的，各四見。出於賈誼（〈水調歌頭〉二見、〈六州歌頭〉一見）、李延年（〈滿江紅〉二見、〈水龍吟〉一見）、枚乘（〈摸魚兒〉、〈滿江紅〉、〈六州歌頭〉各一見）、曹植（〈賀新郎〉二見、〈南鄉子〉一見）、謝眺（〈滿江紅〉、〈西江月〉、〈謁金門〉各一見）、王勃（〈賀新郎〉、〈昭君怨〉、〈沁園春〉各一見）、王維（〈小重山〉、〈聲聲慢〉、〈永遇樂〉各一見）、元稹（〈水龍吟〉、〈聲聲慢〉、〈賀新郎〉各一見）、盧仝（〈滿江紅〉、〈念奴嬌〉、〈水龍吟〉各一見）、牛僧儒（〈沁園春〉、〈鷓鴣天〉、〈醉花陰〉各一見）作品的，各三見。如謝靈運〈登池上樓詩〉說：「池塘生春草，園柳變鳴禽。」而稼軒用作：

池塘春草未歇，高樹變鳴禽。（〈水調歌頭〉）

又如牛僧儒〈席上贈劉夢得詩〉說：「休論世上升沈事，且鬥尊前見在身。」而稼軒用作：

卻怕青山，也妨賢路，休鬥尊前見在身。（〈沁園春〉）

出於司馬相如（〈水調歌頭〉、〈六州歌頭〉各一見）、揚雄（〈賀新郎〉、〈歸朝歡〉各一見）、魏武帝（〈鷓鴣天〉、〈卜算子〉各一見）、左思（〈沁園春〉二見）、鮑照（〈滿庭芳〉、〈水調歌頭〉各一見）、韋應物（〈臨江仙〉、〈永遇樂〉各一見）、元結（〈滿江紅〉、〈鷓鴣天〉各一見）、王籍（〈瑞鷓鴣〉、〈江神子〉各一見）、薛能（〈太常引〉、〈菩薩蠻〉各一見）、崔塗（〈滿江紅〉、〈瑞鷓鴣〉各一見）、李正封（〈念奴嬌〉、〈最高樓〉各一見）、李嶠（〈木蘭花慢〉、〈憶王孫〉各一見）、陸龜蒙（〈木蘭花慢〉、〈賀新郎〉各一見）、王僧儒（〈蝶戀花〉、〈水龍吟〉各一見）、蘇轍（〈滿江紅〉、〈好事近〉各一見）、陳師道（〈清平樂〉、〈木蘭花慢〉各一見）作品的，各二見。出於漢高帝（見〈賀新郎〉）、李陵（見〈賀新郎〉）、東方朔（見〈水調歌頭〉）、班固（見〈賀新郎〉）、諸葛亮（見〈滿江紅〉）、柳渾（見〈阮郎歸〉）、江淹（見〈蘭陵王〉）、謝莊（見〈滿江紅〉）、隋煬帝（見〈賀新郎〉）、王之渙（見〈西江月〉）、張志和（見〈西江月〉）、崔護（見〈昭君怨〉）、雍陶（見〈祝英台近〉）、賈島（見〈玉樓春〉）、孟浩然（見〈瑞鷓鴣〉）、戎昱（見〈水調歌頭〉）、羅鄴（見〈杏花天〉）、羅隱（見〈杏花天〉）、盧延讓（見〈西江月〉）、劉禹昭（見〈沁園春〉）、溫庭筠（見〈水調歌頭〉）、李煜（見〈念奴嬌〉）、王禹偁（見〈臨江仙〉）、晏幾道（見〈臨江仙〉）、范仲淹（見〈沁園春〉）、潘邠老（見〈踏莎行〉）、晁無咎（見〈一枝花〉）、周邦彥（見〈酒泉子〉）、潘大臨（見〈水龍吟〉）、張孝祥（見〈鷓鴣天〉）作品的，各一見。如司馬相如〈子虛賦〉說：「楚使子虛於齊，王悉發車騎與使者出畋，畋罷，子虛過奼烏有先生、亡是公在焉。」而稼軒用作：

舞烏有，歌亡是，飲子虛。（〈水調歌頭〉）

又如諸葛亮〈出師表〉說：「故五月渡瀘，深入不毛。」而稼軒用作：

人道是、匆匆五月，渡瀘深入。（〈滿江紅〉）

根據上述，可知化用古人成語成句入詞，雖說同是蘇辛詞造語上之一大特色，但很明顯的，兩人在援用古語古句的範圍與數量上卻有極大的差異。以「經」來說，東坡共援用了四種的經書，凡十四見；稼軒則共援用了九種的經書，凡九十六見。以「史」來說，東坡共援用了八種史書，凡四十一見；稼軒則共援用了十九種的史書，凡一八九見。以「子」來說，東坡共援用了九種的子書，凡三十五見；稼軒則共援用了十四種的子書，凡一七九見。以「集」來說，東坡共援用了五十六人的作品，凡一八二見；稼軒則共援用了七十七人的作品，凡五二五見。總結起來算，東坡計用七十七種作品，凡二百七十二見；稼軒計用一百十九種作品，凡九百八十九見。從這些統計數字（實際上不只此數）中，我們不難看出：東坡固然有入以經、史、子語的篇什，但爲數尚少，遠不如他化用集語（詩句）的爲多；而稼軒則除了常用集語（詩文兼用）而外，更大量的驅使經、史、子裡的古文句語入詞。因此，稼軒在綴句成篇之際，便往往寓以古文的語氣與句法，形成了他「以文爲詞」的特色，與東坡那種寓以詩人之語氣與句法，顯現出「以詩爲詞」的詞風比起來，顯然又更進了一層。試看下列幾首詞：

南鄉子　　東坡

悵望送春杯，漸老逢春能幾回。花滿楚城愁遠別，傷懷，何況清絲急管催。　吟斷望鄉臺，萬里歸心獨上來。景物登臨閒始見，徘徊，一寸相思一寸灰。

臨江仙　　東坡

四大從來都徧滿，此間風水何疑。故應爲我發新詩。幽花香澗谷，寒藻舞淪漪。　借與玉川生兩腋，天仙未必相思。還憑流水送人歸。層巓餘落日，艸露已沾衣。

踏莎行

稼軒

進退存亡，行藏用舍，小人請學樊須稼。衡門之下可棲遲，日之夕矣牛羊下。　去衛靈公，遭桓司馬，東西南北之人也。長沮桀溺耦而耕，丘何爲是栖栖者。

沁園春

稼軒

杯汝來前，老子今朝，點檢形骸。甚長年抱渴，咽如焦釜，於今喜睡，氣似奔雷。汝說劉伶，古今達者，醉後何妨死便埋。渾如此，歎汝於知己，眞少恩哉。　更憑歌舞爲媒，算合作，人間鴆毒猜。況怨無小大，生於所愛，物無美惡，過則爲災。與汝成言，勿留亟退，吾力猶能肆汝杯。杯再拜，道麾之即去，招亦須來。

顯而易見的，東坡所製，無論是在語氣、句法與意味上，都與詩相近，而稼軒所塡的，就大類古文了。像這類的作品，在兩人的詞集裡，隨處可見到，是極爲普徧的。因此我們可以這麼說：東坡在造語上，雖由於經常援用詩句入詞，已擺脫嫵媚婉約的窠臼，另拓清新雅正的途徑，但還不曾廣泛的援用古文語句，時時的寓以古文的語氣與句法，到達稼軒那樣「縱橫奇逸」的地步。劉辰翁說：「詞至東坡，傾蕩磊落，如詩如文，如天地奇觀，豈與群兒雌學語較工拙；然未至用經用史，牽雅頌入鄭衛也（只是未廣泛使用而已）。自稼軒前，用一語如此者，必且掩口。及稼軒橫豎爛熳，乃如禪宗棒喝，頭頭皆是；又如悲笳萬鼓，平生不平事並卮酒，但覺賓主酣暢，談不暇顧，詞至此亦足矣。」（《須溪集・稼軒詞序》）實非溢美之辭。本來，作品境界之提高與內容之充實，就有待於這種形成的開拓與解放。今檢兩家詞集，很容易的可以發現它們的韻叶都非常的自由，幾乎字字都可入韻；而題材、內容與格調，無論是那一方面，也都比其他詞家的作品來得豐富而多樣，這豈是偶然的？固然，這可以說是詞學發展所必至的結果，但是如果沒有他們那絕大的才力，也無法解除傳統的束縛，爲詞體另開一廣大的疆宇，賦曲子詞以新的生命。由此看來，我們又怎麼能以「詞詩」、「詞論」或「非本色」而看輕他們呢？

原載民國六十六年六月《國文學報》第六期　頁二一五～二三二

辛稼軒的境遇與其詞風

辛稼軒是南宋最著名的愛國詞人，更是不可一世的英雄豪傑。他才兼文武，調度高放，平生以氣節自負、功業自許，耿耿精忠，白首不衰。像他這種人物，誠如清代陳亦峯所說：「正則可以爲郭、李，爲韓、岳；變則即桓溫之流亞」①，本該有一番大作爲才是；卻不料由於秉性剛直，任事負責，與南朝那種泄沓柔靡的政治風習，始終齟齬難合，以致在奉表南歸②後的四十餘年間，強半閒廢，不爲時用，就是用了，也每每受到上司的壓抑與同僚的排擠，不能盡展他的雄才，使得他只好自詭林泉，放意歌酒，把滿腔忠憤抑鬱之氣，一寄之於詞，聲情因而悲壯激烈，掃空萬古，不期然而然的爲詞體「於剪紅刻翠之外，屹然別立一宗」③，這可說是稼軒意想不到的一大成就與收穫。

稼軒詞雖以「悲壯激烈」爲其最大特色，但其格調並不是始終如此，一成不變的。如果我們按照作年的先後，將其作品逐一加以細繹玩味，則不難發現：他的詞風正如同許多作家一樣，也往往隨著年齡的遞增與環境、遭遇的不同，而有所轉變。大抵說來，自乾道四年（西元一一六八年）通判建康起至淳熙八年（西元一一八一年）第一次廢退前爲第一期，自淳熙九年（西元一一八二年）第一次廢退後至紹熙五年（西元一一九四年）第二次廢退前爲第二期，自慶元元年（西元一一九五年）第二次廢退後至開禧三年（西元一二〇七年）逝世止爲第三期。在第一期之初，稼軒先在建康做兩年的通判，再遷司農主簿，然後出知滁州兩年。在這六年裡，稼軒雖未受朝廷的重視，然而由於距他率衆南來之日未久，對於恢復中原的大計以及自身功業的前途，均未嘗稍失熱望，所以他的詞也大多爽朗雄快，不作愁苦之語。如：

水調歌頭壽趙漕介菴

千里渥洼種，名動帝王家。金鑾當日奏章，落筆萬龍蛇。帶得無邊春下，等待江山都老，教看鬢方鴉。莫管錢流地，且擬醉黃花。　喚雙成，歌弄玉，舞綠華。一觴爲飲千歲，江海吸流霞。聞道清都帝所，要挽銀河仙浪，西北洗胡沙。回首日邊去，雲裡認飛車。

滿江紅建康史帥致道席上賦

鵬翼垂空，笑人世、蒼然無物。又還向、九重深處，玉階山立。袖裡珍奇光五色，他年要補天西北。且歸來、談笑護長江，波澄碧。　佳麗地，文章伯。金縷唱，紅牙拍。看尊前飛下，日邊消息。料想寶香黃閣夢，依然畫舫青溪笛。待如今、端的約鍾山，長相識。

千秋歲金陵壽史帥致道。時有版築役。

寒垣秋草，又報平安好。尊俎上，英雄表。金湯生氣象，珠玉霏談笑。春近也，梅花得似人難老。　莫惜金尊倒，鳳詔看看到。留不住，江東小。從容帷幄去，整頓乾坤了。千百歲，從今盡是中書考。

聲聲慢滁州旅次登奠枕樓作．和李清宇韻

征埃成陣，行客相逢，都道幻出層樓。指點簷牙高處，浪涌雲浮。今年太平萬里，罷長淮、千騎臨秋。凭闌望：有東南佳氣，西北神州。　千古懷嵩人去，還笑我、身在楚尾吳頭。看取弓刀陌上，車馬如流。從今賞心樂事，剩安排、酒令詩籌。華胥夢，願年年、人似舊游。

稼軒在他通判建康日，因為見到當時朝野都懲於張浚符離之潰④，到處瀰漫恃和苟安的氣氛，而諱言恢復，於是激於忠憤，先後奏進了兩篇萬言書——〈美芹十論〉與〈九議〉⑤。在這兩篇文章裡，他分析敵我之情勢，極力駁斥「南北有定勢，吳楚之脆弱，不足以爭衡於中原」的悲觀論調，以為「古今有常理，夷狄之腥穢，不可以久安於華夏」⑥，而力主圖強恢復，並且擬定了一套非常完備的作戰計畫。他的雄心在此，所以也時假歌詞以收復中原、整頓乾坤的事業自勉，並以此

來策勵他的朋輩。譬如他透過上引的四闋詞，於乾道四年（西元一一六八年）⑦，鼓勵做建康轉運副使的趙德莊（介菴）說：「聞道清都帝所，要挽銀河仙浪，西北洗胡沙」；於乾道五年前後，鼓勵任建康留守的史正志（致道）說：「袖裡珍奇光五色，他年要補天西北」，又說：「從容帷幄去，整頓乾坤了」；又於乾道八年（西元一一七二年），和李清宇說：「今年太平萬里，罷長淮、千騎臨秋。凭闌望，有東南佳氣，西北神州。」他的宏願如此，那就無怪會有一種壯健奮發、積極進取的精神躍然於紙上了。等到淳熙元年（西元一一七四年），稼軒從滁州重到建康任江東安撫司參議官後，始則仍復沈滯於下僚之中，使滿腹經綸無以展用，而嗣後雖然數分帥閫，先後出任湖北、江西、湖南等路的安撫使，位躋通顯，但是又因做事公正，不畏權勢，與當時的政治風氣無法相容，以致屢遭讒謗，不能久安任所，以有效的一展自己平生的抱負，因此所作也自然的就不免時染怨憤之音，而趨於悲壯沈鬱了，如：

水龍吟登建康賞心亭

楚天千里清秋，水隨天去秋無際。遙岑遠目，獻愁供恨，玉簪螺髻。落日樓頭，斷鴻聲裡，江南游子。把吳鉤看了，欄干拍徧，無人會，登臨意。　休說鱸魚堪鱠，儘西風，季鷹歸未？求田問舍，怕應羞見，劉郎才氣。可惜流年，憂愁風雨，樹猶如此！倩何人、喚取紅巾翠袖，搵英雄淚？

菩薩蠻 書江西造口壁

鬱孤臺下清江水，中間多少行人淚。西北望長安，可憐無數山。　青山遮不住，畢竟東流去。江晚正愁余，山深聞鷓鴣。

水調歌頭 淳熙丁酉，自江陵移帥隆興。到官之三月被召，司馬監、趙卿、王漕餞別。司馬賦〈水調歌頭〉，席間次韻。時王公明樞密薨，坐客終夕爲興門户之歎，故前章及之。

我飲不須勸，正怕酒尊空。別離亦復何恨，此別恨匆匆。頭上貂蟬貴客，苑外麒麟高塚，人世竟誰雄。一笑出門去，千里落花風。　孫劉輩，能使我，不爲公。余髮種種如是，此事付渠儂。但覺平生湖海，除了醉吟風月，此外百無功。毫髮皆帝力，更乞鑑湖東。

摸魚兒 淳熙己亥，自湖北漕移湖南，同官王正之置酒小山亭，爲賦。

更能消、幾番風雨，匆匆春又歸去。惜春長怕花開早，何況落紅無數。春且住，見說道、天涯芳草無歸路。怨春不語，算只有殷勤，畫簷蛛網，盡日惹飛絮。　長門事，準擬佳期又誤。蛾眉曾有人妒。千金縱買相如賦，脈脈此情誰訴？君莫舞，君不見、玉環飛燕皆塵土。閒愁最苦。休去倚危欄，斜陽正在，煙柳斷腸處。

右引第一首詞，當作於淳熙元年（西元一一七四年）。這年，稼軒辟江東安撫司參議官，由滁州重至建康，登上了賞心亭，遠眺萬里河山，鬱伊有感，而賦了這闋詞。細讀全詞，雪恥圖強之志、請纓無路之感、眷戀故土之情，及年光虛擲之歎，都一一溢於行間，寄慨遙深，沈鬱絕倫。梁啓超先生說：「詞中『落日樓頭，斷鴻聲裡，江南遊子。把吳鈎看了，欄干拍徧，無人會，登臨意』及『倩何人、喚取紅巾翠袖，搵英雄淚』等語，確是滿腹經綸，在羈旅落拓或下僚沈滯中，勃鬱一吐情狀」⑧，體會得十分眞切。第二首詞作於淳熙三年（西元一一七六年），此時稼軒正在江西任提刑，照他的本意，原冀平定茶寇賴文政之亂⑨後，能回朝晉用，結果卻大失所望，仍留在江西，僅加了秘閣修撰的虛銜而已，這闋〈菩薩蠻〉詞即此意形之筆墨。鄭騫先生說得好：「長安指臨安言，正在贛州東北。鬱孤又名望闕，故幼安自此起興。望長安而青山無數，傷朝士之蔽賢也，即孔子『吾欲望魯兮，龜山蔽之』之意。『聞鷓鴣』之句，謂還朝晉用行不得也。贛江不受青山之遮，畢竟東流；己則終難東歸，置身十八灘頭，眞有蹙蹙靡騁之感矣」⑩，就這樣，稼軒把自己羈留後方，壯志難酬的苦悶發洩出來了。第三首詞作於淳熙五年（西元一一七八年），這年五月，素主割地講和的史浩拜了右相，稼軒適於此時被召，改官大理少卿，當然不會事出無因，他在題序中說：「爲興門戶之歎」，又在詞的下章說：「孫劉輩，能使我，不爲公」，語意非常露骨。沈曾植說：「稼軒爲葉衡所推轂，淳熙二年衡罷，史浩獨相，意不喜北人，故有孫劉之譬」⑪，稼軒既受排擠，那麼興起「更乞鑑湖東」的隱退意念是極爲自然的事。第四首作於淳熙六年（西元一一七九年），是借春意的闌珊來襯托自身哀愁的一首作品，它的作意，梁啓超先生說明得最爲清楚，他說：「先生兩年來，由江陵帥、隆興帥轉任漕司，雖非左遷，然先生本功名之士，惟專閫庶足展其驥足，碌碌錢穀，當非所樂，此次去湖北任，謂當有新除，然仍移漕湖南，殊乖本望，故曰：『本擬佳期又誤』也。本年論盜賊劄子有云：『臣孤危一身久矣，荷陛下保全，事有可危，殺身不顧』，又云：『生平剛拙自信，年來不爲衆人所容，恐言未脫口，而禍不旋踵』，則『蛾眉曾有人妒』，亦是實情」⑫，在此情形下，想想自己，又想到國家前途的暗淡，自不免要發出『煙柳斷腸』的哀吟來了。據說宋孝宗見了這首詞，雖然很不愉快，卻沒有降罪下來⑬，這對稼軒而言，未嘗不是件幸事。以上四首詞，或沈咽蘊藉，或悲壯激越，莫不含情深摯，造境幽奇，擬之乾道諸作，其面目又自不同。稼軒的詞格，無疑的由此乃高，這是由他的生活環境所促成的結果，絕不是偶然的。

稼軒於淳熙八年（西元一一八一年）冬十月，由江西安撫改除浙江提刑，旋於十二月，爲言者按上「姦貪凶暴，帥湖南日，虐害田里」⑭的罪名。論列落職，廬居於上饒靈山外的帶湖；一直到紹熙二年（西元一一九一年）歲杪，纔起爲福建提刑，而於翌年春赴任。稼軒在此廢退的十年當中，雖日與友朋耽酒吟詩爲樂，置身於水光山色之間，過其悠閒平淡的隱士生活，然而神州陸沈之恨、驥足離展之憾，卻始終耿耿於懷，無法平息，因此在這時期雖然間有趨於雋逸閒淡，瀟灑自然的作品，但大部分的詞卻仍不能抹去悲鬱的色彩。如：

水龍吟　甲辰歲壽韓南澗尚書

渡江天馬南來，幾人眞是經綸手？長安父老，新亭風景，可憐依舊。夷甫諸人，神州沈陸，幾曾回首！算平戎萬里，功名本是，眞儒事，公知否？　況有文章山斗，對桐陰、滿庭清晝。當年墮地，而今試看：風雲犇走。綠野風煙，平泉草木，東山歌酒。待他年整頓，乾坤事了，爲先生壽。

清平樂　獨宿博山王氏庵

遶床飢鼠，蝙蝠翻燈舞。屋下松風吹急雨，破紙窗間自語。　平生塞北江南，歸來華髮蒼顏。布被秋宵夢覺，眼前萬里江山。

醜奴兒　書博山道中壁

少年不識愁滋味，愛上層樓；愛上層樓，爲賦新詞強說愁。　而今識盡愁滋味，欲說還休；欲說還休，卻道天涼好箇秋。

鷓鴣天　鵝湖歸，病起作

枕簟溪堂冷欲秋，斷雲依水晚來收。紅蓮相倚渾如醉，白鳥無言定自愁。　書咄咄，且休休，一丘一壑也風流。不知筋力衰多少，但覺新來嬾上樓。

在上舉的四闋詞裡，首闋作於淳熙十一年（西元一一八四年），據詞題，知是爲壽韓元吉（南澗）而賦的。南澗是河南人，黃昇說他「政事文學爲一代冠冕」⑮，有《南澗詩餘》傳於世。他此時正寓居上饒，稼軒時與過從，自多唱和酬酢之作。此詞雖在後章以韓愈、裴度、李德裕和謝安等人爲喻，對韓氏的文章與志趣作了不能免俗的揄揚，但一開頭即破除陳套，假借王衍的故事，於當時權貴文恬武嬉之風、殃民誤國之行，痛予指斥，並且明白的指出「平戎」才是儒者眞正的功名事業。寫來眞是慷慨激昂，有著無限的感觸，與一般庸俗無聊的壽詞，是不可同日而語的。次闋作於淳熙九年（西元一一八二年）之後，十四年（西元一一八七年）之前，它的上段寫的是庵裡庵外的寂寞與荒涼，下段寫的是秋宵獨宿庵中夢覺後的心理活動：他想到了以往南奔北馳、前方抗敵的英雄事業，也想到了失意歸來、白髮蒼顏的暮年情景，於是面向著浮現眼前的萬里江山，湧生出無限的感慨來，詞意蒼涼，感人至深。三闋如同次闋，也作於淳熙十四年前，它的前章說的是少時春花秋月、無病呻吟的閒愁，而後章說的則是而今關心國事、懷才不遇的哀愁。一是由於「不識愁滋味」，所以愛「強說愁」；一是由於「識盡愁滋味」，所以「欲說還休」；在兩相對照之下，稼軒那難以言說的苦悶便恰到好處的表達出來了。尾闋當作於淳熙十三年（西元一一八六年）前後，題中所說的鵝湖，在鉛山西南十五里，紀遊該地之作，集中屢見不鮮。據題作「鵝湖道中」的一首〈鷓鴣天〉詞的描述，稼軒當時爲了趕路，曾「衝急雨，趁斜陽」，他的病或即緣此而起；「病起」後，獨對眼前溪堂周遭的寂寥夏景，想起自身被控以莫須有的罪名而落職的事，不由得也像晉朝的殷浩一樣，終日書空，發出失意的感歎來，稼軒此時情懷之落寞，於此可見一斑。另如：

蝶戀花戊申元日立春，席間作。

誰向椒盤簪綵勝？整整韶華，爭上春風鬢。往日不堪重記省，爲花長把新春恨。　春未來時先借問，晚恨開遲，早又飄零近。今歲花期消息定，只愁風雨無憑準。

沁園春戊申歲，奏邸忽騰報謂余以病挂冠，因賦此。

老子平生，笑盡人間，兒女怨恩。況白頭能幾，定應獨往；青雲得意，見說長存。抖擻衣冠，憐渠無恙，合掛當年神武門。都如夢，算能爭幾許，雞曉鐘昏？　此心無有親冤，況抱甕、年來自灌園。但淒涼顧影，頻悲往事；慇懃對佛，欲問前因。卻怕青山，也妨賢路，休門尊前見在身。山中友，試高吟楚些，重與招魂。

破陣子爲陳同甫賦壯詞以寄之

醉裡挑燈看劍，夢回吹角連營。八百里分麾下炙，五十絃翻塞外聲，沙場秋點兵。馬作的盧飛快，弓如霹靂弦驚。了卻君王天下事，贏得生前身後名。可憐白髮生！

水調歌頭元日投宿博山寺，見者驚歎其老。

頭白齒牙缺，君勿笑衰翁。無窮天地今古，人在四之中。臭腐神奇俱盡，貴賤賢愚等耳，造物也兒童。老佛更堪笑，談妙說虛空。坐堆豗，行答颯，立龍鍾。有時三盞兩盞，淡酒醉蒙鴻。四十九年前事，一百八盤狹路，拄杖倚牆東。老境竟何似，只與少年同。

據上引前兩闋詞的題文，知此二詞都是在淳熙十五年（西元一一八八年）所作的。稼軒從淳熙八年冬被廢到現在，轉眼已過了整整六年有餘，而朝廷仍無正式再起用的意思，這使他非常傷心，〈蝶戀花〉詞上段的旨意大約就是如此。過變以後，他想朝廷既然在去年命他去主管沖佑觀，那麼今年該有被起用的極大希望，所以有「今歲花期消息定」之語；但是他又憂慮會有人暗中阻撓，因此在結處說：「只愁風雨無憑準」⑯。稼軒這種憂慮並不是沒有來由的，果眞過不久，奏邸忽然傳出謠言，說他以病罷去了主管沖佑觀的館職，他聽到後，不禁感慨萬千，乃賦了〈沁園春〉詞，以表達自己怨憤之情與憂讒畏譏之意，所謂「頻悲往事」、「卻怕青山，也妨賢路」，語意是極其明白的。鄭騫先生說：「奏邸騰報，蓋出於疾視者之中傷，其意實願稼軒辭職爲快，此稼軒之所以終難曠達，而有『淒涼顧影』數句也」⑰，見解非常精到。後兩首中的〈破陣子〉，疑作於淳熙十六年（西元一一八九年）前後，是寫給陳亮（同甫）的。陳亮，《宋史》本傳說他「生而目光有芒，爲人才氣超邁，喜談兵，議論風生，下筆千言立就。志存經濟，重許可，人人見其肺肝。與人言必本於君臣父子之義」，可見他與稼軒，性極接近，也是位豪傑之士。所以稼軒甚爲看重他，曾跟他「憩鵝湖之淸陰，酌瓢泉而共飲，長歌相答，極論世事」⑱，相處得極爲融洽。這首詞題作「賦壯詞以寄之」，豈是無因？詞中所謂「了卻君王天下事，贏得生前身後名」，旣以期許同甫，也藉以道出了自己畢生的壯志，只可惜壯志不酬而「白髮生」，稼軒內心的痛苦，由此可以想見。至於〈水調歌頭〉，則作於淳熙十六年元月。博山在廣豐縣（上饒縣東）西南三十餘里，亦名香爐峯，稼軒經常往來其間，所以輒有所作，此詞即其一。這時，稼軒年齡雖只不過五十，而人卻已「頭白齒牙缺」、「坐堆㞦，行答颯，立龍鍾」，唯一的理由，就是他空負濟世之才，竟不能爲國效命，而被迫隱遯山林，心中自不免抑鬱苦悶，而人當然也就衰老得特別的快，無怪乎見者要「驚歎其老」了。

稼軒原是「一世之豪」⑲，以壯年而息隱山林，殊非所願，因此自辛丑解綬歸來以後，旣時爲自身的廢退，而憤懣不平，也常爲神州的陸沈，而浩歎不已。這段英雄勃鬱之氣，又豈是湖光山色所能平撫得了的？所以雖日處林泉，怡情花鳥，而望物外逍遙之趣，卻始終不可得。試看上引各詞，除了「宿博山」的〈水調歌頭〉，稍得玄妙之趣外，其餘的不是蘊意悲涼，就是壯懷激烈。

稼軒此期隱退生活之不得悠閒自在，由此可以推想出來。

稼軒於閒居十年以後，終於在紹熙三年（西元一一九二年）春，銜命赴閩。這年冬天，因閩帥林枅去世，曾受命攝帥事，接著被召赴行在，遷太府少卿。四年秋，加集英殿修撰，知福州，兼福建安撫使。到任後，由於遇事盡責，罔顧時忌，毅然的推行自己的政策，致使謗者索瘢不止，結果在五年秋季，以「用錢如泥沙，殺人如草芥，且夕望端坐閩王殿」的大罪名，再度爲臺臣論列罷歸⑳。不久，帶湖的居第燬於火，於是徙居鉛山期思的瓢泉。稼軒於二度出仕，飽經憂患歸來之後，「已知報國之夙願，不復能償」㉑，他的思想遂由積極一變而爲消極，突破了儒家的藩籬，另外闢出道家的畛域，所以他的詞，除了因傷心故交的零落、希冀神州的恢復，而間有冤憤悲壯之作外，大抵皆沖虛閒淡，雅有情趣。如：

沁園春 再到期思卜築

一水西來，千丈晴虹，十里翠屏。喜草堂經歲，重來杜老；斜川好景，不負淵明。老鶴高飛，一枝投宿，長笑蝸牛戴物行。平章了，待十分佳處，著箇茅亭。　青山意氣崢嶸，似爲我、歸來嫵媚生。解頻教花鳥，前歌後舞：更催雲水，暮送朝迎。酒聖詩豪，可能無勢，我乃而今駕馭卿。清溪上，被山靈卻笑：白髮歸耕。

鷓鴣天 登一丘一壑偶成

莫殢春光花下遊，便須準備落花愁。百年雨打風吹卻，萬事三平二滿休。　將擾擾，付悠悠。此生於世百無憂。新愁次第相抛舍，要伴春歸天盡頭。

臨江仙 停雲偶作

偶向停雲堂上坐，曉猿夜鶴驚猜。主人何事太塵埃？低頭還說向：被召又重來。　多謝北山山下老，殷勤一語佳哉：借君竹杖與芒鞋。徑須從此去，深入白雲堆。

驀山溪 停雲竹徑初成

小橋流水，欲下前溪去。喚取故人來，伴先生、風煙杖屨。行穿窈窕，時歷小崎嶇。斜帶水，半遮山，翠竹栽成路。　一尊遐想，剩有淵明趣。山下有停雲，看山下、濛濛細雨。野花啼鳥，不肯入詩來，還一似，笑翁詩，自沒安排處。

早在稼軒赴閩的前幾年，他就已在鉛山的期思訪得風景秀麗的瓢泉（周氏泉），蓋下了別墅，作為觴吟之所。這回罷了閩帥歸來，才正式往瓢泉卜築，選擇了可意之處加以擴建修造，終於築成了一座頗具規模的居第。集中時常提及的秋水觀和停雲堂，即其中的兩所重要建築；而一丘一壑，則是它附近的一處溪山。依據辛啓泰所撰的年譜，稼軒是在慶元二年（西元一一九六年）遷居至此的；而上引的四闋詞，由詞題與詞意看來，除了首闋係於遷居前，即紹熙五年（西元一一九四年）所作而外，其餘的當是在遷居後的頭一兩年所寫的。在第一首詞裡，稼軒以棄官卜築草堂的杜甫與掛冠暢遊斜川的陶潛自比，準備學他們也在「十分佳處，著箇茅亭」，日與花鳥爲友，雲山爲伴，作個「白髮歸耕」的隱士。透過這闋詞，他把自己厭持旌纛、放心林泉的心意表露得十分明白。在第二首詞裡，他告訴我們：他已決定行「三平二滿過即休」的安樂法，將擾擾世事都付諸悠悠長天，過那無憂無慮、平平穩穩的日子，絕不再因「春歸」、「落花」而惹出新愁來。他在被人誣以「旦夕望端坐閩王殿」而落職後會存這種想法，是極爲自然的事。在第三首詞裡，他用孔稚珪〈北山移文〉的典故，先在下半闋，由「曉猿夜鶴」的「驚猜」，對自己「被召又重來」的境遇加以解嘲一番；然後在下半闋，明顯地道出自己携個竹杖、著雙芒鞋，「深入白雲堆」，以過隱士生涯的決心，詞意與上兩詞是一貫的。在第四首詞裡，他先描繪了停雲堂畔竹徑周圍的景物，再經由「遐想」，把陶淵明當年作〈停雲詩〉時「靜寄東軒，春醪獨撫」的情景整個展現在眼前，領略他那份清眞的風味，表出了自己深切的仰慕之情來。集中另有〈水龍吟〉一闋云：「老來曾識淵明，夢中一見參差是」，又云：「須信此翁未死，到如今凜然生氣」，可知稼軒於二度出仕罷歸後，對這位田園詩人已漸由認識而敬愛而遙遙相契，莫逆於心了。以上的四闋詞，寫得都頗清疏平淡，比起上兩期的作品來，格調顯然又已不同。又如：

水調歌頭 賦傅巖叟悠然閣

歲歲有黃菊，千載一東籬。悠然政須兩字，長笑退之詩。自古此山元有，何事當時纔見，此意有誰知？君起更斟酒，我醉不須辭。　回首處，雲正出，鳥倦飛。重來樓上，一句端的與君期。都把軒窗寫徧，更使兒童誦得，歸去來兮辭。萬卷有時用，植杖且耘耔。

卜算子 用莊語

一以我為牛，一以我為馬。人與之名受不辭，善學莊周者。　江海任虛舟，風雨從飄瓦。醉者乘車墮不傷，全得於天也。

行香子 博山戲呈趙昌甫、韓仲止

少日嘗聞：富不如貧，貴不如賤者長存。由來至樂，總屬閒人。且飲瓢泉，弄秋水，看停雲。　歲晚情親，老語彌真。記前時勸我慇懃：都休殢酒，也莫論文：把相牛經，種魚法，教兒孫。

西江月 示兒曹，以家事付之。

萬事雲煙忽過，百年蒲柳先衰。而今何事最相宜？宜醉宜遊宜睡。　早趁催科了納，更量出入收支。乃翁依舊管些兒：管竹管山管水。

稼軒於二度落職以後，由於已懂得斂雄心於恬淡，漸解田園之樂，而興物外逍遙之趣，因此對莊子和陶淵明便特別的敬愛起來，時時把他們作爲模仿的對象；他把瓢泉居第兩所重要建築命名爲秋水與停雲，就是這種心意的具體表現。自然的，在他的作品裡提到這兩位高士或作品的地方，也就格外的多了。譬如上引的〈水調歌頭〉與〈卜算子〉詞，一用陶淵明的〈飲酒詩〉和〈歸去來兮辭〉來賦傅氏的悠然閣，一引《莊子》〈應帝王〉、〈山木〉與〈達生〉等篇的語句以表出虛己遊世、成德全眞的道理，就是個明顯的例子。他如〈念奴嬌〉說：「怎得身似莊周，夢中蝴蝶，花底人間世」（爲沽美酒），〈哨徧〉說：「一壑自專，五柳笑人，晚乃歸田里」（一壑自專），〈念奴嬌〉說：「須信采菊東籬，高情千載，只有陶彭澤」（龍山何處），例子眞是多得不可勝數。從這些詞裡，我們不難想見稼軒晚年的思想與心境來。右引的〈行香子〉詞云：「且飲瓢泉，弄秋水，看停雲」，又云：「把相牛經，種魚法，教兒孫」，〈西江月〉詞說：「而今何事最相宜？宜醉宜遊宜睡」，又說：「乃翁依舊管些兒：管竹管山管水」，這正是他此期生活的眞實寫照。稼軒詞風之所以至此又變，可謂其來有自，是不足怪的。

從上文的敍述裡，我們已可大約的看出稼軒詞風逐漸轉變的情形來。不過，必須一提的是：稼軒的詞格，雖隨年齡、環境與遭遇，而有所轉移，但他的恢復素志與勝利信心，卻自壯至老，未曾稍變。因此在隱居瓢泉期內，他儘管追慕莊周與陶潛，歌頌忘機，寄情山水，寫出許許多多曠達閒適的作品，形成了他晚年特有的風格，使人不免覺得：似乎在此時，「他那種慷慨悲壯的詞風消褪了，他那種騎的盧馬補天裂之夢也消失了」㉒，然而，他天生的那種執著與熱情的強烈個性，卻一直未因後天的努力與修養而徹底的改變過，所以只要他一受到巨大的衝激，便依然會引發出有力的反響來。譬如在慶元五年（西元一一九九年）的八月，爲了趙汝愚之死與僞學之黨禁㉓，他曾特地的「取古之怨憤變化異物等事」㉔，賦了一首〈蘭陵王〉詞，以攄舒積累胸中磈壘不平之氣，其詞文之恢詭冤憤，即使在前兩期的作品裡，也是極少見的；又如在開禧元年（西元一二〇五年）時，他出知鎮江，登上了「京口北固亭」，北顧中原的萬里河山，寫下了那最出名的〈永遇樂〉詞，他在這闋詞裡，通過「懷古」，把自身堅決抗金而又反對冒進的主張，明顯的表露出來，並深切地發出「憑誰問：廉頗老矣，尚能飯否」的英雄失意的感慨，眞可說是烈士暮年，壯心不已啊！這樣看來，稼軒被人冠上「愛國詞人」的頭銜，該是受之無愧吧？

①《詞話叢編》冊十一，《白雨齋詞話》卷六，頁九。
②辛棄疾於紹熙三十二年，受耿京命，以權天平節度掌書記之身分，由山東奉表歸宋。見《宋史》卷四〇一本傳及《建炎以來繫年要錄》卷一九六。
③《四庫全書總目提要四十・集部詞曲類一・稼軒詞》條。

④宋孝宗隆興元年（西元一一六三年）四月戊辰，張浚遣師擊金；五月癸丑，宋師大潰於符離，赴水死者不可勝計。見《續資治通鑑》卷一百三十八。

⑤〈美芹十論〉及〈九議〉兩文均收入辛啓泰輯《稼軒詩文抄存》。其中〈十論〉作於乾道四年（西元一一六八年），說詳姜林洙《辛棄疾傳》第三章註一，頁五十四至五十六；〈九議〉則上於乾道六年（西元一一七〇年），見《宋史》卷四〇一本傳。

⑥並見〈美芹十論〉第四篇與〈九議〉第九篇，惟〈九議〉「腥穢」作「強暴」。

⑦考證見鄧著《稼軒詞編年箋註》頁八。以下所引各註之作年，多從鄧說。

⑧《辛稼軒先生年譜》頁八。

⑨《宋史》卷三十四〈孝宗本紀〉云：「淳熙二年夏四月，茶寇賴文政起湖北，轉入湖南、江西，官軍數爲所敗。六月辛酉，以倉部郎中辛棄疾爲江西提刑，節制諸軍，討捕茶寇。閏九月，辛棄疾誘賴文政，殺之，茶寇平。」

⑩《詞選》頁一〇八。

⑪《稼軒長短句小箋》，《詞學季刊》第一卷第二號，頁九十。

⑫《辛稼軒先生年譜》頁二十。

⑬見羅大經《鶴林玉露》卷四。

⑭《宋會要》冊一〇一〈職官七二・黜降官八〉。

⑮《花菴詞選》卷三，頁二一六，曾文出版社印行。
⑯參見姜林洙《辛棄疾傳》頁八十七。
⑰《稼軒詞校注》卷四，轉引自姜林洙《辛棄疾傳》頁八十八。
⑱辛棄疾〈祭陳同甫文〉，轉引自姜林洙《辛棄疾傳》頁八十。
⑲〈范開稼軒詞序〉。
⑳《宋史》卷四〇一本傳。
㉑梁啓超《辛稼軒先生年譜》頁五十五。
㉒劉著《中國文學發展史》第十九章，頁一一五。
㉓事詳《續資治通鑑》卷一百五十五寧宗慶元元年（西元一一九九年）及二年（西元一二〇〇年）記事。
㉔辛棄疾〈蘭陵王〉詞題文，見鄧著《稼軒詞編年箋注》頁三四六。

原載民國六十六年三月《中華文化復興月刊》十卷三期　頁十八～二十三

常見於稼軒詞裡的幾種詞章作法

詞章的作法，由於作者之意度心營，巧妙各有不同，於是靈活運用起來，便千變萬化，很難拘之於一定的格式，俗語所說的「文無定法」，就是這個意思。不過，作者在謀篇布局之際，無可否認的，都難免會在無形之中受到人類共通理則的左右，以致寫成的作品，在各色各樣的枝葉底下，往往藏有一些基本的、共通的幹身。因此，古今人的作品，無論體裁是屬於駢散的，或是詩詞的，如果試予剖析，均不難發現它們在作法上有著許多「不謀而合」的地方。即以稼軒詞而論，亦不例外。在它衆多的作法當中，可以說是屬於共通性質的，便不在少數。以下就是其中比較常見的十種類型：

1 平敘法

這是順著時間或空間的自然展演過程，依次遞寫的一種作法。這種作法含有多類形式，稼軒常用的是以下三種：

1由昔及今的形式

菩薩蠻晝眠秋水

葛巾自向滄浪濯，朝來漉酒那堪著（未眠）。高樹莫鳴蟬，晚涼秋水眠（入眠）。竹床能幾尺，上有華胥國（作夢）。山上咽飛泉，夢中琴斷絃（夢醒）。

這首詞的上闋，首先拈出「朝酒」，然後接以「晚眠」，將題目點醒；換頭則承上闋的「眠」字，從入夢說到夢醒，暗寓感慨作結。敍次由「昔」而「今」，井井不亂，很明顯的，是順著時間的自然展演過程，依次遞寫而成的。

2由近及遠的形式

鷓鴣天代人賦

陌上柔桑破嫩芽（最近），東鄰蠶種已生些（次近）。平岡細草鳴黃犢（次遠），斜日寒林點暮鴉（最遠）。（下略）

這是〈鷓鴣天〉詞的上半闋。它先就眼前的桑陌寫起，再逐漸伸向遠處，由桑陌外的東鄰寫到東鄰外的平岡，然後及於平岡外的寒林，而依次以嫩桑、幼蠶、黃犢與暮鴉作鮮明的點綴，把田園一派欣欣向榮的春日景象，由近而遠的描繪得極其優美生動。

3由小及大的形式

南歌子 新開池，戲作

散髮披襟處，浮瓜沈李杯（小）。涓涓流水細侵階（中）。鑿箇池兒，喚箇月兒來（大）。（下略）

這是〈南歌子〉詞的上半闋。作者在這兒先寫甘瓜李杯，再寫浮沈甘瓜李杯的涓涓流水，然後說到容納涓涓流水的新開池兒。範圍由小而大，層層遞進，與上引的〈鷓鴣天〉詞，可以說同樣是順著空間的自然展演過程，依次遞寫而成的。

2 逆敘法

這與平敘法恰恰相反，是把時間或空間的自然展演過程完全倒轉過來，依次逆寫的一種作法。

這也有三種形式是稼軒所常用的：

1由今及昔的形式

西江月 遣興

醉裡且貪歡笑，要愁那得工夫。近來始覺古人書，信著全無是處（如今的感想）。　昨夜松邊醉倒，問松「我醉何如」。只疑松動要來扶，以手推松曰「去」（昨夜的醉態）。

在此詞的上片，作者寫的是自己目前的感想，也可以說是對當世政治上沒有是非的現狀所發出的一種慨歎。而下片寫的則是昨夜的醉態與狂態，也可以說是對當時政治現實不滿的一種表示。這闋詞，先敍目前，而後敍昨夜，顯然的已把時間上由昔及今的自然展演順序顚倒過來了，所用的正是逆敍的手法。

2由遠及近的形式

清平樂 呈趙昌甫。時僕以病止酒。昌甫日作詩數篇，末章及之。

雲煙草樹，山北山南雨（最遠）。溪上行人相背去，惟有啼鴉一處（次遠）。　門前萬斛春寒，梅花可嚥摧殘（次近）。使我長忘酒易，要君不作詩難（最近）。

此詞描寫情景的順序是這樣子的：首先是雨中的遠山和遠樹，其次是溪上的行人與啼鴉，再來是門前的寒梅，最後是室內的人物，由遠而近，層次井然。

3由大及小的形式

踏莎行庚戌中秋後二夕，帶湖篆岡小酌

夜月樓臺（最大），秋香院宇（次大），笑吟吟地人來去（次小）。是誰秋到便淒涼？當年宋玉悲如許（最小）。（下略）

這是〈踏莎行〉詞的上半闋。作者在這裡，先寫明月下的樓閣，再寫樓閣中的院宇，然後由院宇中的人群收到人群中的一人——以宋玉自比的作者身上。範圍由大而小，層層遞進，讀起來極感明快。

3 虛實法

這是把所要描寫的事物或情景，依據它們的性質——抽象的或具體的，予以分開，以安排先後敍次的一種作法。大致說來，稼軒詞裡，具備了如下二種形式：

1先虛後實的形式

點絳唇

身後虛名，古來不換生前醉。青鞋自喜，不踏長安市（虛）。　竹外僧歸，路指霜鐘寺。孤鴻起，丹青手裡，剪破松江水（實）。

在這首詞的上半闋，作者主觀的抒發了自己的感慨，是抽象的，是虛的；到了下半闋，則客觀的描繪了眼前的景物，是具體的，是實的。先虛後實，兩相配襯，充分的表現出作者濃厚的隱退思想。

2先實後虛的形式

鷓鴣天鵝湖歸，病起作。

枕簟溪堂冷欲秋，斷雲依水晚來收。紅蓮相倚渾如醉，白鳥無言定自愁（實）。　書咄咄，且休休，一丘一壑也風流。不知筋力衰多少，但覺新來懶上樓（虛）。

此詞的上片，寫的是溪堂內外的寂寥夏景，而下片，寫的是作者晚年落寞的情懷。一實一虛，先後相應，把作者廢退後的失意心境，刻畫得非常生動。

4 錯間法

這是把昔與今、小與大、近與遠，或虛與實，互相間錯而寫的一種作法。這種作法，在稼軒詞裡，是很常見的。

1今昔相間的形式

瑞鷓鴣

膠膠擾擾幾時休？一出山來不自由（今）。秋水觀中山月夜，停雲堂下菊花秋（昔）。

隨緣道理應須會，過分功名莫強求。先自一身愁不了，那堪愁上更添愁（今）。

右詞當是作者起廢帥浙東後所作。詞中所謂的「山」，是指鉛山而言；至於秋水觀與停雲堂，則是作者在鉛山別墅裡的二所居第。細繹此詞，很明顯的，起二句是敍目前官場生涯的苦悶；而次二句，乃由現在倒回到過去，寫的是從前隱居生活的悠閒；過片則又從過去拉回到現在，回應首二句，表出自己對二度出山的悔恨與壯志不酬的哀愁。今昔相間，寫來意味格外深長。

2遠近相間的形式

好事近 送李復州致一席上和韻

和淚唱陽關，依舊字嬌聲穩（近）。回首長安何處，怕行人歸晚（遠）。　垂楊折盡只啼鴉，把離愁勾引（近）。卻笑遠山無數，被行雲低損（遠）。

這首詞的上闋，先就眼前室內的別筵寫起，再由此伸展到室外遙遠的去處──長安（指臨安而言），以寫「怕行人歸晚」的心情。過片則先承篇首二句，借眼前的垂楊與啼鴉，點出離愁；再承上片三、四兩句，說到歸途中被行雲低損的無數遠山。這些情景，一遠一近，相間相揉，使行間充滿著無限的離情。

3大小相間的形式

酒泉子

流水無情，潮到空城頭盡白（大）。離歌一曲怨殘陽，斷人腸（小）。　東風官柳舞雕牆。三十六宮花濺淚（大），春聲何處說興亡。燕雙雙（小）。

此詞每二句成一組。上片起二句，寫潮打空城的景象，是遼闊的；次二句，寫在空城裡人賦離歌的情景，是縮小的。下片首二句，寫的是金陵故宮的無邊春色；結二句，寫的是在故宮裡能說興亡的小小雙燕。作者將這些情景和事物互相間錯起來，便有著無窮的感慨興亡的意思。

4虛實相間的形式

鷓鴣天鵝湖歸，病起作。

翠木千尋上薜蘿，東湖經雨又增波（實）。只因買得青山好，卻恨歸來白髮多（虛）。

明畫燭，洗金荷，主人起舞客齊歌（實）。醉中只恨歡娛少，無奈明朝酒醒何（虛）！

此詞上下兩片的首二句，分別寫東湖雨後的風光與作者夜宴的情景，是具體的，是實的；而後二句，則分別寫白髮歸耕的恨意與壯志不酬的愁緒，是抽象的，是虛的。顯而易見，這是篇採虛實相間之形式所寫成的作品。

5 呼應法

也叫做問答法。一般說來，它可分為單呼、單應及一呼一應等三種形式。而在稼軒詞裡，卻只發現了以下兩種：

1 單呼不應的形式

鵲橋仙 贈鷺鷥

溪邊白鷺，來吾告汝：「溪裡魚兒堪數。主人憐汝汝憐魚，要物我欣然一處。　白沙遠浦，青泥別渚，剩有鰕跳鰍舞。聽君飛去飽時來，看頭上風吹一縷。」

右詞自第三句以下至末了，都是作者告白鷺的話。他囑咐白鷺，要與溪裡的魚兒欣然相處，斷不可加害它們；要是餓了，則不妨去啄食遠浦別渚的蝦兒與泥鰍，吃飽了再回來。由表面上看，這雖是戲言，但實際上，或許別有所指，亦未可知。

2 一呼一應的形式

沁園春 將止酒，戒酒杯使勿近。

「杯汝來前！老子今朝，點檢形骸。甚長年抱渴，咽如焦釜；於今喜睡，氣似奔雷？汝說：『劉伶，古今達者，醉後何妨死便埋。』渾如此，歎汝於知己，眞少恩哉！　更憑歌舞爲媒，算合作、人間鴆毒猜。況怨無小大，生於所愛；物無美惡，過則爲災。與汝成言：

『勿留亟退，吾力猶能肆汝杯。』」杯再拜，道：「麾之即去，招則須來。」

這闋詞從開頭到「吾力猶能肆汝杯」句止，是作者向酒杯講論道理，並發出警告的言辭，而「麾之即去」二句，則是酒杯對作者所作的抗議性的回答。就在這一呼一應之間，毫不費力的，把自己在政治上失意的苦悶與牢騷，都整個發洩出來了。

6 比喻法

這是把兩種不同類的事物互作比擬譬喻的一種作法。這種作法，大致可分爲明比與暗比兩種；在稼軒詞裡，到處都可以找到這類例子，如：

賀新郎 賦海棠

著厭霓裳素。染胭脂、苧羅山下，浣沙溪渡。誰與流霞千古醞，引得東風相誤。從臾入、吳宮深處。鬢亂釵橫渾不醒，轉越江，剗地迷歸路。煙艇小，五湖去。（下略）

根據右詞上闋「苧羅山下，浣沙溪渡」、「入吳宮深處」及「轉越江」、「五湖去」等詞句，很容易的可以看出作者是把海棠比作西施，以她的遭遇來寫它的幽獨與哀怨的。所用的，正是明比的方法。又如：

行香子 三山作

好雨當春，要趁歸耕。況而今已是清明。小窗坐地，側聽簷聲。恨夜來風，夜來月，夜來雲。　花絮飄零，鶯燕丁寧。怕妨儂湖上閒行。天心肯後，費甚心情。放霎時陰，霎時雨，霎時晴。

這闋詞的發端三句，直接點明本意，文意非常清楚：「小窗坐地」五句，是說遭到讒謗迫擾，使人不能忍受；過片開頭三句，是說顧慮尚有種種牽制，不能自由歸去；結五句，是說只要俞旨一允，萬事便了，然而君意難測，然疑間作，不由得令人爲之悶殺（說本梁啓超《稼軒先生年譜》淳熙五年考證）。無疑的，這是用暗比的方法寫成的。

7 對照法

這是把兩種事物互作比較，成爲強烈對照的一種作法。這種作法，辛稼軒也時常採用。如：

醜奴兒書博山道中壁

少年不識愁滋味，愛上層樓。愛上層樓，爲賦新詞強說愁。　而今識盡愁滋味，欲說還休。欲說還休，卻道「天涼好箇秋」。

此詞的上半闋，寫的是少時春花秋月、無病呻吟的閒愁，而下半闋，寫的則是而今關心國事、懷才不遇的哀愁。一是由於「不識愁滋味」，所以愛「強說愁」；一是由於「識盡愁滋味」，所以「欲說還休」。兩相比較，成了鮮明的對比，使人讀後湧生無窮的感慨。這是構成對比的兩個部分，彼此的字數都相當的例子，也有不相當的，如：

破陣子爲陳同甫賦壯語以寄

醉裡挑燈看劍，夢回吹角連營。八百里分麾下炙，五十絃翻塞外聲。沙場秋點兵。　馬作的盧飛快，弓如霹靂絃驚。了卻君王天下事，贏得生前身後名。可憐白髮生。

這闋詞從開頭到「贏得生前身後名」句止，極寫抗金部隊的壯盛軍容、橫戈躍馬的戰鬥生活，以及收復中原的偉大勝利。這種豪壯動人的場面，與末句那種「可憐白髮生」的淒涼情景，恰恰成強烈的對照。就在這種對照之下，把作者忠君愛國與個人功名的複雜思想，以及壯志不酬的悲憤心情，都和盤襯托出來了。

8 演繹法

這是採先總括後條分的形式，以組合思想材料的一種作法。稼軒詞中有不少用這種方法寫成的作品，如：

鷓鴣天有感

出處從來自不齊（總括）。後車方載太公歸；誰知寂寞空山裡，卻有高人賦采薇（條分一）。黃菊嫩，晚香枝，一般同是采花時（條分二）。蜂兒辛苦多官府，蝴蝶花間自在飛（條分三）。

在這闋詞裡，作者首先用「出處從來自不齊」一句，揭出一篇的主旨，以統括全詞，然後針對主旨，分別列舉三樣出處不齊的例證來：在第一個例證裡，太公望相周，是「出」；伯夷、叔齊隱於首陽山，采薇而食，是「處」，這是就人類的「不齊」來說的。在第二個例證裡，黃菊始開，是「出」，晚香將殘，是「處」，這是就植物的「不齊」來說的。在第三個例證裡，蜂兒辛苦，是

「出」；蝴蝶自在，是「處」；這是就昆蟲的「不齊」來說的。所謂「綱舉目張」，寫來條理淸晰異常。又如：

玉樓春 樂令謂衛玠：「人未嘗夢搗虀餐鐵杵，乘車入鼠穴。」以謂世無是事故也。余謂世無是事而有是理，樂所謂無，猶云有也。戲作數語以明之。

有無一理誰差別，樂令區區猶未達。事言無處未嘗無，試把所無憑理說（總括）。伯夷飢采西山蕨，何異搗虀餐杵鐵（條分一）。仲尼去衛又之陳，此是乘車穿鼠穴（條分二）。

此詞先根據題意，反駁樂令的說法，立了「事言無處未嘗無」的總論，然後以伯夷采蕨西山的絕世行徑與孔子去衛之陳的困阨遭遇爲例，「憑理」把它們視作「搗虀餐杵鐵」與「乘車穿鼠穴」的事故，以闡明「事言無處未嘗無」的論點。雖然它的總論與分說兩個部分，在字數的多寡上，不像上篇那樣有絕大懸殊，但是作法還是一樣的。

9 歸納法

這與上法正相反，是採先條分後總括的形式，以組合思想材料的一種作法。這種作法，在稼軒詞裡，也數見不鮮。如：

鷓鴣天鵝湖寺道中

一榻清風殿影涼，涓涓流水響回廊。千章雲木鉤輈叫，十里溪風䆉稏香（條分一——林泉）。衝急雨，趁斜陽，山園細路轉微茫（條分二——忙）。倦途卻被行人笑：只爲林泉有底忙（總括）！

作者寫這首詞，首先把上闋四句與過片二句析爲兩個部分，分別描寫鵝湖寺道周遭的林泉勝景，及「衝急雨」、「趁斜陽」的匆忙情形，然後以「倦途卻被行人笑」一句，承上啓下，借人之口引出「只爲林泉有底忙」的一句話來，以總括上面兩個部分的文意作結。先條分，後總括，很顯然的，是用歸納法寫成的。又如：

清平樂題上盧橋

清泉犇快，不管青山礙。十里盤盤平世界。更著溪山襟帶（條分一——形勝）。古今陵谷茫茫，市朝往往耕桑（條分二——興亡）。此地居然形勝，似曾小小興亡（總括）。

此詞先以「清泉犇快」四句，描寫上盧橋畔的「形勝」；再以「古今陵谷茫茫」二句，泛寫陵谷市朝的「興亡」；然後以「此地居然形勝」二句，總括上文，發出感慨收束。作法與上篇完全相同。

10 綜合法

這是溶合兩種或兩種以上的方法，以組合思想材料的一種作法。這種作法，因爲比較富於變化，不易把它畫分爲幾個固定的類型，所以在這裡只能列舉稼軒的幾首詞爲例，略加說明，以見一斑。

西江月 夜行黃沙道中

明月別枝驚鵲，淸風半夜鳴蟬。稻花香裡說豐年，聽取蛙聲一片。　七八箇星天外，兩三點雨山前。舊時茆店社林邊，路轉溪橋忽見。

這闋詞的上片，主要的是寫夜行黃沙道中所聽到的各種聲音：起先是「別枝」上的鵲聲，其次是「淸風」中的蟬聲，最後是稻田裡的蛙聲；這可以說是採「由小及大」的形式來寫的。而下片，主要的是寫夜行黃沙道中所見到的各種景物：起先是遙天外的疏星，其次是山嶺前的雨點，最後是社林邊的溪橋：這可以說是採「由遠及近」的形式來寫的。顯而易見，這是混合平敍與逆敍兩種作法寫成的作品。

生查子 簡吳子似縣尉

高人千丈崖，太古儲冰雪。六月火雲時，一見森毛髮。　俗人如盜泉，照影都昏濁。高處掛吾瓢，不飲吾寧渴。

右詞把高人與俗人，分別比作高崖上的冰雪與盜泉裡的泉水，來加以刻畫描繪，使他們成爲一個強烈的對照。這顯然是溶合比喻與對照兩法寫成的。

念奴嬌 賦傳巖叟香月堂兩梅

未須草草，賦梅花、多少騷人詞客。總被西湖林處士，不肯分留風月。疏影橫斜，暗香浮動，把斷春消息。試將花品，細參今古人物。　看取香月堂前，歲寒相對，楚兩龔之潔。自與詩家成一種，不係南昌仙籍。怕是當年，香山老子，姓白來江國。謫仙人，字太白，還又名白。

這首詞大約可分爲兩個部分：由起句至「把斷春消息」句止，是第一個部分；由「試將花品」句至末了，是第二個部分。頭一個部分，先從曾賦梅花的許多詞客說起，再收縮到其中的一人——林逋的身上，這是採「由大及小」的形式來寫的。第二個部分，先用「試將花品」兩句，作一總述；然後分別舉出楚兩龔（楚人龔勝與龔舍）、白香山與李太白等古今人物來比喻潔白芬芳的梅花，可以說是混合演繹與比喻兩法來寫的。在一首詞裡，前後共用了三種作法，手段能不說是高明嗎？

上述的十種作法，在稼軒詞裡，是用得最爲普徧的。雖然它們都只是屬於基本的類型，未足以概括稼軒詞裡極其多變的寫作形式，但是即此而論，已不難看出它的多樣來了。而這些作法，無疑的，在其他作家的各類作品裡，也同樣的可以分別找到，所不同的，只是在運用之數量與技術上，多寡巧拙，各有差別而已。初學詞章的人如果能夠把這些根本的作法細加揣摩，並加類反，以至於心領神會，運用到各類作品的欣賞與寫作上面，則所謂「熟能生巧」，自不難增進自己的讀寫本領，使它逐漸邁向高妙的境地。這麼說，該不會是僅止於動聽而已吧？

原載民國六十三年六月師大《文風》第二十五期　頁十一～十五

教學篇

談詩詞教學與欣賞

詩和詞是我國最爲精緻、優美的兩種文學體裁。由於它們同樣在極其短小的篇幅中，寄託豐富而眞摯的情思，表現柔美或壯麗的意境，足以使人沈浸其中，百般玩味而不厭，比起一般散文來，更具有陶冶性情的價值，所以在整個國文教學或文學欣賞上來說，它們是佔有相當重要的地位的。

一般而論，不管是要從事詩詞教學或純粹欣賞詩詞，都須對它們的體制、格律、題目、義旨與作法，逐一探究，才能眞正的踏入鑑賞的領域。茲分別概述如次：

1 體制

在從事詩詞教學或欣賞時，首先要做的是：將詩詞的體制與其源流，大體辨別明白。以詩而言，它有古體、樂府歌行與近體律絕的不同，古體如陳子昂的〈登幽州臺歌〉（國中第三冊）、陶淵明的〈歸園田居〉（同上），樂府歌行如翁森的〈四時讀書樂〉（國中第四冊）、李白的〈長干行〉（高中第一冊），近體律詩如李白的五律——〈送友人〉（高中第三冊）和崔顥的七律——〈黃鶴樓〉（同上），近體絕句如孟浩然的五絕——〈春曉〉（國小第八冊）和張繼的七絕〈楓橋夜泊〉（國中第一冊）。以詞而言，則有小令與長調的分別，小令如張志和的單調詞——〈漁歌子〉（國小第十冊）和辛棄疾的雙調詞——〈西江月〉（國中第五冊），長調如岳飛的〈滿江紅〉（同上）、蘇軾的〈念奴嬌〉（高中第四冊）。這些不同的體制，究竟有什麼特徵？是怎樣演變而來的？在講解或欣賞詩詞本文以前，是要弄得一清二楚的。

2 格律

詩詞的格律，可從平仄、韻叶與格式（圖譜）等三方面來作了解：

1平仄

詩詞的平仄，除了仄聲中的入聲外，都和現在的國音大致吻合，教學時，只要稍加提示即可；而入聲則先得配合方音，或採其他的方法，指導學生作辨別，再配合國音，指導學生適當的讀法，以使他們能認清平仄，奠定學詩學詞的基礎。就是對純粹欣賞者而言，也是須把平仄，尤其是入聲，辨別清楚的。

2韻叶

以分韻的情形言，詩以收一〇六韻的平水韻、詞以分十九韻部的《詞林正韻》，最受歡迎，師大國文系師生所編的兩種工具書《詩府韻粹》及《詞林韻藻》，即據此編成，作爲押韻的依據。而押韻的方式，則詩以平與平、上與上、去與去、入與入，四聲各自押，不能絲毫通融；詞以平單押、入單押，上與去可通押，與詩稍有不同。至於押韻的部位，詩多固定，尤其是近體，二、四、六、八句必押，首句可押，可不押，依格式而定。而詞則部位全不固定，隨著詞牌的不同而有所不同。

3格式

古體詩或樂府歌行，都沒有固定不變的格式，而律絕則有五絕、七絕、五律、七律的固定形式，且都各有仄起押韻、仄起不押韻、平起押韻、平起不押韻等四式的不同。至於詞調，則數目相當的多，以現存者言，就有八百餘調、一千多體，而每一調、每一體都各有不同的平仄、韻叶、字數與句數，是不能隨意更動的。

對於這些，我們在教學或欣賞時，都必須一一探明。

3 題目

格律探明了，就要處理題目。古體詩通常是有題目的，如白居易的〈慈烏夜啼〉（國中第三冊）、杜甫的〈後出塞〉（同上）便是。而樂府詩則往往沒有題目，如〈江南可採蓮〉（國小第十一冊），原本無題，後人為了方便稱呼，遂用詩中的首句為題；又如〈木蘭詩〉，早先也沒有題目，是後人舉詩中的主人翁——木蘭為題的。這一類的題目，並不能藉以看出全詩的旨意，教學或欣賞時，便須從詩歌的內容中去清理出意旨來，以便作為講解或鑑賞的重心。而近體詩則皆有題目，如王維的〈觀獵〉（國中第二冊）與杜甫的〈春日憶李白〉（高中第三冊）等，題意清晰，只要略加探尋，主旨便明白。至於詞，也有標明題目的，如辛棄疾〈西江月〉的「夜行黃沙道中」和蘇軾〈念奴嬌〉的「赤壁懷古」等便是；也有只標詞牌而無題目的，如岳飛的〈滿江紅〉（國中第五冊）與李煜的〈清平樂〉（高中第四冊）等便是。對於這些未加題目的詞作，我們必須先找出它的中心意旨來，如岳飛的〈滿江紅〉，抒發的是他想收復中原的悲壯胸懷，把握了這個主旨，在講解或欣賞時，才能藉以貫穿全詞，進而獲致眞正的了解、作深入的欣賞。

4 義旨

處理了題目後，就要對作品本身的內容作仔細的探究了。要探究一首詩、一闋詞的內容，最主要的是掌握它的主旨。一篇的主旨，作者不是把它安置在篇內的首、腹、末部，就是安置於篇外，安置於篇首的，如李煜的〈清平樂〉與歐陽修的〈采桑子〉（高中第四冊）；安置於篇腹的，如李白的〈送友人〉（高中第三冊）與杜甫的〈聞官軍收河南河北〉（國中第二冊）；安置於篇末的，如崔顥的〈黃鶴樓〉與蘇軾的〈念奴嬌〉；安置於篇外的，如李白的〈黃鶴樓送孟浩然之廣陵〉（國中第一冊）與辛棄疾的〈西江月〉。掌握了這些置於篇內、外的主旨，就可以進一步的用以通貫全篇的內容材料，將抽象的主旨與具體的內容材料，相糅相襯，融成一個整體，以徹底了解作品的眞正義旨。

5 作法

義旨探究清楚了以後，就要進一層的審辨它的作法了。審辨作法，主要在於審辨遣詞造句與謀篇布局的技巧。換句話說，就是要進行修辭與章法的教學與探究，以了解作品、欣賞作品。

1 修辭

修辭的方式很多，常用於詩詞的，誇飾如〈木蘭詩〉的「將軍百戰死，壯士十年歸」，頂眞如〈木蘭詩〉的「軍書十二卷，卷卷有爺名」、「歸來見天子，天子坐明堂」，借代如李白〈黃鶴樓送孟浩然之廣陵〉的「孤帆遠影碧山盡，惟見長江天際流」，譬喻如岑參〈白雪歌送武判官入京〉的「忽如一夜春風來，千樹萬樹梨花開」，倒裝如辛棄疾〈西江月〉的「稻花香裡說豐年，聽取蛙聲一片」。諸如此類，都應一一探究，以了解作者修辭的技巧，從而提高欣賞與應用的能力。

2 章法

所謂的章法，指的是詞章構成的型態，也就是由句成段、由段成篇，如何組織起來的方式。這種方式，若從根本上著眼，可概括為三個原則，那就是秩序、聯貫與統一。秩序是就材料配排的次第來說的，譬如辛棄疾的〈西江月〉，在上半闋，寫的先是鵲聲，再來是蟬聲，最後是蛙聲，這是採由小而大的方式形成秩序的。聯貫是就材料前後的接榫來說的，譬如陶淵明〈歸園田居〉的前四句，首由「種豆」帶出「豆苗稀」，再由「草盛」帶出「理荒穢」、「晨興」帶出「帶月歸」，這是採前呼後應的方式來聯貫前後的。統一是就材料情意的統一來說的，譬如李白的〈登金陵鳳凰臺〉，藉鳳凰臺的來歷與登臺所見景物，以具體的襯托出一篇的主旨——「愁」來，這是採畫龍點睛的方式來統一全詩的。用這三原則作基礎，以探討章法，久而久之，自可邁向藝巧的境地。

6 鑑賞

鑑賞可分爲藝術的鑑賞與風格的鑑賞兩種：

1藝術的鑑賞

這是在深究作品時，藉若干事理景物作媒介，引發想像力和體會力，以領略作品情味的一種鑑賞。譬如崔顥的〈黃鶴樓〉詩，在起、頷兩聯，就黃鶴樓虛寫它的來歷，以黃鶴之一去不返與白雲千載之悠悠，預爲結句之「愁」字蓄力。在這兒，我們就可以用黃鶴樓之圖片作媒介，透過想像，帶領自己或學生，超越時空，去捕捉作者當年登樓懷古思鄉的情景，而與作者產生共鳴，以體會作者的眞正情意，進而領略作品美好的地方。

2風格的鑑賞

這是在探究作品時，特就氣象、詞藻、情味等方面作深一層玩味的一種鑑賞。剛健如王維的〈觀獵〉，柔婉如歐陽修的〈采桑子〉，這是就氣象來看的；質實如陳子昂的〈登幽州臺歌〉，絢爛如沈佺期的〈古意呈喬補闕知之〉（高中第三冊），這是就詞藻來看的；含蓄如孟浩然的〈春曉〉，奔薄如岳飛的〈滿江紅〉，這是就情味來看的。對於這些，如能一一揣摩玩味，自然可進一步的體會出作品的好處來。

除此之外，在教學或欣賞時，能對作者所處的時代與背景，作必要的了解，以掌握他寫作的動機，再加上適當的吟誦，相信對詩詞的教學與欣賞，是會有相當的幫助的。

民國七十七年六月〈詩詞教學與欣賞〉演講稿

高中國文古典詩歌教材探析

1 前言

我國的古典詩歌，包含了詩、詞和曲。它們有如串串眞珠，閃閃發光，照亮了我國文學的寶殿，也因此一直受到國人的喜愛與重視。而我國的中學國文教材當然就少不了它們，即以現行的高中國文課本來說，便有計畫地安排了一些作品讓學生來精讀。本文就針對這些古典詩歌的教材，採分篇解析與綜合探討的方式來略作探析，以見其得失之一斑，充作日後改進教材之參考。

2 分篇解析

現行的高中國文課本，依詩、詞、曲的順序，安排了二十一篇作品，茲分篇解析如后：

以詩而言，共選了十二篇（依出現課本之先後爲序），首先是〈飮馬長城窟行〉：

1 詩

青青河畔草，綿綿思遠道。遠道不可思，夙昔夢見之。夢見在我傍，忽覺在他鄉。他鄉各異縣，展轉不可見。枯桑知天風，海水知天寒。入門各自媚，誰肯相爲言！客從遠方來，遺我雙鯉魚。呼兒烹鯉魚，中有尺素書。長跪讀素書，書中竟何如？上有加餐食，下有長相憶。

此詩最早見於《昭明文選》，題爲「樂府古辭」，郭茂倩《樂府詩集》歸入《相如鼓辭・瑟調曲》，旨在寫一位女子對外出丈夫的無限思念之情。它用「先凡（總括）後目（條分）」的形式寫成：首先以開篇二句起興，拈出「思遠道」作一篇綱領，以統攝全詩；這是「凡」的部分。其次以「遠道不可思」四句，寫這一位女主人翁夢見自己的丈夫來到身邊，頃刻之間又離去，無論怎樣也無法追尋他的蹤影，藉夢境的撲朔迷離，以增添「思遠道」之情；這是「目一」的部分。又其次以「他鄉各異縣」二句，正寫夢醒後的痛苦，以「枯桑知天風」四句，採譬喻和反襯的手法，寫鄰家夫妻團聚而自己卻無人慰問的情形，來寫自己的痛苦，由此加深「思遠道」之情；這是「目二」的部分。接著以「客從遠方來」八句，寫接讀丈夫來信的經過，其中「客從遠方來」二句寫接獲來信，「呼兒烹鯉魚」二句寫拆開信函，「長跪讀素書」二句寫跪讀書信，「上有加餐飯」二句寫信中內容，將「思遠道」推深到極處；尤其是結尾兩句，在表面上看來是勸慰語，而實際上卻暗含著丈夫歸家無期的意思，使這位女主人翁更黯然魂銷，肝腸寸斷；這是「目三」的部分。這樣用「思遠道」來一意貫串，言已盡而意無窮，十分耐人尋味。

附：結構分析表

△
- 凡（泛寫）——「青青河畔草」二句
- 目（具寫）
  - 入夢情景——「遠道不可思」四句
  - 夢醒痛苦
    - 正寫——「他鄉各異縣」二句
    - 反襯——「枯桑知天風」四句
  - 接讀來信
    - 接信——「客從遠方來」二句
    - 拆信——「呼兒烹鯉魚」二句
    - 讀信——「長跪讀素書」四句

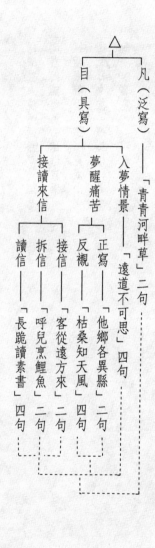

其二為〈飲酒之五〉：

結廬在人境，而無車馬喧。
問君何能爾，心遠地自偏。
採菊東籬下，悠然見南山；
山氣日夕佳，飛鳥相與還。
此中有真意，欲辨已忘言。

陶淵明有〈飲酒〉詩二十首，皆歸自彭澤所作。雖總題為「飲酒」，實則藉以抒懷，寄託深遠。此為其第五首，寫處於喧世能閒遠自得的意趣。它首先提明「心遠地自偏」的意思，再敍寫玩賞大自然的悠然心情，然後結出「得意而忘言」（《莊子．齊物》）的眞趣。其中起二句，寫自己雖處於世間，卻不受世俗應酬的困擾，以領出下面問答之辭。三、四兩句，先設問，再應答，寫精神超脫了世俗的束縛，則雖置身於喧境，也如同居於偏遠之地，由此拈出「心遠」作為一篇之骨，以貫穿全詩。五、六兩句，寫採菊之際，無意間舉首而見南山，一時曠遠自得，悠然超出於塵俗之外；這是作者「心遠」的自然結果。七、八兩句，寫山氣與飛鳥，將「一任自然，適性自足」的自然景象，作生動的描摹；這又是「心遠」的另一番體現。末二句，寫此時此地此境，無法用言語來形容；這更是造自「心遠」的無上境界。吳淇在《六朝詩選定論》中說：「『意』字從上文『心』字生出，又加上『眞』字，更跨進一層，則『心遠』爲一篇之骨，『眞意』爲一篇之髓。」而方東樹在《昭昧詹言》裡也說：「境既閑寂，景物復佳，然非『心遠』則不能領略其『眞意』味。」可見作者以「心遠」爲一篇之骨（綱領）來統括全詩，以「眞意」爲一篇之髓（主旨）來收束全篇，是極有章法的；也由此使得此詩神遺言外，令人咀嚼不盡。

附：結構分析表

- △
  - 虛（心遠）
    - 果——「結廬在人境」二句
    - 因
      - 問——「問君何能爾」
      - 答——「心遠地自偏」
  - 實（景）
    - 白晝——「採菊東籬下」二句
    - 傍晚——「山氣日夕佳」二句
  - 虛（真趣）——「此中有真意」二句

其三爲〈贈衞八處士〉：
人生不相見，動如參與商；今夕是何夕？共此燈燭光。
少壯能幾時？鬢髮各已蒼。訪舊半爲鬼，驚呼熱中腸。
焉知二十載，重上君子堂。昔別君未婚，兒女忽成行；
怡然敬父執，問我來何方。問答未及已，驅兒羅酒漿。
夜雨翦春韭，新炊間黃粱。主稱會面難。一舉累十觴；
十觴亦不醉，感子故意長。明日隔山岳，世事兩茫茫。
這首詩是杜甫在唐肅宗乾元二年（西元七五九年）春，由洛陽還回華州途中所寫的。它採「先實後虛」的形式寫成：「實」的部分自篇首起至「感子故意長」止，全以「今夕」爲敍事抒情的基點，其中由起句至「兒女忽成行」爲抒情的部分，由「怡然敬父執」至「感子故意長」爲敍事的部分。它的開端四句，寫今夕重逢的驚喜之情：前二句以參、商爲比，以凸顯今夕見面之難；後二句藉「共燭」來表達今夕重逢那種如夢似幻、疑眞疑虛的感覺，這樣驚喜之情便躍然紙上。而「少壯能幾時」八句，則用今昔對照的手法來寫世事滄桑的慨歎：前四句由故舊之凋零而嘆死生無常，後四句由兒女之成行而驚年華流逝，很技巧地從反面襯托出今夕重逢的驚喜之情。

至於「怡然敬父執」十句，很自然地由抒情轉為敘事，先以「怡然敬父執」二句寫衞八兒女待客的敬意，再以「問答未及已」八句依次藉羅酒漿、備飯茶、勸飲酒來寫衞八款客的殷勤，所謂「珍重主人心，酒深情亦深」（韋莊〈菩薩蠻〉詞），友情的溫馨就由此充分地表現出來。以上是實寫的部分。而末尾的兩句，則由實轉虛，虛寫明日離別的惆悵，再進一層從反面將今夕重逢之喜作襯托。就這樣，在今昔、虛實、悲喜的對比下，主旨便表達得更為深刻了。

附：結構分析表

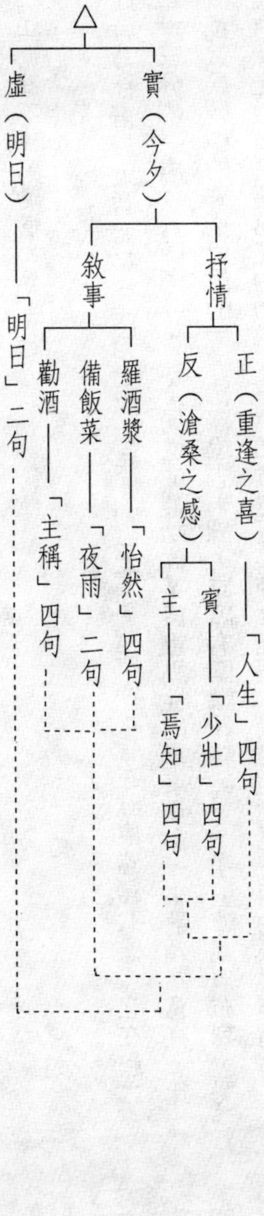

其四爲〈八陣圖〉：

功蓋三分國，名成八陣圖。
江流石不轉，遺恨失吞吳。

此詩乃杜甫於大曆元年（西元七六六年）初至夔州時所作，旨在詠懷諸葛武侯。它在起二句，藉「三分國」與「八陣圖」，從全局性的豐功偉業與重點性的軍事貢獻，來歌頌諸葛亮，比起那成都武侯祠中的碑刻所說的「一統經綸志未酬，布陣有圖識妙略」、「江上陣圖猶布列，蜀中相業有餘光」，將諸葛亮的功業、貢獻頌贊得更凝鍊、簡要，大力地預爲下面的憑弔作鋪墊。而「江流石不轉」句，一方面承上句「八陣圖」而寫，寫八陣圖中的石堆在長久大水的沖刷下至今依然未動、未變，以表達物是人非的感慨；一方面又暗含「我心匪石，不可轉也」（《詩・邶風・柏舟》）的意思，寫諸葛亮忠貞不二的心志，既表示對他的崇仰，也對他的齎志而歿有著惋惜的意思。於是緊接著就以結句，寫諸葛亮一生最大的遺恨。在這綿綿遺恨中，作者「官應老病休」（〈旅夜書懷〉詩）的抑鬱情懷也渲洩出來了。

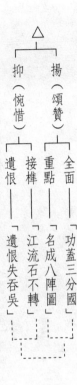

附：結構分析表

- △
  - 揚（頌贊）
    - 全面——「功蓋三分國」
    - 重點——「名成八陣圖」
  - 抑（惋惜）
    - 接榫——「江流石不轉」
    - 遺恨——「遺恨失吞吳」

其五爲〈宿桐廬江寄廣陵舊遊〉：

山暝聽猿愁，滄江急夜流。
風鳴兩岸葉，月照一孤舟。
建德非吾土，維揚憶舊遊。
還將兩行淚，遙寄海西頭。

據詩題，可知這篇作品爲孟浩然乘舟停泊桐廬江畔時所作，旨在寫自己對揚州（廣陵）友人的懷念之情（愁）。全詩可分爲兩半：前半四句用以寫景，後半四句用以抒情。寫景的部分，先以開篇二句，就整體（大），藉山之暝、猿之啼和滄江夜晚的急流，襯托出一份「愁」，再以「風鳴兩岸葉」兩句，就局部（小），藉兩岸的風葉、月下的孤舟，兼及聽覺與視覺，進一步襯托出一份「愁」來。而抒情的部分，則先以「建德非吾土」兩句，指此地（桐廬）不是自己的故鄉（賓），以加强對揚州舊友的懷念（主），所謂「雖信美而非吾土兮，曾何足以少留」（王粲〈登樓賦〉），又使「愁」推深一層；然後以「還將兩行淚」兩句，透過癡想，將自己的眼淚遠寄到揚州，大力地深化對揚州舊友的思念之情（愁）。由此可知，此詩是以篇首的「愁」字直貫至尾的。

附：結構分析表

△
- 實（景）
  - 大
    - 山——「山暝聽猿愁」
    - 水——「滄江急夜流」
  - 小
    - 山——「風鳴兩岸葉」
    - 水——「月照一孤舟」
- 虛（情）
  - 賓（懷鄉）——「建德非吾土」
  - 主（憶舊）——「維揚憶舊遊」三句

其六爲〈輞川閒居贈裴秀才迪〉：

寒山轉蒼翠，秋水日潺湲。
倚杖柴門外，臨風聽暮蟬。
渡頭餘落日，墟里上孤煙。
復值接輿醉，狂歌五柳前。

這首詩是王維和裴迪秀才相酬爲樂之作，旨在藉自然景物與人物形象的刻畫，以寫作者閒逸之趣。它在首、頸兩聯，特地描繪了「輞川」附近的水陸秋景與暮色，勾勒出一幅有色彩、音響和動靜結合的和諧畫面。而在頷、末兩聯，則於一派悠閒的自然圖案中嵌入了作者自己倚杖聽蟬和裴迪狂歌而至的人事景象，兩兩相映成趣，形成物我一體的藝術境界，將「輞川閒居」之樂作了具體的表達。趙慶培說：「既賞佳景，更遇良朋，輞川閒居之樂，至於此極啊！」（《唐詩鑑賞辭典》）道出了此詩好處。

附：結構分析表

△
- 昔（先）
  - 物象一
    - 陸——「寒山轉蒼翠」
    - 水——「秋水日潺湲」
  - 人事一
    - 倚杖——「倚杖柴門外」
    - 聽蟬——「臨風聽暮蟬」
- 今（後）
  - 物象二
    - 水——「渡頭餘落日」
    - 陸——「墟里上孤煙」
  - 人事二
    - 友至——「復值接輿醉」
    - 狂歌——「狂歌五柳前」

其七爲〈山行〉：

遠上寒山石徑斜，白雲生處有人家。
停車坐愛楓林晚，霜葉紅於二月花！

這是一秋日游山之作，旨在藉山行時所見清麗秋色以寫作者恬適的心情。它的前二句，寫秋山之行，在這裡，作者以「遠」寫山之高，以石徑之「斜」寫路之曲折，而又以白雲中的人家作

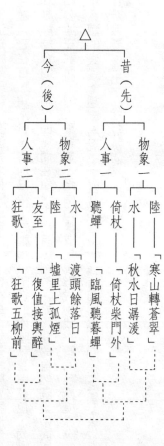

爲點綴，使得秋寒的高山顯得格外清幽安詳，且又令人感到溫暖，這是泛就山行所見清景來寫的。至於後二句，則用以寫紅豔的楓林，作者在此，採比較的手法，指明沐浴在斜陽之下的楓葉比二月花還來得紅，很巧妙地構成了一幅楓葉流丹、山林盡染的迷人畫面，這是特就山行時所見豔景來寫的。作者就這樣地以清、豔之景，襯托出他玩賞秋山楓林時所湧生的恬靜而愉悅的心情。而這種情是耐人從篇外去尋取、領會的。

附：結構分析表

- △
  - 上山經過（昔）——「遠上寒山石徑斜」
  - 所見景物（今）
    - 清景——「白雲生處有人家」
    - 豔景——「停車坐愛楓林晚」二句

其八爲〈黃鶴樓〉：

昔人已乘黃鶴去，此地空餘黃鶴樓。
黃鶴一去不復返，白雲千載空悠悠。
晴川歷歷漢陽樹，芳草萋萋鸚鵡洲。
日暮鄉關何處是，煙波江上使人愁。

此爲懷古思鄉之作，是採「先目後凡」的結構寫成的。作者先將題目扣緊，透過想像，在起、頷兩聯，就黃鶴樓虛寫它的來歷；而由黃鶴之一去不返與白雲千載之悠悠，將時空擴大，預爲結句之「愁」蓄力；這是「目一」的部分。接著在頸聯，仍針對著題目，實寫登樓所見的空闊景物，而由歷歷之晴川和萋萋之芳草，正如所謂的「水流無限似儂愁」（劉禹錫〈竹枝詞〉）、「王孫遊兮不歸，春草生兮萋萋」（《楚辭・招隱士》），含著無限愁恨，再爲結句之「愁」助勢；這是「目二」的部分。然後在尾聯，由自問自答中，承上聯，把空間從漢陽、鸚鵡洲推拓出去，伸向遙遠的故園，且在其間抹上一望無際的渺渺輕煙，很自然地逼出一篇主旨「鄉愁」作結；這是「凡」的部分。如此一路寫來，脈絡極其清晰。

附：結構分析表

△
- 目
  - 一——虛寫來歷（敘事）——「昔人已乘」四句
  - 二——實寫景觀（寫景）——「晴川歷歷」二句
- 凡（抒情）——「日暮鄉關」二句

其九爲〈登金陵鳳凰臺〉：

鳳凰臺上鳳凰遊，鳳去臺空江自流。
吳宮花草埋幽徑，晉代衣冠成古邱。
三山半落青天外，二水中分白鷺洲。
總爲浮雲能蔽日，長安不見使人愁。

這首詩旨在寫身世之感與家國之悲，和上一首一樣，是採「先凡後目」的結構寫成的。它首先以鳳凰之去與江之自流，讓人興起盛衰之感，爲尾句的「愁」字蓄力；再來以埋幽徑之吳宮花草和成古邱之晉代衣冠，承「鳳去臺空」作進一層的描寫，巧妙地透過了眼前的幽徑與古邱作歷史的追溯。大家都知道三國時的東吳和後來的東晉都先後建都於金陵，繁華可說盛極一時，然而吳國昔日的富麗宮廷卻已經荒蕪，埋於今日的幽徑；東晉從前的風流人物也早已逝世，埋於今日的丘墳；這些都使作者產生强烈的興亡之感，再爲尾句的「愁」字助勢。接著以半落青天外之三山與中分白鷺洲之二水，將目光由弔古而轉向若隱若現的三山與奔騰不息的長江，有意藉登臺所見的山水壯闊之景，和上聯所寫的衰颯之狀作成鮮明的對比，以寓人事已非、江山如故的深切感慨，進一步地爲尾句的「愁」字加强它的感染力量。最後以浮雲之蔽日、譬邪臣之蔽賢，一方面為自己被排擠出京而憤懣，一方面又為唐王朝重蹈六朝覆轍而憂慮，明白地為結尾的「愁」交代了它形成的主因。就這樣以「先目後凡」的形成，將一篇之主旨「愁」巧妙地拈出，手法是極高明的。

附：結構分析表

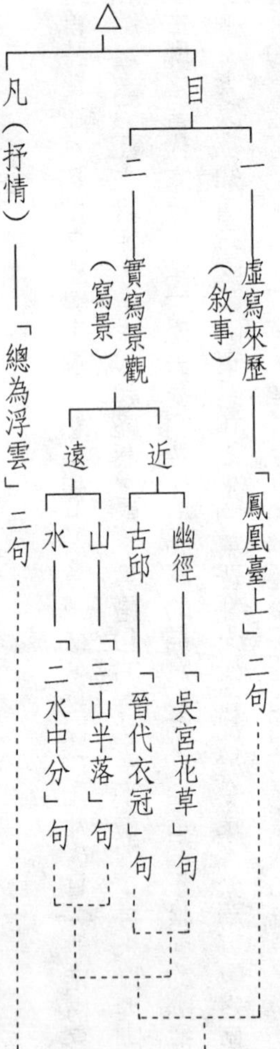

其十為〈琵琶行〉：

> 潯陽江頭夜送客，楓葉荻花秋瑟瑟。主人下馬客在船，舉酒欲飲無管絃；醉不成歡慘將別，別時茫茫江浸月。忽聞水上琵琶聲，主人忘歸客不發。
> 尋聲闇問彈者誰？琵琶聲停欲語遲。移船相近邀相見，添酒迴燈重開宴。千呼萬喚始

出來，猶抱琵琶半遮面。轉軸撥絃三兩聲，未成曲調先有情。絃絃掩抑聲聲思，似訴平生不得志。低眉信手續續彈，說盡心中無限事。輕攏慢撚抹復挑，初爲霓裳後綠腰。大絃嘈嘈如急雨，小絃切切如私語；嘈嘈切切錯雜彈，大珠小珠落玉盤。間關鶯語花底滑，幽咽泉流水下灘。水泉冷澀絃凝絕，凝絕不通聲暫歇。別有幽愁闇恨生，此時無聲勝有聲。銀瓶乍破水漿迸，鐵騎突出刀槍鳴。曲終收撥當心畫，四絃一聲如裂帛。東船西舫悄無言，唯見江心秋月白。

沈吟放撥插絃中，整頓衣裳起斂容。自言：「本是京城女，家在蝦蟆陵下住。十三學得琵琶成，名屬教坊第一部。曲罷曾教善才伏，妝成每被秋娘妒。五陵年少爭纏頭，一曲紅綃不知數。鈿頭雲篦擊節碎，血色羅裙翻酒汙。今年歡笑復明年，秋月春風等閒度。弟走從軍阿姨死，暮去朝來顏色故。門前冷落車馬稀，老大嫁作商人婦。商人重利輕別離，前月浮梁買茶去。去來江口守空船，遶船月明江水寒。夜深忽夢少年事，夢啼妝淚紅闌干。」

我聞琵琶已嘆息，又聞此語重唧唧！同是天涯淪落人，相逢何必曾相識！我從去年辭帝京，謫居臥病潯陽城；潯陽地僻無音樂，終歲不聞絲竹聲。住近湓江地低濕，黃蘆苦竹繞宅生；其間旦暮聞何物？杜鵑啼血猿哀鳴。春江花朝秋月夜，往往取酒還獨傾。豈無山歌與村笛？嘔啞嘲哳難爲聽。今夜聞君琵琶語，如聽仙樂耳暫明。莫辭更坐彈一曲，爲君翻作琵琶行。

感我此言良久立，卻坐促絃絃轉急；淒淒不似向前聲，滿坐重聞皆掩泣。座中泣下誰最多？江州司馬青衫溼。

這是一首歌行體的樂府詩，旨在藉琵琶女的不幸遭遇（賓），以抒發自身淪落之恨（主）。就全詩來看，它是用「目、凡、目」的形式寫成的。它首先以「潯陽江頭夜送客」十四句，由夜送客寫到聞琵琶而邀相見，預為琵琶女之彈奏先架好適當的橋樑。其次以「轉軸撥絃三兩聲」二十四句，細密地摹寫了琵琶女初彈琵琶的聲音、技巧與過程，其中「轉軸」二句用以寫試音，「絃絃」六句用以寫彈奏的技巧和樂曲，「大絃」十二句採用譬喻的手法來寫琵琶的各種聲音，而「曲終」四句則交代了「曲終」之事，並以周遭的人事與自然景象，烘托出音樂之感人與心情之哀苦。又其次用「沈吟」二句作引渡，帶出「自言本是京城女」二十二句，藉琵琶女之口，敍明自己的籍貫、曲藝所出與遭遇。就在敍遭遇的部分裡，先以「曲罷」八句，敍昔日獻藝的盛況；再以「弟走」十句，敍後來年老色衰，嫁作商人婦而備受冷落的情形；兩者恰恰形成强烈的對比，以增强感染力。以上是「目一」的部分。再其次以「我聞琵琶已嘆息」四句，承上啓下，拈出「淪落」二字作為一篇綱領，以統攝全篇，這是「凡」的部分。接著以「我從去年辭帝京」十二句，寫自己謫居潯陽之事，並以「無音樂」為重心來寫潯陽環境的惡劣，既藉以强化「聞琵琶」後的感動，也用以加深自己被謫（淪落）之恨。最後依序以「今夜」四句，敘重彈一曲的請求與寫作此詩的用意，以「感我」六句，寫重彈一曲的情事與結果，結合了琵琶曲聲之悲與自身淪落之恨，將濃重的感傷氣氛推向高潮，而戛然收束。以上是「目二」的部分。如此以「目、凡、目」的結構來寫，使淪落之恨不但融入曲聲與兩人之遭遇，更灑滿大江、明月、楓葉、荻花、黃蘆、苦竹、啼鵑、哀猿之上，眞是「情致曲盡，入人肝脾」（王若虛《滹南遺老集》），感人至深。

附：結構分析表

- △
  - 目
    - 今
      - 引子
        - 因
          - 夜送客——「潯陽」二句
          - 無管絃——「主人」四句
          - 聞琵琶——「忽聞」二句
        - 果（邀相見）——「尋聲」六句
      - 初彈
        - 試音——「轉軸」二句
        - 彈奏過程
          - 實寫——「絃絃」六句
          - 譬喻——「大絃」十二句
        - 曲終——「曲終」四句
    - 昔（琵琶女）
      - 接榫——「沉吟」二句
      - 來歷
        - 籍貫——「自言」二句
        - 學成——「十三」二句
      - 遭遇
        - 昔盛——「曲罷」八句
        - 今衰——「弟去」十句

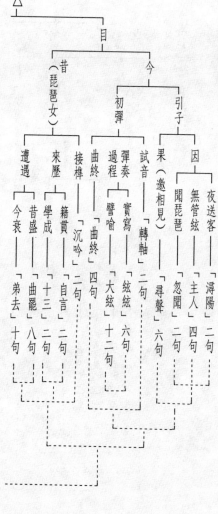

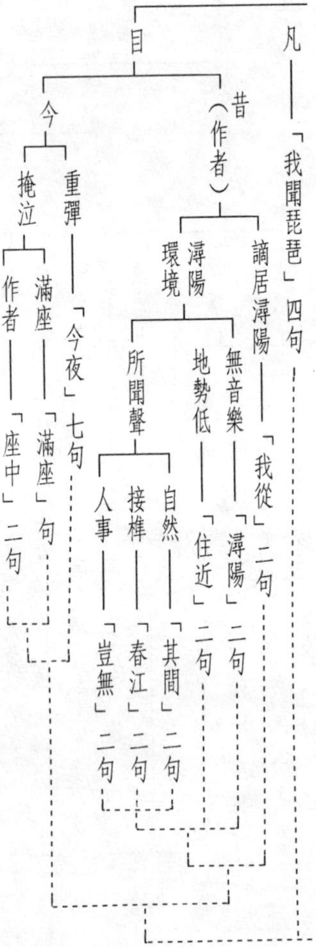

其十一爲〈正氣歌〉：

天地有正氣，雜然賦流形：下則爲河嶽，上則爲日星，於人曰浩然，沛乎塞蒼冥。皇路當清夷，含和吐明庭；時窮節乃見，一一垂丹青：

在齊太史簡，在晉董狐筆，在秦張良椎，在漢蘇武節；爲嚴將軍頭，爲嵇侍中血，爲張睢陽齒，爲顏常山舌；或爲遼東帽，清操厲冰雪；或爲出師表，鬼神泣壯烈；或爲渡江楫，慷慨吞胡、羯；或爲擊賊笏，逆豎頭破裂。

是氣所磅礴，凜烈萬古存。當其貫日月，生死安足論？地維賴以立，天柱賴以尊。三綱實繫命，道義爲之根。

嗟予遘陽九，隸也實不力。楚囚纓其冠，傳車送窮北。鼎鑊甘如飴，求之不可得。陰房閴鬼火，春院閟天黑。牛驥同一皁，雞棲鳳凰食。一朝蒙霧露，分作溝中瘠。如此再寒暑，百沴自辟易。哀哉沮洳場，爲我安樂國！豈有他繆巧？陰陽不能賊。顧此耿耿在，仰視浮雲白，悠悠我心悲，蒼天曷有極！哲人日已遠，典型在夙昔，風簷展書讀，古道照顏色。

這是一首五言古詩，旨在論正氣在扶持倫常綱紀、延續宇宙生命的莫大價值，從而抒發憂國憂民的情懷。它採「先論（虛）後敍（實）」的結構寫成：「論」的部分自篇首至「道義爲之根」止，作者在此，先以「天地有正氣」二句，作一總括，以引出下面的議論。其次以「下則爲河嶽」三句，平提河嶽（地）、日星（天）和人，指明正氣對天、地、人的影響；然後側注於「人」，用「先因後果」的形式來議論，其中「因」的部分自「皇路當清夷」至「逆豎頭破裂」止，在這裡，又先以「皇路」四句平提治世與亂世，再以「在齊」十六句側注於亂世，列舉了歷史上十二位「哲人」的壯烈事蹟，證明浩然正氣在人身上的體現；而「果」的部分則自「是氣所磅礴」至「道義爲之根」止，依序就時間（萬古存）、空間（貫日月）和人倫，由上舉歷史哲人所表現的浩然正氣上，道出它的所以然來，那就是它不僅足以立天立地，更是人類一切倫理道德的根源，這可說是一篇主旨之所在，作者所以能在歷經威嚇利誘下，始終堅守節操，力量就出在這裡。至於「敍」的部分是由「嗟予遘陽九」至篇末，它先採「先凡後目」的形式來敍自己所遭遇的厄運，其中「嗟予」兩句爲「凡」，特爲下文的敍寫作一總括；而「目」的部分，則先以「楚囚」四句寫自己倉卒被囚的事情，再以「陰房」十二句，分兩階段，即初時與如今，來寫自己在獄中的狀況，藉自身的經歷，再一次證實了浩然正氣的作用與價值；然後以「顧此」四句抒發了他憂國憂民的情懷，寫得眞是丹心、白雲交相輝映啊！這樣敍自身的厄運之後，作者再用「哲人日已遠」四句，既上收「時窮節乃見」的十二位哲人和受盡悲苦遭遇的自己，來歌頌正氣，也交代了自己作這一首詩的用意。林西仲說：「文之悲壯感慨、忠義之氣，千古長存。」（《古文析義》卷六）說得一點也不錯。

附：結構分析表

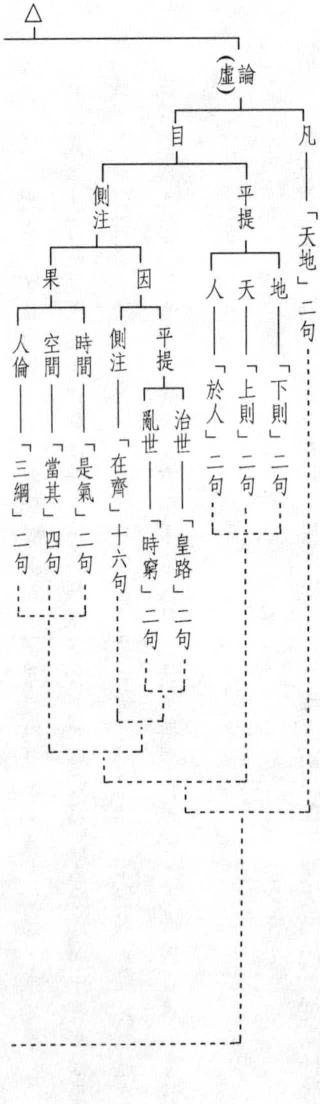

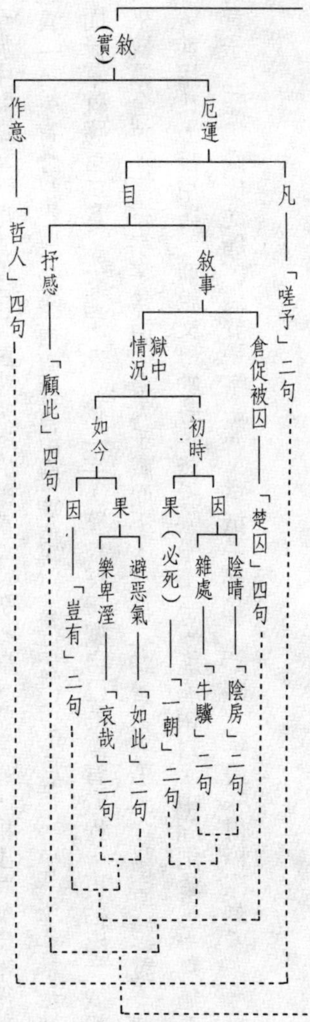

其十二爲〈蓼莪〉：

蓼蓼者莪，匪莪伊蒿。哀哀父母，生我劬勞！

蓼蓼者莪，匪莪伊蔚。哀哀父母，生我勞瘁！

缾之罄矣，維罍之恥。鮮民之生，不如死之久矣！無父何怙？無母何恃？出則銜恤，入則靡至。

父兮生我，母兮鞠我，拊我畜我，長我育我，顧我復我，出入腹我。欲報之德，昊天罔極！

南山烈烈，飄風發發。民莫不穀，我獨何害！
南山律律，飄風弗弗。民莫不穀，我獨不卒！

這是「孝子痛不得終養」（《詩經原始》）的作品，詩中說：「欲報之德，昊天罔極」，表達的正是這個意思。它含六章，首尾四章均採重章疊唱形式，拈取眼前景物起興作比來寫，其中首二章，以蒿、蔚作比，正如竹添光鴻在《毛詩會箋》裡所說的「親無不望子爲美才，今匪莪而蒿也」，充分表達了父母劬勞地生下了自己，本「可賴以終其身，而今乃不得其養以死」（朱熹《詩集傳》）的無比哀痛；而尾二章，則以南山、飄風起興，哀痛地抒發了「民莫不得以養父母，我何爲遭此害；而不得終養乎」（嚴粲《詩緝》）的深重感歎。這首尾四章，可以說是以比興取勝的，至於中間二章，則主要用賦法來寫。它的前章，先以瓶、罍爲喻，指出「父母不得其所，乃子之責」（朱熹《詩集傳》），再直抒自己雙親俱亡、無怙無恃的危苦；這和尾二章是彼此呼應的。而後章就應首二章，先連下九「我」字，歷敍父母對自己的撫育過程，再拈出「欲報之德」二句來統攝全詩，寫來字字含情，令人千載而下，亦爲之動容。方玉潤《詩經原始》說：「詩首尾二章，前用比，後用興。前說父母劬勞，後說人子不幸，遙遙相對。中間兩章，一寫無親之苦，一寫育子之艱，備極沈痛，幾於一字一淚，可抵一部《孝經》讀。」體味得極深刻。

附：結構分析表

- 目
  - 一 父母劬勞
    - (一)「蓼蓼者莪」（一章）四句
    - (二)「蓼蓼者莪」（二章）四句
  - 二
    - 無親之苦（人子不幸）——「缾之罄矣」八句
    - 育子之艱（父母劬勞）——「父兮生我」六句
- 凡——「欲報之德」二句
- 目（人子不幸）
  - 一「南山烈烈」四句
  - 二「南山律律」四句

△

2 詞

以詞而言，共選了四篇，首先是〈清平樂〉：

別來春半，觸目愁腸斷。砌下落梅如雪亂，拂了一身還滿。　雁來音信無憑，路遙歸夢難成。離恨恰如春草，更行更遠還生。

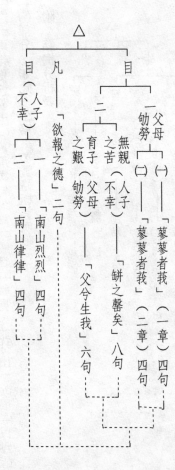

這闋詞旨在寫「離恨」，是用「先凡後目」的結構寫成的。作者首先以起句「別來春半」，點明別離的時間。其次以次句「觸目愁腸斷」，用「觸目」作一泛寫，以領出後面實寫「觸目」所見之各種景物；用「愁腸斷」，爲主旨「離恨」，初就本身作形象之表出；這是「凡」的部分。繼而以「砌下落梅如雪亂」兩句，承次句之「觸目」，並下應結尾之「離恨」，寫落花之多與佇立之久，進一步的就外物與本身，表出無限之「離恨」來；這是「目一」的部分。接著以「雁來音信無憑」兩句，用「雁來」與「路遙」，承次句，寫「觸目」所見；用「音信無憑」與「歸夢難成」，大力的再將「離恨」推深一層；這是「目二」的部分。然後以結二句，藉「春草」之「更行更遠還生」，承次句，寫「觸目」所見，並拈出「離恨」以點醒全篇，這是「目三」的部分。如此一路寫來，脈絡極其明晰。

附：結構分析表

△
- 凡
  - 因——「別來春半」
  - 果——「觸目愁腸斷」
- 目
  - 目一（落梅）——「砌下落梅如雪亂」二句
  - 目二
    - （雁來）——「雁來音信無憑」
    - （路遙）——「路遙歸夢難成」
  - 目三（春草）——「離恨恰如春草」二句

其二爲〈蘇幕遮〉：

燎沈香，消溽暑。鳥雀呼晴，侵曉窺檐語。葉上初陽乾宿雨，水面清圓，一一風荷舉。

故鄉遙，何日去？家住吳門，久作長安旅。五月漁郎相憶否？小楫輕舟，夢入芙蓉浦。

此詞旨在寫鄉心之切。它的上片，採由近及遠的形式來寫雨後的夏日晨景：首先以開端「燎沈香」二句，寫室內的爐香，並提明季節、時間；其次以「鳥雀呼晴」二句，由室內推擴到屋外，寫窺簷的鳥雀，並交代夜雨初晴；再其次以「葉上初陽乾宿雨」三句，又由屋外推遠到荷塘，寫初日照耀下既清又圓的荷葉與因風微顫的荷花。其中寫爐香，寫鳥雀，是賓；而寫風荷才是主。因爲經由此地（汴京）的風荷，作者就能和故鄉（錢塘）的芙蓉（荷花別名）浦相連在一起，預爲下片寫小楫輕舟的歸夢鋪好路子。到了下片，主要用以抒情。作者先以「故鄉遙」二句，寫鄉思，拈明一篇之作意，來統一全詞；次以「家在吳門」二句，指出自己旅居日久的所在地與故鄉，用以推深鄉思，並寓身世之感；末以「五月漁郎相憶否」三句，回應上片的「風荷」，藉小楫輕舟入芙蓉浦，來寫故鄉歸夢，將鄉思又推深一層，產生巨大的感染力。這樣用「先實（景）後虛（情）」的形式來寫，寫得十分動人。

附：結構分析表

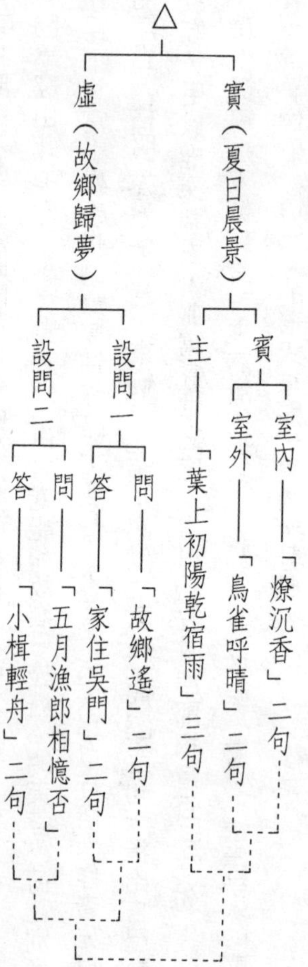

其三爲〈念奴嬌〉：

大江東去，浪淘盡，千古風流人物。故壘西邊，人道是三國周郎赤壁。亂石崩雲，驚濤裂岸，捲起千堆雪。江山如畫，一時多少豪傑。　遙想公瑾當年，小喬初嫁了，雄姿英發。羽扇綸巾，談笑間，檣櫓灰飛煙滅。故國神遊，多情應笑我，早生華髮。人生如夢，一尊還酹江月。

此爲懷古感遇之作，乃作者謫居黃州時所寫。它由物內寫到物外，而就「物內」來寫的，自篇首至「早生華髮」止，共分三個部分：頭一部分，自篇首至「一時多少豪傑」止，寫赤壁如畫的江山勝景，並由景而及於三國當年破曹的英雄豪傑，作歷史的追溯，以暗含古今興亡的感慨，預為篇末的主旨——「多情」鋪路。第二部分自「遙想公瑾當年」至「檣櫓灰飛煙滅」止，承上個部分的「豪傑」，用「遙想」領入，寫「三國周郎」當年的少年英氣、功業事蹟和不可一世的雄風，隱約地表出自己無比的仰慕之情，以逼出下個部分的「多情」來。第三部分自「故國神遊」至篇末，首先以「故國神遊」一句，將上兩個部分的敘寫作一收束，然後以「多情應笑我」四句，由古代的周郎拍向自己身上，藉自身年老、一事無成的衰頽形象，有意與周郎的「雄姿」作成尖銳的對比，以表出時不我與、英雄無用武之地的深切感慨——「多情」來。至於寫「物外」的，則僅「人生如夢」兩句，透過「夢」使自己由物內超脫到物外，達於物我合一的境界，顧易生以為這結束語乃「絢爛慷慨之極歸於蕭灑曠達」（《詞林觀止》上），是極有見地的。

附：結構分析表

- 物內
  - 寫景（今）
    - 目
      - 目一
        - 水——「大江東去」三句
        - 山——「故壘西邊」二句
      - 目二
        - 山——「亂石崩雲」二句
        - 水——「驚濤裂岸」二句
    - 凡——「江山如畫」二句

△
記人──┬─昔（反）──「遙想公瑾當年」六句
　　　└─今（正）──「故國神遊」三句
物外（今）──「人生如夢」二句

其四為〈賀新郎〉：

綠樹聽鵜鴂。更那堪、鷓鴣聲住，杜鵑聲切！啼到春歸無尋處，苦恨芳菲都歇。算未抵人間離別。馬上琵琶關塞黑，更長門翠輦辭金闕。看燕燕，送歸妾。　將軍百戰身名裂，向河梁回頭萬里，故人長絕。易水蕭蕭西風冷，滿座衣冠似雪。正壯士悲歌未徹。啼鳥還知如許恨，料不啼清淚長啼血。誰共我，醉明月。

此為贈別之作，由「賓」和「主」兩個部分組成。「賓」的部分，先由啼鳥之苦恨寫到人間之別恨，然後合人、鳥雙寫，這是採「先目後凡」的形式寫成的；而由此所帶出的送別之意，即結尾「誰共我，醉明月」兩句，則為「主」的部分。就在寫啼鳥之苦恨時，直接敍三種啼鳥，藉牠們的鳴聲以增添送別之恨；而在寫人間的別恨時，則臚列了古代有關送別的恨事，來表達難言之痛，從而推深眼前的送別之情。其中頭一件恨事為漢王昭君別帝闕出塞，不過在此必須一提的是：「更長門」一句，雖用漢陳皇后事，但「仍承上句意，謂王昭君自冷宮出而辭別漢闕」（鄧廣銘《稼軒詞編年箋注》），這是很合理的看法；第二件恨事爲衞莊姜送妾歸陳國；第三件恨事爲漢李陵送蘇武回中原；第四件恨事爲戰國末荊軻別燕太子丹入秦刺秦王。以上四件送別之恨事，前二者的主角爲女子，後二者的主角爲男子。這樣分開列舉，所謂「悲歌未徹」，一定和當日時事有所關連。如進一步加以推敲，前二者當與當時和番聯敵的政策相涉，用以表示諷喻之意；而後二者，則與滯留或喪生於淪陷區的愛國志士相關，用以抒發關切與哀悼之情。不然，送「茂嘉十二弟」，怎麼會恨到「不啼清淚長啼血」呢？這麼說，第一、三、四等件恨事，都不成問題，必須作一番說明的是第二件恨事。大家都知道，衞莊公夫人莊姜無子，以陳女戴嬀所生子完爲己子，莊公死後，完繼立爲君，卻被公子州吁所殺，於是莊姜送陳女戴嬀歸陳，並由石碏居間謀計，終於執州吁於濮而殺了他。這件事，從某個角度來看，跟當時聯敵的政策是不是有關連呢？答案是相當肯定的。由此說來，作者用這四件事材來寫，除了用以襯托送別茂嘉十二弟之情外，是別有一番「言外之意」的。以上由開端至「滿座衣冠似雪」止，是「目」的部分。至於緊接而來的「正壯士悲歌未徹」三句，合人與鳥來寫，則爲「凡」的部分：它的上句，用側注以回繳整體的技巧，上收人間的別恨；而下二句，則用以上收啼鳥的苦恨；並表示這種苦恨與別恨的悲劇依然繼續上演，並未結束，以抒發作者滿腔悲憤。寫「賓」寫到這裡，才過到了「主」，正式點出惜別之意作結。所謂「有恨無人省」（蘇軾〈卜算子〉詞），作者之恨，在茂嘉十二弟離開後，將要變得更綿綿不盡了。

附・結構分析表

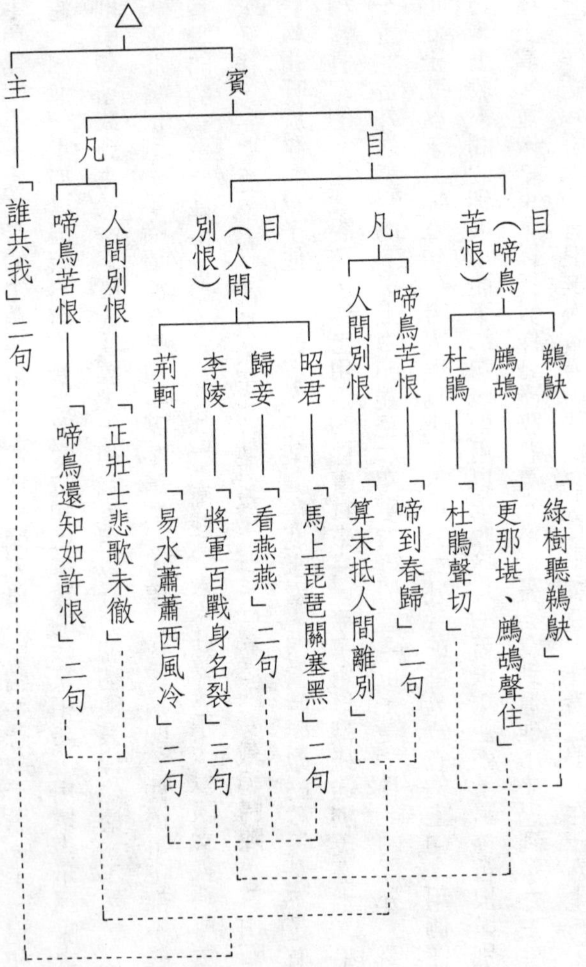
△
主
賓
凡
目
目（啼鳥苦恨）
鵜鴃
「綠樹聽鵜鴃」
鷓鴣
「更那堪、鷓鴣聲住」
杜鵑
「杜鵑聲切」
凡
啼鳥苦恨
「啼到春歸」二句
人間別恨
「算未抵人間離別」
目（人間別恨）
昭君
「馬上琵琶關塞黑」二句
歸妾
「看燕燕」二句
李陵
「將軍百戰身名裂」三句
荊軻
「易水蕭蕭西風冷」二句
人間別恨
「正壯士悲歌未徹」
啼鳥苦恨
「啼鳥還知如許恨」二句
「誰共我」二句

3曲

以曲而言，共選了五篇，首先是〈大德歌〉：

風飄飄，雨瀟瀟，便做陳摶也睡不著。懊惱傷懷抱，撲簌簌淚點拋。秋蟬兒噪罷寒蛩兒叫，淅零零細雨灑芭蕉。

關漢卿有一組四首的〈大德歌〉，分別寫一位癡情女子在春夏秋冬四季對遠方情人的思念，本曲即其中之一。就它的結構而言，以景起，以景結，而中間則用插敘的手法來抒情，形成情景交融的特殊效果。其中開篇的「風飄飄」兩句，藉淒迷的風雨聲，帶出「便做陳摶也睡不著」句，以作爲抒情的橋樑。而「懊惱傷懷抱」二句，則承上句的「睡不著」來寫，進一步寫出主人翁的愁苦情狀，爲抒情的主體所在。至於末尾兩句，又顯然地以景襯情，藉秋蟬、寒蛩和雨打芭蕉所發出的聲音，呼應起二句，充分地襯托了主人翁悲苦的心境，使抽象的「傷懷抱」之苦得以具象化。作者構思之縝密工巧，令人讚賞不止。

附：結構分析表

- △
  - 實（景）
    - 風起—「風飄飄」
    - 雨下—「雨瀟瀟」
  - 虛（情）
    - 失眠—「便做陳搏也睡不著」
    - 傷懷—「懊惱傷懷抱」
    - 落淚—「撲簌簌淚點拋」
  - 實（景）
    - 秋蟲鳴叫—「秋蟬兒噪罷寒蛩兒叫」
    - 雨打芭蕉—「淅零零細雨灑芭蕉」

其二爲〈沈醉東風〉：

黃蘆岸白蘋渡口，綠楊堤紅蓼灘頭。雖無刎頸交，卻有忘機友：點秋江白鷺沙鷗。傲殺人間萬戶侯；不識字煙波釣叟。

這首小令透過對漁父生活的讚美，以寫自己的閒適心境。它採「先目後凡」的形式寫成，其中的「目」有二：頭一個「目」的部分爲起二句，寫漁父平日所享有的江邊風光，這種風光在水岸、渡口和灘頭的底子上，用黃蘆、白蘋、綠楊、紅蓼加以點綴，色彩之鮮明，予人以美的極大享受；此爲漁父「傲殺人間萬戶侯」的一種財富；而第二個「目」的部分，爲「雖無刎頸交」三

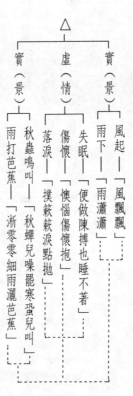

句，寫漁父與忘機的水邊鷗鷺爲友；這是漁父「傲殺人間萬戶侯」的另一種財富。有此二「目」爲「因」，自然就得出它的「果」——「傲殺人間萬戶侯」二句，以總結上文之意作結，由此反映了作者傲然不羣，不肯與世俗妥協的堅定態度，讓人「想見其爲人」（《史記・孔子世家贊》）。

附：結構分析表

△
- 目
  - 可傲一（管山水）—「黃蘆白蘋渡口」二句
  - 可傲二（友鷗鷺）—「雖無刎頸交」三句
- 凡—「傲殺人間萬戶侯」二句

其三爲〈折桂令〉：

對青山强整烏紗。歸雁橫秋，倦客思家。翠袖殷勤，金杯錯落，玉手琵琶。人老去西風白髮。蝶愁來明日黃花。回首天涯，一抹斜陽，數點寒鴉。

本曲作於重陽節，藉登高宴集時所見景物及所涉人事，抒發思鄉之愁與身世之感。大體說來，是採「實、虛、實」的結構寫成的。前一個「實」指開篇二句，上句寫人事，藉「强整烏紗」的動作，暗用晉孟嘉落帽典故，引出身世之感，預爲下面的「倦客」作鋪墊；下句寫景物，透過橫秋的歸雁，觸發思鄉之情，預爲下面的「思家」作鋪墊。而「虛」乃指「倦客思家」一句，爲全曲之重心所在，既用以總括上文，又用以統攝下文。至於後一個「實」，則指「翠袖殷勤」八句，它先以「翠袖」三句，藉美人頻舉杯、彈琵琶的動作，寫宴集時醉酒情形；再以「人老」二句，化用蘇軾〈南鄉子〉「萬事到頭都是夢，休休，明日黃花蝶也愁」的詞句，寫好景不常、時不我與的感慨，以加强身世之感，這是偏就人事來寫的；然後以「回首」三句，襲用秦觀〈滿庭芳〉「斜陽外，寒鴉數點，流水遶孤村」的詞句，寫暮色之蒼茫，以推深思鄉之愁，這是偏就景物來說的。如此虛實互用，作品的感染力自然就增强了。

附：結構分析表

△
- 實一
  - 人事（倦客）—「對青山」句
  - 景物（思家）—「歸雁橫秋」
- 虛—「倦客思家」
- 實二
  - 人事（倦客）
    - 醉酒
      - 凡—「翠袖殷勤」
      - 目
        - 一—「金杯」句
        - 二—「玉手」句
    - 嘆老—「人老去」二句
  - 景物（思家）—「回首天涯」三句

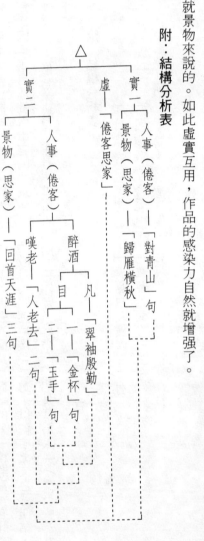

其四爲〈題西湖〉：

〔雙調〕新水令：四時湖水鏡無瑕，布江山自然如畫。雄宴賞，聚奢華。人不奢華，山景本無價。

慶東原：暖日宜乘轎，春風堪信馬，恰寒食有二百處秋千架。向人嬌杏花，撲人衣柳花，迎人笑桃花。來往畫船遊，招颭青旗掛。

秦鄉詞：納涼時，波漲沙，滿湖香芰荷蒹葭。瑩玉杯，青玉斝，恁般樓臺正宜夏，都輸他沈李浮瓜。

掛玉鉤：曲岸經霜落葉滑，誰道是秋瀟灑。最好西湖賣酒家，黃菊綻東籬下。自立冬，將殘臘，雪片似江梅。血點般山茶。

阿納忽：山上栽桑麻，湖上尋生涯，枕頭上鼓吹鳴蛙，江上聽甚琵琶？

尾：漁村偏喜多鵝鴨，柴門一任絕車馬，竹引山泉，鼎試雷芽。但得孤山尋梅處。苫間草廈，有林和靖是鄰家，喝口水，西湖上快活煞。

本曲原共十二支，本課文只錄其中第一、二、三、四、十一與尾聲等六支，而將中間寫有關韶光易逝、繁華如夢（以上爲因）、歸隱山林、賽似神仙（以上爲果）等內容的第五、六、七、

八、九、十等六支删去了。這使前後的照應雖難免會產生一些小缺憾，但在整體的結構上卻依然保持了「凡、目、凡」的形式。首就前一個「凡」來說，爲〈新水令〉，它先泛寫西湖的自然象色，再以人事上的奢華作反襯，然後指出湖山勝景之無價，點明主旨，以統攝全曲。次就中間的「目」來說，它先以〈慶東原〉寫春景，藉轎馬、秋千、畫船、青旗等人文景色與杏、柳、桃等自然風光予以呈現，呈現得十分熱鬧；再以〈棗鄉詞〉寫夏景，由湖水、菱荷、蒹葭來正寫自然風光，並用廣廈樓臺中的玉杯、美酒等人事作反襯，以凸顯湖光山色之美；接著以〈掛玉鈎〉寫秋、冬之景，其中藉葉落與酌酒賞菊來寫秋，藉江梅似雪、山茶似血來寫冬，寫出西湖秋、冬時宜人的景緻。末就後一個「凡」來說，總結了上文各「目」寫四季景色的部分，先以〈阿納忽〉寫隱居生活的富足自在，再以〈尾〉寫隱居生活的淡泊適意，並由因而果，結出「西湖快活煞」一句，應起作收，收得點滴不漏。

附：結構分析表

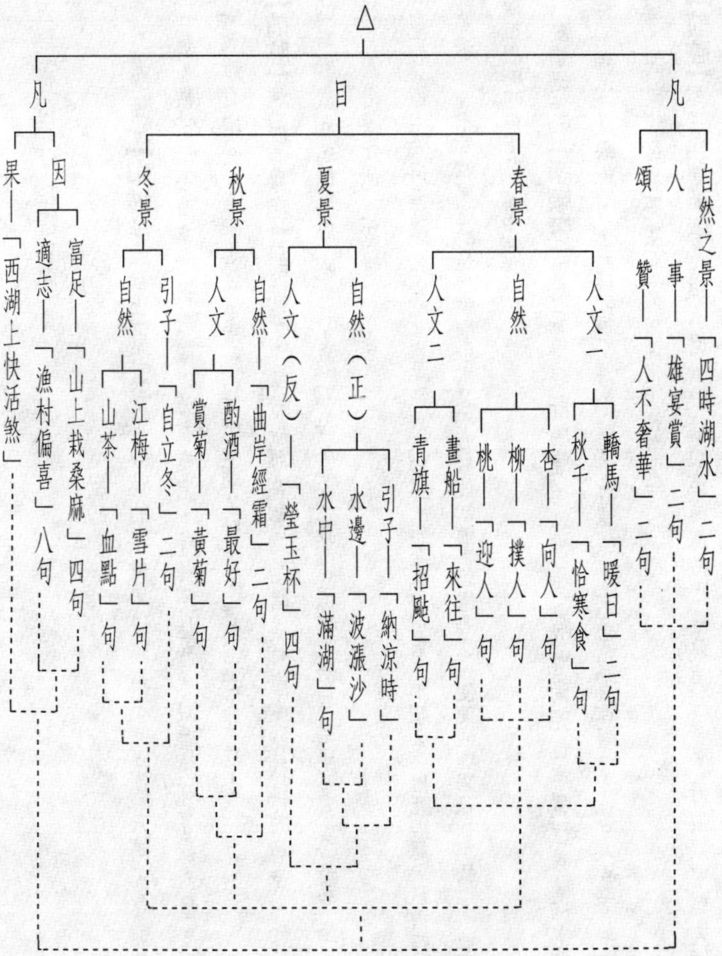
△
凡
人
自然之景—「四時湖水」二句
事—「雄宴賞」二句
頌贊—「人不奢華」二句
目
春景
人文一
韉馬—「暖日」二句
秋千—「恰寒食」句
自然
杏—「向人」句
柳—「撲人」句
桃—「迎人」句
人文二
畫船—「來往」句
青旗—「招颭」句
夏景
自然（正）
引子—「納涼時」
水邊—「波漲沙」
水中—「滿湖」句
人文（反）—「瑩玉杯」四句
秋景
自然—「曲岸經霜」二句
人文
酌酒—「最好」句
賞菊—「黃菊」句
冬景
引子—「自立冬」二句
自然
江梅—「雪片」句
山茶—「血點」句
凡
因
富足—「山上栽桑麻」四句
適志—「漁村偏喜」八句
果—「西湖上快活煞」

其五爲《琵琶記・糟糠自厭》：

（商調過曲）【山坡羊】（旦上）亂荒荒不豐稔的年歲，遠迢迢不回來的夫婿，急煎煎不耐煩的二親，輭怯怯不濟事的孤身體，芳衣盡典，寸絲不挂體，幾番拚死了奴身己，爭奈没主公婆教誰看取。（合）思之，虚飄飄命怎期？難捱，實丕丕災共危！

【前腔】滴溜溜難窮盡的珠淚，亂紛紛難寬解的愁緒。骨崖崖難扶持的病身，戰兢兢難捱過的時和歲。這糠我待不吃你啊！教奴怎忍飢？我待吃你啊！教奴怎生吃？思量起來，不如奴先死，圖得不知他親死時。（合前）

（白）奴家早上安排些飯與公婆吃。豈不欲買些鮭菜，爭奈無錢可買。不想婆婆抵死埋怨，只道奴家背地自吃了什麼東西，不知奴家吃的是米膜糠粃！又不敢教他知道，只得迴避。便使他埋怨殺我；我也不敢分說。苦！這糠粃怎的吃得下？（吃吐介）

（雙調過曲）【孝順歌】（旦）嘔得我肝腸痛，珠淚垂，喉嚨尚兀自牢嗄住。糠那！你遭礱被舂杵，篩你簸颺你，吃盡控持；好似奴家身狼狽，千辛萬苦皆經歷。苦人吃著苦味；兩苦相逢，可知道欲吞不去。（外、淨潛上探覷介）

【前腔】（旦）糠和米本是相依倚，被簸颺作兩處飛；一賤與一貴。好似奴家與夫婿，終無見期！丈夫，你便是米啊！米在他方没處尋，奴家，恰便似糠啊！怎的把糠來救得人飢餒；好似兒

夫出去。怎得教奴供膳得公婆甘旨。〔外、淨潛下介〕

【前腔】〔旦〕思量我生無益，死又值甚的？不如忍飢死了爲怨鬼。只一件，公婆老年紀，靠奴家相依倚，只得茍活片時。片時茍活雖容易，到底日久也難相聚。謾把糠來相比，這糠啊！尚兀自有人吃！奴家的骨頭，知他埋在何處？〔外、淨上〕

〔淨白〕媳婦，你在這裡吃什麼？

〔旦白〕奴家不曾吃什麼！〔淨搜奪介〕

〔旦白〕婆婆，你吃不得！

〔外白〕咳！這是什麼東西？

【前腔】〔旦〕這是穀中膜，米上皮。〔外白〕呀！這便是糠，要他何用？〔旦〕將來餌饑堪療飢。

〔淨白〕咦！這糠只好將去餵豬狗，如何把來自吃？〔旦〕嘗聞古賢書，狗彘食人食，也强如草根樹皮。〔外、淨白〕恁的苦澀東西，怕不噎壞了你？〔旦〕嚙雪呑氈，蘇卿猶健；餐松食柏，到做得神仙侶。這糠啊！縱然吃些何慮？〔淨白〕阿公，你休聽他說謊！糠粃如何吃得？〔旦〕爹媽休疑，奴須是你孩兒的糟糠妻室。

〔外、淨看哭介白〕媳婦！我原來錯埋怨了你；兀的不痛殺我也！〔外、淨悶倒，旦叫哭介〕

（仙呂入雙調）【雁過沙】〔旦〕苦沈沈向冥途，空教我耳邊呼。公公！婆婆！我不能彀盡心相奉事，反教你爲我歸黃土！人道你死緣何故？公公！婆婆！怎生割捨得拋棄了奴？

〔外醒介〕〔旦白〕謝天謝地，公公醒了！公公，你閘閨！

【前腔】〔外〕媳婦！你擔飢事姑舅！媳婦！你擔飢怎生度？〔旦白〕公公，且自寬心，不要煩惱！〔外〕媳婦！我錯埋怨了你。你也不推辭，到如今始信有糟糠婦。媳婦！料應我不久歸陰府，也省得爲我死的，累你生的受苦！

〔旦扶外起介〕公公，且在牀上安息。待我看婆婆如何？〔旦叫不醒介〕呀！婆婆不濟事了！如何是好？

【前腔】〔旦〕婆婆氣全無，教奴怎支吾？咳，丈夫阿！我千辛萬苦，爲你相看顧；如今到此難回護！我只愁母死難留父；況衣衫盡解，囊篋又無！

〔外白〕媳婦，婆婆還好麼？〔旦白〕婆婆不好了！

【前腔】〔外〕天那！我當初不尋思，教孩兒往帝都；把媳婦閃得苦又孤，把婆婆送入黃泉路：算來是我相耽誤！不如我死，免把你再辜負！

〔旦白〕公公休說這話！請自將息！〔外白〕媳婦，婆婆死了，衣衾棺槨，是件皆無，如何是好？〔旦白〕公公寬心，待奴家區處！

〔末上白〕福無雙降猶難信，禍不單行卻是眞。老夫爲何道此兩句？爲鄰家蔡伯喈妻房趙氏五娘。他嫁得伯喈方才兩個月；伯喈便出去赴選。自去之後，連遭饑荒，公婆年紀皆在八十之上，家裡更沒個相扶持的。甘旨之奉，虧殺這五娘子。把些衣服首飾之類，盡皆典賣，辦些糧米，供給公婆，卻背地裡把糠粃餬饠充飢。這般荒年饑歲，少什麼有三五個孩兒的人家供膳不得爹娘；這個小娘子，眞個今人中少有，古人中難得！那婆婆不知道，顛倒把他埋怨！適來聽得他公婆知道，卻又痛心，都害了病。如今，不免到他家裡探望則個！呀，五娘子，你爲甚的慌慌張張？

〔旦白〕太公，「天有不測風雲，人有旦夕禍福」。奴家婆婆死了！〔末白〕唉，你婆婆既死了；你公公如今在那裡？〔旦白〕在牀上睡著。〔末白〕待我去看一看。〔外白〕太公休怪，我起來不得了！〔末白〕老員外，快不要勞動。〔旦白〕太公，我婆婆衣衾棺槨，是件皆無，如何是好？〔末白〕五娘子，你不要愁煩，我自有區處。

（仙呂入雙調）【玉包肚】〔旦〕千般生受！教奴家如何措手？終不然把他骸骨，没棺材送在荒圻〔合〕！相看到此，不由人不淚珠流！正是不是冤家不聚頭。

【前腔】〔末〕五娘子，不必多憂，資送婆婆在我身上有。你但小心承直公公，莫教他又成不救。〔合前〕

【前腔】〔外〕張公護救，我媳婦實難啓口，孩兒去後又遇饑荒，把衣衫典賣無留。〔合前〕〔末白〕老員外，你請進裡面去歇息。待我一霎時叫家僮討棺木來，把老安人殯殮了，選個吉日，送在南山安葬去。〔外白〕如此多謝太公周濟！

〔旦〕只爲無錢送老娘　〔末〕須知此事有商量

〔合〕歸家不敢高聲哭　惟恐猿聞也斷腸（下）

通常，詩歌作品要抒情說理，多半是透過景物來達成的。王國維在《人間詞話》裡說：「一切景語皆情語」，就是這個意思。而此齣〈糟糠自厭〉的戲卻藉敘事來竟功。如果要透徹明白情、理與景、事之間的關係，可用下列文字加以表示：

景語皆情語
一切事語皆理語

有了這層認識，就不難發現高明有意藉這齣戲中五娘吃糠的故事來發揚傳統的孝道，這和他寫《琵琶記》「只看子孝與妻賢」（見副末開場）的目的，是一致的。大體說來，這齣〈糟糠自厭〉，就結構而言，可分爲序幕、主體和餘波三大部分。先看「序幕」，作者在此，用二支〈山坡羊〉寫五娘盡孝的困窘環境與孤苦心緒，並以一段道白扣到「吃糠」上，交代她背地裡吃糠的原因，預爲寫吃糠的主體部分鋪路。接著看「主體」，首先在第一支〈孝順歌〉裡，用「嘔得我肝腸痛」三句，正面實寫吃糠的艱難；用「糠那」六句，取糠自喻；用「苦人吃著苦味」三句，道出糠之所以難下嚥的原因；就這樣把五娘悲慘的遭遇表述出來。其次在第二支〈孝順歌〉裡，取糠和米爲喻，表現五娘夫貴妻賤、兩處分離之苦，即事以設喻，巧妙而自然地加重了五娘遭遇的悲慘程度。再其次在第三支〈孝順歌〉裡，用迴環反覆、起伏跌宕的筆法，寫五娘爲公婆「苟活片時」的痛苦與身世不如米糠的感歎，使五娘自我犧牲的偉大形象生動地展現在讀者面前。最後看「餘波」，首先依序用一段道白寫公婆起疑、第四支〈孝順歌〉寫五娘解釋、又一段道白寫公婆釋疑的經過，爲下文公婆「悶倒」以致婆婆去世的敍寫作接榫；這是「餘波」的第一部分。其次用動作（科）「外、淨悶倒，旦叫哭介」交代二老的昏迷與五娘的哭叫，以引出下面的曲子。這些曲子依序由第一支〈雁過沙〉寫二老昏迷後五娘的哀痛與內疚，由第二、三、四支〈雁過沙〉寫二老昏迷的結果是公公回醒而婆婆斷氣，並由此引發公公的自責；這是「餘波」的第二部分。又其次透過幾審道白，由五娘和她公公提出「衣衾棺槨」的問題，並藉張廣才之口，一方面讚揚五娘的賢慧，一方面又表示對「衣衾棺槨」自有區處的心意，以此作爲過渡，帶出三支〈玉抱肚〉的曲子。其中第一支由五娘唱出無棺下葬的痛苦，第二支由張廣才唱出自己願加資助的善意，第三支由五娘公公唱出張廣才護救之事與自家環境之困窘，並且以道白寫出張廣才之好義樂施和五娘公公對他的謝意，然後以落場詩作一總括；這是「餘波」的第三部分。如此以五娘的公婆和張廣才作爲配角來陪襯五娘這個主人翁，正如張廣才說她的「眞個今人中少有，古人中難得」，形象特別顯著，而她所表現的孝道光輝也永垂不朽。

附：結構分析表

△
- 因（序幕）
  - 困窘環境—「亂荒荒……災共危」
  - 孤苦心緒—「滴溜溜……親死時」
- 果
  - 因（主體）
    - 實（吃糠）—「奴家早上……牢嗄住」
    - 虛（設喻）
      - 一層—「糠那……吞不去」
      - 二層—「糠和米……甘旨」
    - 實（感慨）
      - 苟活
        - 反—「思量我……片時」
        - 正—「片時……有人吃」
      - 感傷—「奴家的……在何處」
  - 果（餘波）
    - 公婆見疑
      - 起疑—「媳婦……什麼東西」
      - 解釋—「這是……糟糠妻室」
      - 釋疑—「媳婦……痛殺我也」
    - 婆婆去世
      - 凡—「苦沉沉……拋棄了奴」
      - 目
        - 公公回醒—「謝天……受苦」
        - 婆婆斷氣—「公公……怎支吾」
    - 埋葬婆婆
      - 目
        - 無資—「咳……奴家區處」
        - 護救—「福無雙降……周濟」
      - 凡—「只為無錢……也斷腸」

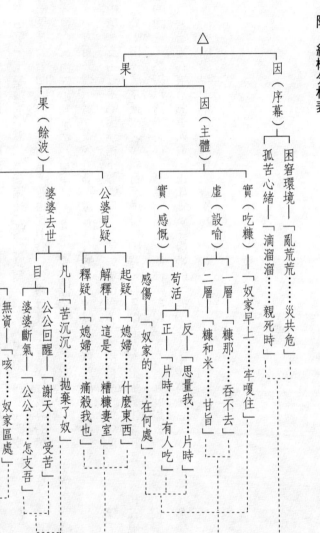

3 綜合探討

經由上文的分篇解析，已初步可看出現行高中國文古典詩歌教材的大概面貌，但爲了能看清楚一點，在此特地從體制、格律、義旨、修辭、結構、比重等六方面進一步作綜合性的探討：

1在體制上

我國的古典詩，就其形制而言，可分爲古詩與近體兩大類。其中古詩又析爲古體詩與樂府詩，近體則析爲絕句與律詩。從現行高中國文教材來看，第一册有〈飲馬長城窟行〉，爲樂府詩；第二册有〈飲酒之五〉與〈贈衞八處士〉，爲古體詩；第三册有〈八陣圖〉，爲五言絕句；而〈宿桐廬江寄廣陵舊遊〉、〈輞川閒居贈裴秀才迪〉，爲五言律詩；又有〈山行〉，爲七言絕句；而〈黃鶴樓〉、〈登金陵鳳凰臺〉，爲七言律詩；第四册有〈琵琶行〉，爲樂府詩；第五册有〈正氣歌〉、〈蓼莪〉，爲古詩。由此看來，現行高中國文的古典詩教材，就體制而言，是一一具備的。

而古典詞的體制，就其字數多寡而言，主要有小令與長調；就其分段情形而言，則有單調、雙調、三疊、四疊之分。從現行高中國文教材來看，有詞四首，全選在第四册，即〈清平樂〉、〈蘇幕遮〉、〈念奴嬌〉和〈賀新郎〉，皆屬雙調；又其中〈清平樂〉與〈蘇幕遮〉爲小令，而〈念奴嬌〉與

〈賀新郎〉爲長調。由此看來，古典詞的教材，就體制而言，缺少了單調、三疊和四疊等詞作。當然四疊詞是極少的，可以不選，但單調與三疊詞，卻應顧及而忽略了，這不能不說是一種缺憾。

至於古典曲，分爲散曲與劇曲兩類。散曲又可析爲小令與散套，而劇曲則可析爲北曲雜劇與南曲戲文。從現行高中國文教材來看，散曲選有小令〈大德歌〉、〈沈醉東風〉、〈折桂令〉和散套〈題西湖〉，而劇曲則選有南戲《琵琶記》中的〈糟糠自厭〉。由此看來，現行高中國文的古典曲教材，雖缺了北劇，但大致已涵蓋了各種體制，是以藉此看出元曲的大略輪廓。

從上述探討中，可以發現現行高中國文中的古典詩歌教材，在體制上來說，雖有些不足處，卻已能讓學生知悉它們多變的形式。

2在格律上

格律是指平仄、韻叶、對仗等的規定，一般而言，古體詩與樂府詩是沒有固定的平仄，也不要求對仗的；而詞、曲則因調子的不同而對平仄、韻叶或對仗有不同的要求；至於近體律絕，由於有固定而統一的格律，所以要求特別地嚴。大體說來，現行高中國文的古典詩歌教材，除了崔顥的〈黃鶴樓〉和李白的〈登金陵鳳凰臺〉二詩外，在格律上都不成問題。其中〈黃鶴樓〉詩的問題出在：

㈠前四句完全破律，用的是古詩格律。

㈡頷聯未對仗。

㈢前三句出現三次「黃鶴」。

㈣在句尾處，第三句連用六仄聲、第四句連用三平聲。

㈤頸聯第五字，出句該平作仄，是孤平；對句該仄作平，為拗救。

對於這些現象，潘光晟在《高中國文教師手冊》中解釋說：「所謂此詩以歌行入律者，以前四句一氣轉折，以文筆行之，一也；三四兩句，全無對仗，二也；平仄不調，第三句連用六仄聲（鶴、一、不、復皆入聲），尤違常規，三也；前三句連用三「黃鶴」，律詩無此作法，四也。」由此看來，〈黃鶴樓〉不算是合於格律的一首律詩。而〈登金陵鳳凰臺〉詩的問題出在：

㈠起聯「鳳」字三重複、「凰」字二重複。

㈡次句第五字該仄作平。

㈢第三句失黏。

㈣第四句第五句該仄作平。

其中第一點，如依潘光晟先生的說法，和崔顥連用三「黃鶴」一樣，是不合格律的。而第二、四點，若從寬以「一、三、五不論」來看，則可視為合律；如「五」必論，則次句顯然不合格律，而第四句為「失對」。所以邱燮友教授在《新譯唐詩三百首》中將這一點和第三點合起來說：「頷聯『吳宮花草埋幽徑，晉代衣冠成古邱』的平仄與首聯的平仄相同，如將第三句的平仄和第四句的平仄對換，便合乎七律平起格的定式了，這便是『失對』、『失黏』的現象，也可稱為『拗對』、『拗黏』。」王力的《漢語詩律學》在「失對和失黏」這一節上說：「首先我們須知，『對』和『黏』的格律在盛唐以前並不十分講究；二者比較起來，『黏』更居於不甚重要的地位。直至中唐以後，還偶然有不對不黏的例子。『失對』和『失黏』的『失』字是後代的詩人說出來的，『失』是不合格的意思，而唐人並不把不對不黏的情形認為這樣嚴重。因此，有些詩論家並不叫做『失對』、『失黏』，只稱為『拗對』、『拗黏』。」可見〈登金陵鳳凰臺〉也不能說是一首標準的律詩，不過比起〈黃鶴樓〉詩來，情況要好得多了。

假如不從格律上看，〈黃鶴樓〉與〈登金陵鳳凰臺〉二詩都不事雕琢，流利自然，乃千古傳誦的絕唱，這是人人都曉得的。但如著眼於「七律」來選範作，則似有商榷之餘地，因為近體詩對格律的嚴格要求，是不同於其他詩體的。

3 在義旨上

在高中國文的二十一篇古典詩歌教材裡，就義旨而言，有寫離情（相思）、鄉愁的，也有寫閒逸之趣、恬適之情的，更有寫身世之感、家國之悲的，而他如寫重逢之喜、孝親之行，甚或懷舊的，也不乏其什。茲略述如下：

首先是寫離情，或寫離情而兼抒身世之感或家國之悲的，有：

㈠〈飲馬長城窟行〉
㈡〈清平樂〉
㈢〈大德歌〉
㈣〈賀新郎〉
其次是寫鄉愁，或寫鄉愁而兼抒身世之感的，有：
㈠〈黃鶴樓〉
㈡〈蘇幕遮〉
㈢〈折桂令〉
又其次是單寫身世之感，或寫身世之感而抒家國之悲的，有：
㈠〈登金陵鳳凰臺〉
㈡〈琵琶行〉
㈢〈正氣歌〉
㈣〈念奴嬌〉
再其次是追懷古人或舊遊的，有：
㈠〈八陣圖〉
㈡〈宿桐廬江寄廣陵舊遊〉

復其次是寫閒逸之趣、恬適之情的，有：

㈠〈飲酒之五〉

㈡〈輞川閒居贈裴秀才迪〉

㈢〈沈醉東風〉

㈣〈題西湖〉

再來是寫久別重逢之喜的，有：

〈贈衞八處士〉

最後是寫孝親之行的，有：

㈠〈蓼莪〉

㈡《琵琶記・糟糠自厭》

在這些作品中，主要藉以寫離情（相思）、鄉愁與閒情者，居於多數，而這些義旨，本來就最常出現於我國的古典詩歌裡，所以這樣是很合情理的。不過，詩歌的內容義旨無所不包，如果能加以兼容，以免過分集中在其中幾類上，是該加以考慮的，並且這些作品大都透過寫景敍事來抒情，而少涉及說理（如宋詩）的領域，這是相當可惜的事。

4在修辭上

一般文體都必須講究字句的修飾，而詩歌尤其如此。就以現行高中國文課本裡的二十一篇古典詩歌來說，用到積極修辭方式來寫的，可以說比比皆是，其中比較顯著的，略予舉例如下：

(1)**類疊**，如：

青青河畔草，緜緜思遠道。（〈飲馬長城窟行〉）

晴川歷歷漢陽樹，芳草萋萋鸚鵡洲。（〈黃鶴樓〉）

風飄飄，雨瀟瀟。（〈大德歌〉）

亂荒荒不豐稔的年歲，遠迢迢不回來的夫婿。（〈糟糠自厭〉）

(2)**譬喻**，如：

枯桑知天風，海水知天寒。（〈飲馬長城窟行〉）

牛驥同一皁，雞棲鳳凰食。（〈正氣歌〉）

離恨恰如春草，更行更遠還生。（〈清平樂〉）

雪片似江梅，血點般山茶。（〈題西湖〉）

(3)**引用**，如：

復值接輿醉，狂歌五柳前。（〈輞川閒居贈裴秀才迪〉）

馬上琵琶關塞黑，更長門翠輦辭金闕。看燕燕，送歸妾。（〈賀新郎〉）

人老去西風白髮，蝶愁來明日黃花。（〈折桂令〉）

恁般樓臺正宜夏，卻輸他沈李浮瓜。（〈題西湖〉）

(4)**倒裝**，如：

日暮鄉關何處是？煙波江上使人愁。（〈黃鶴樓〉）

停車坐愛楓林晚。（〈山行〉）

故國神遊，多情應笑我，早生華髮。（〈念奴嬌〉）

向人嬌杏花，撲人衣柳花，迎人笑桃花。（〈題西湖〉）

(5)**設問**，如：

問君何能爾，心遠地自偏。（〈飲酒之五〉）

座中泣下誰最多？江州司馬青衫溼。（〈琵琶行〉）

故鄉遙，何日去？（〈蘇幕遮〉）

人道你死緣何故？公公！婆婆！怎生割捨得拋棄了奴？（〈糟糠自厭〉）

(6)**對仗**，如：

功蓋三分國，名成八陣圖。（〈八陣圖〉）

燎沈香，消溽暑。（〈蘇幕遮〉）

黃蘆岸白蘋渡口，綠楊堤紅蓼灘頭。（〈沈醉東風〉）

人老去西風白髮，蝶愁來明日黃花。（〈折桂令〉）

(7)**頂眞**，如：

長跪讀素書，書中竟何如？（〈飲馬長城窟行〉）

一擧累十觴，十觴亦不醉。（〈贈衞八處士〉）

水泉冷澀絃凝絕，凝絕不通聲漸歇。（〈琵琶行〉）

只得苟活片時，片時苟活雖容易，到底日久也難相聚。（〈糟糠自厭〉）

(8)**借代**，如：

擧酒欲飮無管絃。（〈琵琶行〉）

時窮節乃見，一一垂丹青。（〈正氣歌〉）

談笑間，檣櫓灰飛煙滅。（〈念奴嬌〉）

翠袖殷勤。（〈折桂令〉）

(9)**轉化**，如：

杜鵑啼血猿哀鳴。（〈琵琶行〉）

鳥鵲呼晴，侵曉窺檐語。（〈蘇幕遮〉）

蝶愁來明日黃花。（〈折桂令〉）

這二十一篇作品所用積極修辭的方式和例子雖不止這些，但已足以看出它們活用修辭技巧的大概情形了。

5在結構上

結構是指詞章各個部分搭配、排列所形成的組織。本表可由局部與整體來看，現在爲了一目了然起見，僅著眼於全篇來看現行高中國文課本裡二十一篇古典詩歌，雖然它會因切入的角度不一樣而呈現不同的面貌，但就一般而言，可以發現它們用了如下多種結構：

(1)凡目結構：

①「先凡後目」者，有：

A〈飲馬長城窟行〉

B〈清平樂〉

②「先目後凡」者，有：

A〈黃鶴樓〉

B〈登金陵鳳凰臺〉

C〈沈醉東風〉

③「凡、目、凡」者，有：

〈題西湖〉

④「目、凡、目」者，有：

A〈琵琶行〉

B〈蓼莪〉

⑵**虛實結構**：

①「先實後虛」者，有：

A〈贈衛八處士〉（就時間言）

B〈宿桐廬江寄廣陵舊遊〉（就情景言）

C〈正氣歌〉（就敍論言）

D〈蘇幕遮〉（就情景言）

②「實、虛、實」者，有：

A〈大德歌〉（就情景言）

B〈折桂令〉（就情景言）

③「虛、實、虛」者，有：

〈飲酒之五〉

⑶**今昔結構**：

①「由昔而今」者，有：

A〈山行〉

B〈輞川閒居贈裴秀才迪〉

②「今、昔、今」者，有：

〈念奴嬌〉

(4)其他：

①「先揚後抑」者，有：

〈八陣圖〉

②「先賓後主」者，有：

〈賀新郎〉

③「先因後果」者，有：

〈糟糠自厭〉

由上述可見，這二十一篇古典詩歌，如著眼於全篇來看，用得最多的是凡目與虛實結構，其次是今昔結構，而抑揚、賓主、因果等結構，則各用一次而已。其他如立破、擒縱、正反、本末、遠近、大小、高低、深淺、平側（平提側注）等關係所形成的結構，都沒見到。這是因爲所選的篇數有限，不足以涵蓋各種結構的緣故，雖有缺憾，卻無可奈何！

6在比重上

高中國文課本六册，分册各安排了如下一些古典詩歌教材：

△第一册第十五課：

(1)〈飲馬長城窟行〉

△第二册第十五課「古體詩選」：

(2)〈飲酒之五〉

(3)〈贈衞八處士〉

△第三册第十五課「近體詩選」㈠：

(4)〈八陣圖〉

(5)〈宿桐廬江寄廣陵舊遊〉

(6)〈輞川閒居贈裴秀才迪〉

同册第十六課「近體詩選」㈡：

(7)〈山行〉

(8)〈黃鶴樓〉

(9)〈登金陵鳳凰臺〉

△第四冊第七課：
⑽〈琵琶行〉
同冊第十五課「詞選」㈠：
⑾〈清平樂〉
⑿〈蘇幕遮〉
同冊第十六課「詞選」㈡：
⒀〈念奴嬌〉
⒁〈賀新郎〉
△第五冊第二課：
⒂〈正氣歌〉
同冊第九課：
⒃〈蓼莪〉
同冊第十五課「散曲選」㈠：
⒄〈大德歌〉
⒅〈沈醉東風〉
⒆〈折桂令〉

同冊第十六課「散曲選」㈡：

⒇〈題西湖〉

△第六冊第十五課：

㉑〈糟糠自厭〉

從上列的安排看來，有幾點現象是值得一提的：

⑴就各冊的比重來看，第三冊用了兩課、第四冊用了三課、第五冊用了四課來納容十七篇詩歌，而第一、二、六等三冊，各安排了一課，僅共容納了四篇而已，顯然輕重有些失宜。

⑵就詩、詞、曲的比重來看，詩有十一篇，曲有五篇（其中有一齣戲曲），而詞則僅有四篇，在分配上似有重詩、曲而輕詞之嫌。

⑶就六冊課文的比重來看，在高中六冊九十三課課文中，僅安排了九課二十一篇的古典詩歌教材，似乎少了一點。如果拿大陸有些小學課本就選了五六十篇的古典詩歌教材來比，那就更少得可憐了。

4 結語

詩歌教材最容易觸動學生的心靈深處，引起共鳴，而達到教學的最大效果。爲了要擴大這種效果，就非加强中小學的詩歌教學不可，而以現在高中階段的古典詩歌教材來說，如同上文所述，既然在一些優點之外，還存有某些缺憾，便要儘可能地擴大優點、減少缺憾，以求改善，這是我們亟須努力以赴的。

（原載民國八十七年十月《人文及社會學科教學通訊》九卷三期，頁二十～五十一）

國家圖書館出版品預行編目資料

詩詞新論／陳滿銘著. --再版. --臺北市：
萬卷樓, 民 88
面； 公分
ISBN 957-739-227-X(平裝)

1. 中國詩-評論 2. 詞-評論

821　　88010935

詩詞新論(增修版)

著　　者：陳滿銘
發 行 人：許錟輝
責任編輯：李冀燕
出 版 者：萬卷樓圖書有限公司
台北市和平東路一段 67 號 14 樓之 1
電話(02)23216565・23952992
FAX(02)23944113
劃撥帳號 15624015
出版登記證：新聞局局版臺業字第 5655 號
網站網址：http://www.wanjuan.com.tw/
E　-mail：wanjuan@tpts5.seed.net.tw
經銷代理：紅螞蟻圖書有限公司
台北市內湖區文德路 210 巷 30 弄 25 號
電話(02)27999490
FAX(02)27995284
承印廠商：晟齊實業有限公司
電腦排版：浩瀚電腦排版股份有限公司
定　　價：320 元
出版日期：民國 88 年 8 月再版

ISBN 957-739-227-X